À LUI,
CORPS ET ÂME

OLIVIA DEAN

À LUI,
CORPS ET ÂME

Éditions Addictives

TABLE

À S. qui saura se reconnaître.

À Pauline, Étienne et Marie-Laure,
qui ont su trouver les mots.

I
PARIS,
ME VOICI !

1

À NOUS DEUX…

À mesure que les stations de métro défilent, je vois évoluer les usagers. Les touristes sont descendus il y a peu, et je suis maintenant seule avec les autochtones. Cela fait déjà quelques stations que les sweat-shirts ont fait place aux costumes et aux tailleurs stricts. Bien loin du Paris bohème dont je rêvais en commençant mes études. Mais bon, j'ai déjà de la chance d'avoir été acceptée en thèse et encore plus d'avoir trouvé un logement, je ne vais pas me plaindre si c'est dans un quartier chic. Monceau : c'est là que je descends. Mince ! C'est chic. Très, très chic. De hauts immeubles bicentenaires aux portes immenses. Voilà le parc et l'avenue du même nom C'est là ! Je dois sonner à « Loge », chez la gardienne qui répond aussitôt.

« C'est Emma Maugham, j'ai rendez-vous avec… » Elle ne me laisse pas finir. La porte monumentale s'ouvre dans une vibration sinistre et je la retrouve dans l'entrée de marbre. Elle est en tailleur strict, on dirait une gouvernante anglaise.

Ma parole, tout le monde est sapé dans ce quartier ?

Elle m'accompagne jusqu'à l'ascenseur.

« Voilà, c'est au 5e. Il est d'usage que l'occupant de la chambre passe par l'escalier de service, mais il est inutilisable jusqu'à la fin des travaux. M. Delmonte consent donc à partager l'ascenseur avec vous. »

Trop aimable, ce Delmonte !

Je n'ai pas revu ma cousine depuis des années, je me demande bien à quoi elle peut ressembler ! Elle m'attend devant l'escalier, habillée comme pour une garden-party funèbre, elle aussi. Elle me fait rapidement entrer dans la chambre autour d'un thé fumant. C'est petit, mais bien agencé et décoré avec goût. Il y a un lit minuscule, un bureau devant la fenêtre et une kitchenette. Derrière une porte, on trouve un petit cabinet de toilette, une douche et un lavabo. C'est une vraie maison de poupée mais ma cousine m'explique que c'est déjà un luxe inouï. Les « chambres de bonne », c'est comme ça que ça s'appelle, ne possèdent pas cet équipement. D'habitude, les toilettes sont sur le palier. Quant à la douche… Je sens que je vais me plaire ici. De toute façon, je n'ai pas besoin de grand-chose. Un lit et un bureau devraient suffire amplement à l'existence monastique dont j'ai rêvée pour cette année.

S'il y a bien une chose qui n'a pas changé chez Lexie, c'est sa capacité à parler ! Je sais bientôt tout de sa vie : comment elle est arrivée sans le sou, comment elle a enchaîné les petits boulots jusqu'à trouver ce job d'employée de maison chez M. Delmonte. Elle prononce « Monsieur Delmonte » avec de la vénération dans la voix, je ne la savais pas si convenue. Et puis bien sûr, sa rencontre avec Jules et leur mariage prochain, leur déménagement dans une petite maison de banlieue… Je fais des efforts incommensurables pour ne pas exploser. Comment une fille aussi futée peut-elle décider d'arrêter de travailler pour aller s'installer avec un homme ? Non qu'elle avait un boulot particulièrement palpitant, mais bon… Non seulement ça me dépasse, mais ça a vraiment le don profond de m'exaspérer. Je pense aux derniers mots de mon père à l'aéroport de Lansing :

« Surtout quand tu verras Lexie, n'oublie pas de museler ta chienne de garde ! Quoi que tu penses, ne dis rien ! »

Aussi, quand elle me raconte par le menu sa magnifique histoire d'amour, je souris bêtement. N'empêche, cette histoire fait ma fortune en cette rentrée précipitée. Enfin, ça et la bonté du fameux Delmonte qui a accepté que j'occupe la chambre de ma cousine, le temps que je prenne mes marques à Paris. Monsieur Delmonte. J'en entends parler depuis deux heures et déjà ce personnage m'agace. Il est plein aux as de toute évidence. Il possède l'immeuble et ne l'occupe que très ponctuellement. Je l'imagine comme un tyran en pyjama de soie. Sexagénaire, je dirais. Lexie ne sait pas ce qu'il fait de sa vie. A-t-il seulement un métier ? Est-il à la retraite ? Elle dit qu'il est célibataire, sans doute pour ne pas dire vieux garçon. Parfait, ce n'est pas lui qui me détournera de mes études…

Lexie s'est tue. J'en déduis que je sais tout ce qu'il y a à savoir. Je décide d'aller explorer le quartier tandis qu'elle finit d'emballer ses affaires. Je me réserve le parc pour le week-end. Pour l'instant, ce que je voudrais, c'est trouver de quoi manger ce soir. Marcher : j'attendais ça avec impatience en arrivant en France. Ne plus prendre la voiture pour la moindre course. Aller acheter ma baguette en flânant dans mon quartier Mais j'ai l'impression qu'à Monceau, ça ne se fait guère. Déjà quinze minutes que j'arpente les rues et je n'ai croisé, pour tout commerce, qu'un fleuriste et un antiquaire. Sans oublier une tripotée de médecins, psy et cliniques privées. La seule chose qu'on puisse faire à pied de chez moi, apparemment, c'est se faire botoxer. Ces gens ne se nourrissent donc pas ? En rentrant chez moi, je me surprends à regarder un caniche abricot avec convoitise.

Heureusement Lexie a tout prévu, elle me lègue ses provisions ainsi qu'un petit plan où sont indiqués les plus proches commerces. Sur certains, elle a dessiné un dollar et une tête de mort. Je comprends le message.

« Et surtout, tu n'hésites pas à m'appeler.

– Ne t'inquiète pas…

– Tu n'oublies pas d'aller te présenter à M. Delmonte. Et surtout tu le remercies bien…

– Mais oui… d'ailleurs pourquoi tu ne me le présentes pas toi-même ? Ce serait plus simple, non ?

– Il est en déplacement. Quand il rentrera, je serai sans doute en voyage de noces. Tu n'oublies pas, hein. Je ne veux pas qu'il pense que ma cousine est mal élevée…

– Grands dieux ! Je ne laisserai pas faire une chose pareille !

– Emma ! me gronde-t-elle gentiment. Une dernière chose. Tu devrais sans doute faire un peu plus attention à ton accoutrement… »

Elle vient de me détailler de haut en bas, comme la gouvernante l'a fait plus tôt. Pourtant, je suis habillée de façon on ne peut plus conventionnelle. Pour une étudiante qui déménage, j'entends. Jeans, Converse, sweat-shirt de ma fac… À croire que les étudiantes françaises déménagent en Chanel. Va savoir… J'ai l'impression que je ne suis pas au bout de mes surprises !

2

LA RENTRÉE

Mon rendez-vous est à dix heures, bureau 322. Mme Granchamps m'attend. Elle est tout à fait comme je me l'étais imaginée. Elle respire la sagesse et l'intelligence. Elle est calme, posée, on sent que chacun de ses mots a du sens, qu'il est réfléchi et qu'il mérite qu'on s'y attarde. À l'issue de cet entretien, je saurai si elle accepte de diriger mon mémoire. Cela fait deux mois que je me prépare à ses questions, pourtant, j'ai peur que mes réponses ne lui conviennent pas. Je crois qu'il vaut mieux que je sois sincère, entière…

Pourquoi le féminisme ? Sûrement parce que je me suis rendu compte que les gens de l'extérieur me traitaient différemment de mon père pour lequel je n'avais jamais eu l'impression d'être une fille… ni un garçon, d'ailleurs.

Ma mère est morte en couches. C'est rare, dramatique et romanesque, mais ça arrive encore. Personnellement, ça ne me fait ni chaud ni froid, c'est juste un état de fait. Il n'y a jamais eu que mon père et moi. Pas de nouvelle femme, pas de copine… Mon père est une sorte de *nerd* dans son genre. Sa passion : les dinosaures. Il y consacre la majeure partie de son temps éveillé et je ne serais pas étonnée qu'ils occupent ses rêves également. Il a sans doute rencontré le seul être humain adulte aussi passionné que lui par le sujet. Ils se sont mariés, ont attendu un enfant… Après l'accident, mon père est redevenu le seul paléontologue de la fac de Lansing Michigan. J'ai eu une enfance heureuse. Je passais beaucoup de temps à la fac, dans le labo de papa ou dans le jardin de mes grands-parents. Mon père ne se débrouillait pas trop mal. Bien sûr, quand je vois des photos de moi en robe à fleurs et bottes en caoutchouc, je me dis qu'il a sans doute négligé mon éducation esthétique, mais je n'ai jamais manqué de rien et j'ai toujours été parfaitement satisfaite de mon sort.

À douze ans, il m'a convoquée solennellement dans la cuisine. Il m'a annoncé que l'heure était venue pour notre foyer de partager les tâches. Dorénavant, je me chargerai du dîner un soir sur deux. Pour le linge, même chose. Quant au ménage, tâche qui nous enchantait autant l'un que l'autre, nous avons décidé d'essayer de maintenir la maison aussi propre que possible et de déclencher un plan d'urgence un samedi tous les quinze jours. Pour toutes ces tâches, il n'y avait qu'une règle fondamentale à respecter. Celui qui faisait avait raison. Concrètement, il était interdit de se plaindre si la viande était trop cuite ou une chemise mal repassée. Ça me semblait naturellement juste et je pensais naïvement qu'il en était de même dans toutes les familles. Mais la réalité m'a rattrapée rapidement. Quand je restais dîner chez mes jeunes amis, je constatais que le partage des tâches entre les générations et même entre les adultes était un mythe. Enfin, je suis injuste, il était existant entre les générations, si la jeune était de sexe féminin, bien évidemment. Je rentrais de ces sorties sur les nerfs, mon père était sidéré. Je pouvais passer des heures à maudire la société, le patriarcat, le soutien-gorge et tout ce que je considérais comme une entrave à la liberté des femmes. Quand j'étais remontée comme ça, mon père me disait de calmer ma « suffragette ». Mais je sais que de son monde, il était d'accord avec moi. Quand je lui ai dit que je voulais consacrer mes études au féminisme, il m'a encouragée. C'est même lui qui m'a proposé d'aller voir comment cela se passait ailleurs. Ce qui m'a amenée à Paris.

Moi qui avais peur de cet entretien, je ne peux plus m'empêcher de parler. Mme Granchamps me regarde avec bienveillance. Enfin, je crois. Elle prend des notes. À un moment, elle m'interrompt :

« Je vais devoir aller en cours, Mlle Maugham. Je vois bien quelles sont vos motivations, mais j'ai peur qu'il ne nous faille encore un peu de temps pour déterminer votre sujet. Si vous le voulez bien, j'ai noté là quelques cours que vous devriez suivre – enfin, si vous êtes d'accord. Ça vous permettra de rencontrer d'autres étudiants et d'affiner votre projet de recherche.

– Ça veut dire que vous êtes d'accord pour suivre mon travail ?

– Oui bien sûr », dit-elle enfin avant de disparaître.

Je suis soulagée. Bien sûr, je n'ai pas de sujet, mais j'ai une prof et c'est une pointure, il est hors de question que je la déçoive. Je lis sa prescription, bien décidée à suivre tous les cours. De la littérature, un peu de philo, de la socio… C'est parfait et c'est maintenant ! Mon premier cours de littérature française va commencer dans une seconde ! Par bonheur, la salle n'est pas très loin et j'échappe à la honte d'arriver en retard pour le premier cours. Je me faufile au moment où la porte se referme. Je m'assois sans réfléchir sur la première chaise libre et écoute religieusement le prof. Il se présente rapidement. C'est un cours de littérature médiévale, un domaine totalement inédit pour moi. Nous allons étudier un roman du XIIe siècle. Je jubile. Je suis à Paris et je vais étudier des textes médiévaux ! Je me tourne vers ma voisine qui vient de sortir son livre. C'est bien ma chance ! Je me suis mise à côté d'une bimbo, une immense blonde, à la bouche et aux ongles rouge sang. Elle porte une robe noire de cocktail. Ce n'est certainement pas elle qui va m'aider, ni me faire bien voir, j'imagine. Le sort veut que le prof, sans doute vampé par ma voisine, lui demande de lire et de traduire l'incipit. Je voudrais rentrer sous terre. Mais Manon, c'est son nom, fait ça avec une facilité déconcertante et une réelle passion. Le prof est visiblement impressionné. Moi aussi. Je ravale mon jugement hâtif. J'essaierai de lui parler la semaine prochaine, me dis-je en rangeant mes affaires. Mais Manon n'est pas seulement douée, elle est aussi extrêmement sympathique. Elle m'attend devant la salle.

« Emma ? C'est ça ?
– Oui.
– Tu viens déjeuner ? »

J'accepte avec empressement. Elle fait tout pour me mettre à l'aise. J'apprends qu'elle a passé, elle aussi, pas mal de temps à l'étranger et qu'elle se fait un devoir de guider et d'aider les étudiants dans ce cas. Elle prépare un master de littérature classique, m'explique-t-elle. Les langues mortes, c'est sa grande passion. Ça et la mode ! Et aussi un certain Mathieu, son petit ami, que nous rejoignons au restaurant universitaire. Curieux couple que ces deux-là. Elle, grande et belle comme un mannequin. Lui, petit, mal attifé, un peu gros peut-être... Ils s'embrassent à pleines bouches, passionnément. J'en suis presque gênée. Par bonheur, ils cessent rapidement pour se consacrer au repas et à leur nouvelle camarade et bientôt amie.

3

LA VIE PARISIENNE

Une semaine déjà que je mène la grande vie ! Je plaisante. Mon existence a tout de celle d'un ermite. Je pars de ma chambre à l'aube et rejoins la fac, puis passe la matinée à la bibliothèque. Ensuite, direction le RU où j'avale, sans la regarder, une viande généralement recouverte de sauce marron au goût neutre. L'après-midi je regagne ma place à la bibliothèque ou participe à quelques cours obscurs de littérature ou d'histoire. Le soir, je me fais des coquillettes au beurre, selon une traditionnelle recette étudiante française donnée par Manon. Je ne m'ennuie pas, non, je n'ai pas le temps. Mais je dois avouer qu'inconsciemment, j'espérais plus de ma vie parisienne. Un peu de folie, peut-être.

Je suis toujours seule dans mon grand hôtel particulier. Ça me fait parfois peur le soir quand je rentre. La gardienne est en général partie, il n'y a pas un bruit et toutes les lumières sont éteintes. Je me sens vraiment minuscule dans ce hall immense qui ne résonne même pas sous mes pas. J'ai l'impression, selon les jours, d'être un fantôme ou une cambrioleuse. Quelqu'un, en tout cas, qui n'a pas vraiment sa place dans ce lieu si froid et si solennel.

À Monceau, je dois dire que je suis remarquablement préservée de l'agitation de la capitale. À tel point que j'en oublie parfois de me réveiller… C'est le cas ce matin et comme tous les matins, je m'étire doucement en me disant que j'ai bien le temps d'arriver à la bibliothèque. Sauf que j'ai rendez-vous avec Mme Granchamps dans trente minutes ! Tant pis pour la douche, j'enfile un jean, des baskets, un tee-shirt et une veste et j'attache mes cheveux en une queue approximative que je qualifierais de tout à fait française. J'attrape mon sac et je m'élance dans les escaliers, pas le temps d'attendre l'ascenseur antédiluvien ce matin. Je saute les trois dernières marches et, après un rapide coup d'œil sur ma droite – pas de gouvernante en vue – j'entame une glissade sur le marbre éblouissant de l'entrée. Jusqu'à ce que ma progression sur le sol soit brutalement freinée.

J'ai la tête contre un torse d'homme, j'en mettrais ma main à couper. Deux semaines sans voir âme qui vive et ce matin, irruption d'un torse sur mon chemin ! Le monde est mal fait. Je lève les yeux. L'homme, c'en est un donc, me regarde avec un regard curieux, comme si j'étais un petit chat perdu. Ses yeux sont d'un noir profond, bordés d'une petite fossette. Le genre de regard sur lequel je m'attarderais volontiers. Si je n'étais pas si pressée ! Je me décolle illico de l'inconnu et je file comme une voleuse.

« Mme Granchamps est souffrante », me dit-on quand j'arrive à la fac. Je suis bonne pour une journée complète de bibliothèque ! Je n'ai pas la tête à ça. D'abord, il y a le lapin de ma prof, ensuite cette rencontre mystérieuse. Je ne peux m'empêcher d'en parler à Manon devant notre plat de viande marron quotidien.

« C'est peut-être le proprio, là ? Comment il s'appelle ?

– Delmonte ? Ça m'étonnerait. Le type que j'ai vu ce matin devait avoir la trentaine, il n'avait rien d'un rentier… Son fils peut-être ?

– Il avait l'air riche ?

– Je sais pas trop… Il était en costume…

– Il y a costume et costume ! Quelle coupe ? Quelle matière ? La veste, combien de boutons ? La chemise ?

– Un costume… noir avec une chemise grise.

– Tu m'affliges. Et les chaussures ?

– Oui, il en avait.

– Merci. Je pense être tout à fait en mesure de déterminer le patrimoine de cette personne.

– C'est vrai ?

– Emma ! Non, évidemment ! Bon sinon, il était mignon ?

– Ben je crois, oui. Grand, brun, l'air intéressant…

– Tu vas tenter un truc ?

– Étant donné que je ne sais pas qui c'est, que je ne sais pas si je vais le revoir, que c'est probablement le fils de mon proprio et que, par ailleurs, je suis à Paris pour étudier et que je n'ai ni le temps ni l'envie de m'amouracher, je dirais que non.

– N'empêche, ça fait une heure qu'on en parle…

– C'est toi qui en parles ! Et puis, c'est normal, c'est à peu près la seule chose qui me soit arrivée depuis que je suis à Paris. »

Je mens à peine. C'est vrai que l'inconnu m'a fait plus d'effet que je ne veux l'admettre. Mais c'est difficile à dire. C'était vraiment un instant et ça tient plus de la sensation. C'est comme si mon corps gardait en mémoire l'instant où nos deux corps ont été en contact. Je me souviens à peine de ses traits, et l'évocation de ce « corps-à-corps » fait renaître en moi la sensation brutale de chaleur qui m'a traversée.

Mais mon engagement pour mes études reste total. Je ne suis pas venue pour ça. C'est définitif.

Mon vœu est aussitôt exaucé, ma routine reprend de plus belle. Il commence à faire froid à Paris et la nuit tombe de plus en plus vite. Le soir, je lis dans ma chambre. J'ai cru entendre des voix cette nuit sortir de chez Delmonte. Au matin tout était calme, j'ai sans doute rêvé.

4

ENCORE LUI

Ma réflexion est sommaire. Je suis pleine de préjugés. Je ne fais que plaquer des concepts sur des idées toutes faites.

Jamais je n'avais pris une telle douche. Mme Granchamps ne m'a pas épargnée. Je sors de son bureau, défaite. Je ne suis bonne à rien. En tout cas, pas pour la recherche. Je déteste être ce genre de personne, mais je cours aux toilettes pour pleurer. C'est trop. Deux mois d'étude intenses, de sauce marron loin de chez moi et de ceux que j'aime, pour quoi ? Pour me faire traiter d'idiote superficielle ? J'ai envie de disparaître.

Au lieu de ça, je décide de passer prendre de la nourriture chez Mac Donald et de manger dans ma petite chambre en regardant un film sur mon ordinateur. J'ai bien mérité une soirée de réconfort. C'est donc l'œil enflé et les bras chargés d'un énorme sac en papier odorant que je franchis la porte de l'immeuble et que je retombe sur l'inconnu qui, cette fois, s'apprête à sortir. J'ai envie de rentrer sous terre. Il me fixe.

Pas du tout comme la première fois. J'ai l'impression d'être un vieux chat incontinent. C'est en tout cas ce que me suggère sa grimace écœurée et je dois dire légèrement méprisante. Je tente un « bonsoir ». Il me jauge longuement puis consent à m'accorder un « Mademoiselle » poli avant de disparaître dans une berline dont une porte arrière s'est ouverte comme par magie.

Non mais pour qui il se prend celui-là ? J'enrage en mangeant mes frites sur mon lit. Qu'est-ce qu'il croit ? Que tout le monde peut manger du caviar au dîner ? J'aimerais le voir au RU ce blanc-bec ! Sûrement qu'il n'a jamais mis les pieds à la fac, il n'a probablement pas fait d'études. Ça doit être le genre de fils à papa qui va de golfs en soirées mondaines sans jamais se poser de questions. Monsieur est né riche et beau et méprise tous ceux qui ne sont pas comme lui ! Le type odieux…

Mais beau. Ça oui, incontestablement. Une beauté naturelle, sauvage presque. J'aimerais le trouver apprêté, trop parfumé ou trop peigné, mais il n'en est rien. Il émane de lui quelque chose d'animal et de profondément masculin. Une force, une énergie… quelque chose d'indéfinissable. Ses yeux sont d'un noir profond, envoûtants, et sa bouche charnue semble prête à mordre ou à embrasser. Son corps est immense. Athlétique. Il est beau, oui. Ce qui le rend encore plus détestable.

Ne plus y penser, il n'en vaut pas la peine. En revanche, il faudra que je passe quand même rendre mes hommages à son père si je ne veux pas passer pour une malotrue.

Je passe la soirée avec Marceline Desbordes Valmore, prescription de Mme Granchamps pour, dit-elle, assouplir mon jugement. C'est de la poésie. En français qui plus est. J'avoue, ce n'est pas ce que je préfère. Malgré tout c'est fascinant. Cette façon de dépeindre la passion, l'oubli de soi… C'est bouleversant et si exotique.

Je fais des rêves tourmentés et troublants. Je cours nue dans l'escalier de service mais il ne s'arrête jamais. En bas je distingue l'inconnu qui s'approche inexorablement de la porte de la berline qui l'attend. Je me réveille en sueur, profondément mal à l'aise. Je décide d'arrêter la poésie romantique et les rencontres fortuites dans le hall d'entrée.

C'est ce soir que je vais rencontrer le fameux Delmonte. J'ai décidé de garder mes affaires de cours pour lui montrer quelle étudiante sérieuse je fais. J'ai commencé à étudier les solutions immobilières de cette ville et cela me semble tout bonnement impossible de se loger pour une somme décente. Si je peux encore rester quelques mois ici, ça m'arrangera vraiment. J'ai adopté le look que je prends pour plaire aux profs. Queue-de-cheval parfaite, qui me donne l'air d'une jeune femme dynamique et saine, jean, chemisier blanc et ballerines bleu marine. Impossible de ne pas me prendre au sérieux.

Je sonne en préparant mon sourire le plus franc. La porte s'ouvre et c'est à l'autre que mon sourire vient s'adresser. Il me regarde curieusement.

« Je viens voir M. Delmonte…

– De toute évidence, dit-il en m'ouvrant la porte. Entrez, ne restez pas là. »

Il me fait traverser un vestibule sombre. Je ne sais pas où me mettre. Je suis plantée au milieu du salon. Pas à ma place. J'ai l'impression d'être une de ces filles des émissions de relooking qu'on soumet au regard des passants. Il me regarde. Il s'amuse de mon malaise. Lui au contraire pourrait être n'importe où sans détonner.

« Votre père n'est pas là ?
– Vous le trouverez au Père Lachaise.
– Peut-être aurai-je plus de chance demain ?
– J'ai bien peur que non. »

La communication n'est pas son fort. Je dois pourtant continuer.

« Quand pourrai-je le rencontrer ?
– Je crains que ça ne soit pas possible. »

Bon sang ! Pourquoi a-t-il fallu que je tombe sur ce type ? Il est bouché ou il veut juste me faire passer un mauvais moment ?

« Peut-être a-t-il…
– Il est mort, mademoiselle. Il est enterré au cimetière du Père Lachaise depuis plus de dix ans. »

J'ai honte. Et je le déteste. Je ne sais quel sentiment l'emporte. Lui, visiblement, jubile. Il a toujours les yeux sur moi comme s'il se délectait toujours plus de mon embarras. Je suis toute rouge, c'est sûr. Je vais éclater. Comment peut-on être aussi cruel ? Je vais partir, c'en est trop. Je tourne les talons, furieuse, quand sa main se pose sur mon épaule.

« Excusez-moi, je n'ai pas pu résister. Vous étiez si amusante dans votre rôle d'étudiante modèle… Je ne me suis pas présenté. Charles Delmonte. »

Il m'a tendu une main assurée que je garde stupidement dans la mienne. Je le regarde, interloquée. Donc, c'est lui mon propriétaire. Le multimilliardaire de qui tout le monde parle avec déférence. Il me fait asseoir sur une méridienne couverte de velours rouge. Je balbutie :

« Je suis Emma, la cousine de Lexie, je suis étudiante…
– Je sais, Mademoiselle Maugham. Je me demandais quand vous alliez vous décider à me rendre visite. Vous buvez quelque chose ?
– Oui… »

Je ne sais pas quoi dire. Je suis encore très gênée et bizarrement troublée. C'est tout ce rouge… et cet homme. Ses manières surannées et sa façon de me traiter comme s'il avait vingt ans de plus que moi. Il me tend un verre de ce qui me semble être du vin blanc et s'assied à côté de moi. Je suis presque soulagée. Au moins, je n'ai plus à soutenir son regard. Mais il est vraiment proche, nos corps ne se touchent pas mais nous sommes tellement près que je sens sa chaleur contre moi. Je n'arrive pas à me concentrer, j'ai chaud. Et soif. J'avale le verre d'un trait. C'est trop sucré pour être vraiment désaltérant, mais pas mauvais.

Oh mon Dieu, je crois qu'il vient de s'étouffer ! Je lui tape dans le dos de toutes mes forces. Il tousse, il n'arrive pas à respirer… C'est affreux, je suis en train de tuer mon propriétaire multimilliardaire !

« Arrêtez, Emma, par pitié ! Cessez de me frapper, je ne suis pas ce genre de type ! »

Je me suis trompée. Il s'étouffe certes, mais de rire. Je le laisse reprendre son souffle.

« Pardon. J'ignorais que j'avais affaire à une amatrice de château d'Yquem. »

Note pour plus tard : chercher ce fameux château sur Google.

En attendant, je choisis de rire poliment. Recentrons-nous sur nos objectifs : faire bonne impression sur le propriétaire, peu importe son âge et son pouvoir de séduction.

« Donc vous êtes étudiante ? Vous étudiez quoi ?
– La sociologie. Je prépare un mémoire sur le féminisme. Enfin sur les féminismes. Je voudrais notamment étudier les différences de perception entre les États-Unis et la France.
– C'est passionnant, » dit-il sans une once d'ironie.

Je rêve : il trouve ça réellement intéressant ! Ou il est tellement rompu à la vie mondaine qu'il peut faire semblant de s'intéresser à tout ? J'opte pour la première solution qui me permet de desserrer un peu les dents. Je savoure le fait d'être avec un homme incroyablement beau et riche qui considère mes recherches. Rien de si délirant, finalement.

« Mais vous-même, Emma, vous considérez-vous comme féministe ? »

Et il me relance ! Non, vraiment, s'il s'en fichait, il se serait arrêté à « passionnant », il souhaite clairement aller plus loin. Ce n'est peut-être pas le fils à papa inculte que je soupçonnais, finalement. Je décide de me tourner un peu vers lui. Nos genoux se frôlent. C'est un peu gênant, mais je n'ai pas vraiment le choix si je veux le regarder quand je parle. Ce qui semble tout de même plus approprié.

« Ça va sans doute vous sembler démodé, mais oui, je suis féministe. Je crois que je suis viscéralement féministe. »

J'ai donné tout ce que j'avais de confiance en moi dans cette petite phrase. Nos genoux se touchent maintenant. Je ne sais si c'est le vin ou le plaisir de discuter d'un sujet qui m'occupe entièrement mais je suis en feu. Ses yeux m'hypnotisent. J'appuie mon genou contre le sien. Je regarde ses lèvres, je crois qu'à cet instant précis, je pourrais l'embrasser. Mais il poursuit :

« Diriez-vous que c'est cet engagement féministe qui vous pousse à vous habiller comme un sac ? »

5

LA CHUTE

Mais quelle gourde ! Quelle cruche ! Comment ai-je pu croire un seul instant que ce bellâtre arrogant pouvait s'intéresser à autre chose qu'à sa permanente ! J'ai vraiment perdu la tête. Quand je pense que j'ai même songé à l'embrasser ! Il va falloir que je songe à me ressaisir sérieusement. Je suis venue à Paris pour étudier et en aucun cas pour batifoler et encore moins pour servir de fou à un milliardaire blasé.

Il n'a cessé de se payer ma tête depuis le moment où j'ai pénétré chez lui. D'abord avec son père décédé, ensuite avec le vin… Tiens, d'ailleurs, que dit Google de ce château ?

Non, ça ne peut pas être ça ! Pourtant, c'est bien le nom qu'il a dit : château d'Yquem. Apparemment, ce vin blanc que j'ai trouvé trop sucré est considéré par les connaisseurs comme l'un des plus grands vins au monde. Non, je rêve ! Le prix d'une bouteille va de 200 euros à plusieurs milliers !

Je comprends qu'il ait failli s'étouffer en me voyant boire mon verre comme si c'était du coca. En même temps, c'est bien fait pour lui ! Ça lui apprendra à se payer ma tête.

Je n'arrive pas à me calmer depuis que j'ai claqué la porte de chez lui. Je n'aurais quand même pas dû faire ça. Il est ce qu'il est, mais ça reste mon proprio. Un proprio arrangeant qui ne me fait pas payer de loyer... Je suis mal. Je me mettrai à chercher une chambre dès lundi. Ou alors, je pourrais m'excuser, pour gagner un peu de temps...

C'est pas possible, c'est le vin blanc qui parle ! J'étais en train de penser à m'excuser ! Après avoir été humiliée de la sorte ! Je suis sûre qu'il y réfléchissait depuis le début à sa petite remarque perfide ! Et moi qui pensais naïvement qu'il voulait en savoir plus. Pauvre cruche ! Et ce petit sourire, quand il a dit ça ! Il était content de lui, ça se voyait ! J'aurais pu le frapper, je crois. Réduire l'engagement de toute une vie à une histoire de vêtements ! Déjà, ça n'a rien à voir. Ensuite, qu'est-ce que ça veut dire ? Habillée comme un sac ? Parce que je ne porte pas de tailleurs Chanel pour aller à la fac ? La belle affaire ! Je ne sais pas dans quel monde il vit, mais je n'ai jamais vu personne se saper pour aller au RU. Sauf Manon, bien sûr. Mais c'est une extraterrestre. Et puis mince ! Si mes fringues ne lui plaisent pas, qu'est-ce que j'en ai à faire ? Après tout, je vaux mieux que ça. Je ne suis pas superficielle comme les femmes qu'il doit avoir l'habitude de rencontrer voilà tout...

La nuit porte conseil, j'y verrai plus clair demain.

Il faudra bien que je me décide à sortir de chez moi. Je peux tenir tout le week-end avec les provisions que j'ai faites, mais lundi je vais devoir mettre le nez dehors. Je partirai tôt pour être sûre de ne pas le croiser. En attendant, au boulot ! Finalement, c'est une bonne occasion pour me plonger dans les bouquins. C'est parfait. Sauf que je ne peux m'empêcher de repenser à ce moment humiliant quand je n'en rêve pas. Ma vie parisienne est vraiment dénuée de tout intérêt pour que je me focalise comme ça sur quinze petites minutes.

Chez lui, au contraire, c'est la fête. Ce soir, alors que je faisais la vaisselle, j'ai entendu des éclats de rires féminins et des bruits de cristal. Monsieur fait une petite fête, on dirait. Des bimbos qu'il doit bien amuser avec ses histoires de voisine mal sapée. Je les déteste. Je m'endors difficilement avec un oreiller sur la tête.

6

UNE APPARITION

Lundi 5 h 45. Je ne crois pas m'être levée déjà aussi tôt depuis que je suis à Paris. D'ailleurs, je me demande s'il n'y a pas une loi qui interdit ce genre de chose dans la capitale tant la ville ne semble s'éveiller qu'à 9 h 30 passées. Une queue-de-cheval sommaire, mon uniforme de « sac », mes bouquins et me voilà bientôt sur le palier. Alors que je farfouille frénétiquement dans mon sac à la recherche de mes clefs, je suis interpellée par une voix chaude.

« Bonjour. »

Je me retourne, prête à sauter à la gorge de celle qui contrarie mon plan parfait de solitude matinale. Je ne peux pas. Je suis pétrifiée d'admiration. Je crois que je n'ai jamais vu une femme aussi belle. C'est le genre de personne à laquelle j'aimerais ressembler quand je serai « grande ». Une créature entre la Rita Hayworth de *Gilda* et la Catherine Zeta-Jones d'*Intolérable Cruauté*. Elle porte une robe de soirée rouge et des talons aiguille avec un naturel qui me fait douter un instant de l'heure. Elle me sourit avec bienveillance. Je suis fascinée par ses cheveux qui tombent en lourdes boucles sur ses épaules nues. Volupté. C'est ça, cette femme respire la volupté. Le sexe. Et elle sort de chez mon voisin. Nous attendons l'ascenseur, côte à côte. Le tableau est ridicule. Avec mes baskets et ses talons, ma tête arrive au niveau de ses aisselles. Je pourrais en rire si je n'étais pas si mortifiée et si troublée. Après une descente qui me semble interminable, elle disparaît dans un souffle en laissant dans son sillage un parfum qui me laisse songeuse sur le trottoir.

« C'est une pute ! »

Le verdict de Manon à qui j'ai tout raconté est sans appel.

« Non, je t'assure, elle avait l'air vraiment classe. Pas du tout le genre d'une pute, à mon avis.

– Tu sais, à Paris on trouve des putes très distinguées, il suffit d'y mettre le prix. »

Je me demande d'où lui vient cette science subite du commerce des sens mais je m'abstiens de lui demander.

« Non vraiment, je ne crois pas.

– Ça t'embêterait que ton milliardaire voie une pute, je me trompe ?

– Il peut faire ce qu'il veut, je m'en fiche ! Juste, je ne crois pas que ça soit son genre et elle, elle ne m'a vraiment pas fait cette impression.

– En tout cas, il l'a baisée ta Rita, non ?

– Ce que tu peux être vulgaire ! Sinon, oui, je crois que ça ne fait pas de doute.

– Eh bah, il s'embête pas, le cochon ! Le vendredi, il te fait du genou, le samedi, il organise une sauterie et le dimanche, il passe la nuit avec Rita la crypto-pute…

– À dire la vérité, je crois que c'est moi qui lui ai fait du genou…

– Nous y voilà !

– Mais j'avais bu !

– Un verre ! Tu te fous de moi ? Ce type te plaît !

– Il me plaisait, oui ! Jusqu'à ce qu'il se foute de moi et me ramène à la réalité. Ce dont je le remercie. J'ai failli perdre mon temps.

– Ce que tu peux être coincée ! Même si ce type est un peu con, ça ne te ferait pas de mal de t'envoyer un peu en… »

Elle vient de s'arrêter net et me considère maintenant avec un regard curieux.

« Excuse-moi, j'oublie toujours que tu es américaine. Me dis pas que tu es *vierge* ? »

Elle a dit *vierge* comme elle aurait dit *coprophage*, avec un mélange d'étonnement et un soupçon de dégoût. Je la rassure aussitôt.

« Non, non, c'est juste que je le sens pas ce Delmonte, laisse tomber. »

Par bonheur, Mathieu arrive, ce qui met un point final à cette conversation gênante.

Tandis que Mathieu nous raconte son fascinant séminaire sur les philosophes présocratiques, je songe à ma vie sexuelle. Non, malgré la mode furieuse qui sévissait à mon lycée, je ne suis pas vierge. Je me suis intéressée au sexe vers 17 ans. C'était dans l'air du temps. On avait dit à certaines filles de ma classe que c'était le passeport vers la dépravation et la ruine des jeunes filles. Pour les autres, il fallait absolument l'avoir fait avant d'entrer à la fac. Personnellement, je ne savais pas. J'avais, comme à mon habitude, demandé conseil à mon père.

« Coucher avec un garçon ? Oui, bien sûr tu peux, si tu en as envie. Fais juste attention à bien te protéger. »

Une éducation sexuelle des plus sommaires que je décidais aussitôt de compléter par moi-même. J'en avais avisé un ami d'enfance qui était d'accord pour que nous expérimentions la chose tous les deux. Après deux tentatives pour l'une douloureuse, pour l'autre ennuyeuse, nous décidions que nous en savions assez. Puis j'avais placé toute mon ardeur là où je sentais qu'elle était pertinente. C'est-à-dire dans mes études. Non, je ne suis pas vierge. Mais c'est tout comme.

Je ne suis pas du tout contre l'idée de *« m'envoyer en l'air »* comme dit Manon, c'est juste que je n'ai pas l'impression que l'occasion se présente toutes les cinq minutes. Et puis, il faut bien avouer que jusqu'à récemment, aucun homme ne m'avait réellement fait envie. Mais c'est déjà de l'histoire ancienne.

Il est 20 heures quand je pousse la lourde porte de l'immeuble. Pas de chance, Delmonte vient d'entrer dans l'ascenseur et il me tient la porte. Je suis obligée de le rejoindre. Je n'ai jamais trouvé cet endroit si exigu, je regarde mes pieds.

« Vous boudez toujours, Emma ? »

Je grogne en guise de réponse.

« Vous êtes vraiment susceptible ! Pardon, je ne voulais pas vous offenser, je plaisantais. Je pensais qu'il y avait quelque chose entre nous, mais j'ai dû me tromper… »

La porte s'ouvre, je me faufile dans ma chambre en lâchant un bonsoir probablement inaudible.

« Quelque chose entre nous ? » Qu'est-ce qu'il veut dire ? Il a dû sentir mon trouble et veut encore se moquer de moi. Ou alors, il est vraiment attiré par moi ? En tout cas, il s'est excusé, ce qui est déjà ça. Ça signifie d'abord qu'il ne va pas me mettre à la rue. Ensuite, ça veut quand même dire qu'il se soucie de mes sentiments. Enfin, j'imagine. Si j'avais le courage, je lui demanderais. Ça lui donnerait sans doute une bonne occasion de se moquer de moi de nouveau… Oh et puis Manon a raison : je suis trop coincée. Après tout, qu'est-ce que je risque à lui demander ? Être ridicule ? Au point où j'en suis… Voilà ce que je vais faire. Je prends une douche pour me donner du courage et puis je sonne chez lui. Je ne tourne pas autour du pot et je lui demande ce qu'il y a au juste entre nous. On est tous les deux adultes après tout.

7

BRÈVES RENCONTRES

« Oh ! Emma, je ne savais pas que vous vouliez passer…

– oui, c'est improvisé… une visite de bon voisinage, dis-je en m'étranglant à moitié.

– Si j'avais su…

– Je tombe mal, vous recevez…

– Oui, un rendez-vous professionnel, je suis désolé.

– Tant pis, une prochaine fois, peut-ê… ? »

Il ne me laisse pas finir ma phrase. D'un geste sûr, il vient de me saisir par la taille et de me plaquer contre lui. Ses lèvres se collent aux miennes d'une manière presque brutale. Je perds pied. Alors qu'il me maintient fermement contre lui, je sens sa langue se glisser dans ma bouche à la rencontre de la mienne. Je voudrais que cela ne cesse jamais. Sa main dans mon dos descend le long de mon jean. Tout mon corps est aux aguets, en attente de son prochain mouvement, de sa prochaine audace. Je sens son sexe à travers l'étoffe de son pantalon, je me serre plus fort. Je suis prête à tout.

« Charles, tout va bien ? »

J'avais oublié qu'il n'était pas seul, c'est comme une douche froide.

« Oui, oui, Natacha, j'arrive. »

Il s'est détaché de moi avec souplesse et à le regarder, on jurerait qu'il ne s'est rien passé. Quant à moi, je suis bouleversée. Je suis essoufflée, j'ai l'impression d'être toute nue et je suis probablement écarlate.

« Venez, je suis resté trop longtemps absent, je vais vous présenter… »

Quelle idée brillante ! Dans mon état… Je n'ai pas le temps de protester qu'il me précipite dans le salon. Un instant, je pense halluciner. Sur la méridienne rouge sont assises deux blondes sculpturales identiques… que je croie nues l'espace d'un instant. Elles portent en réalité des robes minuscules couleur chair. Elles se tiennent toutes deux exactement de la même façon, les jambes croisées, une coupe de champagne à la main. Les deux paires d'yeux d'un bleu glacial me détaillent des pieds à la tête.

« Emma, je vous présente Natacha et Katia Petrovska. Emma Maugham, ma voisine et amie. »

J'arrive à articuler un *« bonsoir »* mal assuré. Je manque d'air, il faut que je parte d'ici, que je fuie.

« Je dois partir, désolée, dis-je en m'éclipsant.
– Emma… comme vous voulez, à bientôt. »

Je n'ai pas attendu qu'il me raccompagne, j'ai fait le chemin inverse comme un zombi. Je suis maintenant devant un bol de soupe et je n'en reviens toujours pas. Comment est-on passé des moqueries humiliantes à ce baiser torride dont mon corps frissonne encore ? Et puis, qui sont ces jumelles sur son canapé ? Une réunion professionnelle, vraiment ? C'est vrai que je ne sais toujours pas ce qu'il fait… Mais ça me paraît louche. Quel genre de professionnelle se rend à un rendez-vous à moitié nue et avec sa sœur jumelle ? La voix de Manon résonne ironiquement dans ma tête. Pour le coup, je ne vois effectivement pas d'autre explication… En ce cas, pourquoi a-t-il tenu à me les présenter ? Est-ce qu'il voulait que je participe ? Je chasse immédiatement cette idée de ma tête. C'est trop. S'envoyer en l'air, oui. Tolérer une telle perversion, c'est au-delà de mes forces. Je lui signifierai dès que nous nous recroiserons. En attendant, une douche froide me fera le plus grand bien.

Je suis assise sur la méridienne juste vêtue d'une combinaison couleur chair. Charles, assis à côté de moi, me tend une coupe de champagne en me regardant dans les yeux. Nous trinquons. De sa main libre, il me caresse le genou. Ses doigts glissent sur ma peau brûlante en un mouvement lancinant. Il cesse tout à coup et arrache les bretelles de ma robe d'un mouvement sec. La robe disparaît, je suis nue, toujours assise les jambes croisées, mon verre de champagne à la main. La caresse sur mon genou reprend, plus insistante. Cette fois, les doigts s'aventurent plus haut sur ma cuisse. Je les regarde, fascinée. Je voudrais décroiser les jambes mais je ne peux pas bouger. Et puis... je me réveille.

Je ne veux plus aller chez lui, je laisserai au hasard la responsabilité de notre prochaine rencontre. D'ici là, je vais tenter de vivre normalement. Après tout, il ne m'est rien arrivé. Un pauvre baiser dans une entrée, il n'y a vraiment pas de quoi en faire toute une histoire... Si ma vie n'était pas si vide, je m'en souviendrais à peine.

Voilà justement l'occasion de me changer les idées. Une fête chez Manon. Qui sait, j'y rencontrerai peut-être un garçon de mon âge aux mœurs normales ?

Manon a apparemment eu la même idée et sitôt entrée, elle me présente à un certain Olivier de son TD de linguistique médiévale. Il a tout du type charmant. De beaux cheveux bouclés bruns, de grands yeux vert clair rêveurs, un look approximatif... Exactement mon genre. On boit, on discute. Je crois que le courant passe bien. Je pose ma main sur la sienne... qu'il repousse aussitôt. Il sort d'une histoire difficile, me dit-il. Au temps pour moi. Cela fait une semaine que je m'intéresse aux hommes et je savoure déjà mon premier râteau. Je me sens un tout petit peu humiliée même si, assure-t-il, il me trouve *« vraiment sympa »*.

Manon et Mathieu se déchaînent sur un tube des années 1980. Ils m'ont oubliée, je ne les blâme pas. Je m'éclipse discrètement, le dernier métro m'attend.

À cette heure de la nuit, je ne pensais pas croiser quelqu'un sur mon palier.

« Bonsoir. »

C'est Rita. Enfin celle que j'ai baptisée Rita. Cette fois, elle porte un tailleur pantalon noir. Elle est tout aussi belle, mais moins sexy. En plus, elle s'en va. Je lui rends son bonsoir et retourne à l'exploration de mon sac.

« Emma, c'est ça ? »

Comment elle connaît mon nom ? Est-ce qu'ils auraient parlé de moi ? Je me redresse pour la regarder. Elle me tend la main avec un sourire franc.

« Élisabeth, enchantée. Si on doit se croiser souvent autant qu'on fasse connaissance vous ne croyez pas ?
– Oui. Vous vivez là ? »

Elle a l'air choqué par ma question.

« Mais non, pas du tout ! Charles et moi sommes de vieux amis. Et puis, nous travaillons ensemble
– Donc, vous n'êtes pas sa petite amie ?
– Grands dieux, non ! Charles, une petite amie ! »

L'idée lui semble si incongrue qu'elle en éclate de rire.

« Pardon, comme je vous ai vue l'autre jour… enfin je veux dire…

– Comme je vous l'ai dit, nous sommes de vieux amis », dit-elle pour clore la discussion avant de disparaître dans l'ascenseur.

« *De vieux amis.* » Qu'est-ce que je dois comprendre ? Qu'ils couchent ensemble de temps en temps ? À quelle fréquence ? Il y a des règles pour ça ? Est-ce que c'est juste parce qu'ils ne vivent pas ensemble, qu'elle dit ça ? J'ai l'impression que rien n'est simple avec mon voisin

8

UN PEU DE LUMIÈRE

« Emma ! Emma ! »

Élisabeth sort d'un taxi avec deux énormes tableaux.

« Vous voulez bien m'aider à les porter chez Charles ?
– Bien sûr. C'est un cadeau ?
– Non, une livraison ! Des émirs de Dubaï, je crois. Attention, ça vaut des millions !
– Et pourquoi on les monte chez Charles ?
– Il va les expertiser et les vendre à nos fameux émirs…
– Ah oui, bien sûr. »

J'ai dû appuyer un peu trop sur cette dernière phrase. Élisabeth me regarde, amusée.

« Tu ne sais pas ce que fait Charles, je me trompe ? »

Je note avec plaisir qu'on est passées au tutoiement.

J'avoue mon ignorance, soulagée de ne pas avoir à jouer la comédie. Elle rit de nouveau.

« Charles et son fameux sens du mystère ! Viens, entre, on va boire un café. »

Elle a sorti une clef et s'apprête à ouvrir l'appartement.

« Mais Charles ? »

Son regard s'obscurcit soudainement.

« Il est en déplacement, il ne rentrera pas avant ce week-end. »

Elle pose délicatement les tableaux contre la méridienne et m'invite à m'asseoir sur un tabouret de bar. Elle s'affaire dans les placards.

« Foutu design italien ! Il doit bien y avoir du café dans cette maison ! Il y a un percolateur, c'est quand même pas juste pour faire joli ?
– Dans le frigo ?
– Bingo ! »

C'est amusant de voir une femme si distinguée se montrer si naturelle ! Je suis pleinement à l'aise, j'en profite pour l'interroger.

« Et donc Charles ? C'est son métier, vendre des toiles ?

– Entre autres, oui. Il achète et revend des œuvres d'art à travers le monde. C'est aussi un expert reconnu. Lui seul est capable de reconnaître de façon catégorique la patte de certains artistes. Il s'intéresse aussi depuis peu à l'art contemporain, il est une sorte de découvreur de talents. Il est capable de faire monter ou chuter la cote d'un artiste par un seul froncement de sourcil.

– Moi qui croyais que c'était un fils à papa !

– Mais c'en est un, figure-toi ! Sauf qu'il a choisi de ne pas reprendre le petit commerce de papa. Son truc à lui, c'était plutôt les armes... Mais Charles n'en a toujours fait qu'à sa tête, il a fait des études d'histoire de l'art – c'est à cette époque qu'on s'est rencontrés – contre l'avis de ses parents et quand ils sont morts il n'a pas eu un seul regret à vendre l'affaire familiale. Il a préféré investir son immense fortune dans autre chose. Et par bonheur il était doué... »

Mon soulagement doit être évident.

« Tu avais peur de sortir avec un truand ?
– Mais je ne sors pas avec Charles !
– Ah... j'ai cru.
– Pourquoi ? Il a dit quelque chose ? »

J'ai dû montrer trop d'empressement dans cette question. Je ne suis pas crédible. Élisabeth s'en amuse gentiment.

« Non, non rien du tout. J'ai dû me tromper. »

Nous continuons à papoter en évitant soigneusement le sujet Charles. Ce n'est vraiment pas la femme que je m'étais imaginée la première fois que je l'ai vue. Bien sûr, elle est très belle et super sexy mais elle ne semble pas en tenir compte. Elle est incroyablement naturelle. J'ai l'impression de discuter avec une vieille amie. Elle me parle pas mal de son boulot. De sa vie sentimentale, aussi. Son mari est mort il y a trois ans, dans un accident de voiture. Elle dit que c'était son seul et unique amour. Bien sûr elle sort, elle couche avec des hommes (dont Charles ?), mais elle a tiré un trait sur l'amour. Elle dit tout cela avec un tel aplomb que je suis tentée de la croire. Elle ne semble pas déprimée par cette idée. C'est juste comme ça, m'explique-t-elle.

Il se fait tard, je dois aller travailler. Je la quitte à regret. Avant de partir, elle me tend une invitation pour un vernissage bientôt dans sa galerie. Nous nous faisons la bise à la française.

9

JOYEUX ANNIVERSAIRE

Je ne sais pas pourquoi je pense toujours naïvement que ce sera différent. Que ce sera un jour particulier. Et tous les ans, je m'endors avec la même frustration. C'est mon anniversaire. Cette année plus que d'habitude, j'aurais dû savoir que rien ne m'arriverait. Mon père n'est même pas là pour me préparer des pancakes… En plus, je ne connais personne à la fac hormis Manon et Mathieu. Je leur ai quand même dit au déjeuner, ils ne comprenaient pas mon humeur maussade.

« On pourrait aller boire un verre pour marquer le coup ? », propose Manon.

Ce qui est vraiment sympa vu la crève qu'ils se traînent tous les deux depuis trois jours. Ils font pitié avec leur goutte au nez. Je dois avouer que je les trouve quand même mignons. Ça donne envie d'avoir un rhume et un petit ami avec qui le partager. Je ravale ma fierté et j'accepte un petit verre à la sortie des cours.

Je n'aurais pas dû. C'est un caprice et je m'en rends bien compte. Mes amis se donnent un mal fou pour rester éveillés et faire semblant de s'amuser. Je décide de mettre fin à leur souffrance au bout de deux heures. J'erre en ville, seule et triste. Je ne veux pas rentrer tout de suite. J'ai l'impression que si je rentre avant minuit, ma journée n'aura vraiment eu aucun intérêt. Comme si quelqu'un allait le remarquer…

J'arrive devant mon entrée à minuit pile. Ridicule consolation… Je trouve le hall étrangement illuminé. Charles. Il est revenu. Il attend l'ascenseur. Il m'attend. Je ne sais pas quoi lui dire, je crois que je suis toute rouge. C'est sans doute l'alcool. Et lui. Évidemment.

« Vous savez, c'est mon anniversaire aujourd'hui. »

Je ne sais pas pourquoi j'ai dit ça, sans préambule. Il me regarde longuement.

« Vous avez célébré cet événement, je suppose ?
– Non. »

Mon ton est éloquent et résume parfaitement l'état d'esprit de la journée. Il prend un air (sincèrement ?) affecté tandis qu'il m'ouvre les portes de l'ascenseur.

« Je me trompe où vous êtes déçue ? »

Je soupire.

« Voulez-vous appuyer sur le bouton stop pour moi s'il vous plaît ? »

Je m'exécute sans piper mot. Je veux savoir la suite. Je maintiens ce bouton enfoncé comme si ma vie en dépendait. Il est derrière moi. L'impression qu'il se passe une éternité et puis il dit :

« Je vous propose un petit jeu. Si vous voulez qu'il cesse, vous n'avez qu'à relâcher ce bouton. Mais si vous souhaitez qu'il continue, attention à ne pas bouger votre doigt. »

Ok, je devrais m'en sortir. Je suis toujours immobile. Je sens son corps derrière le mien, pourtant il ne me touche pas. J'ai chaud. Soudain, une caresse presque imperceptible contre ma nuque qui me fait frissonner. Il s'est approché. Je sens son souffle dans mon cou. Je voudrais bouger que je ne pourrais pas. Sa main est revenue sur ma nuque. Il me caresse très légèrement, c'est comme un voile imprévisible. À chaque fois que ses doigts se posent sur moi, je cesse de respirer. Il est plus près, à quelques centimètres, je le sens. Sa bouche vient de plonger dans mon cou tandis que sa main s'attarde sur mon épaule droite. Elle la dénude sans que je m'en aperçoive et des baisers appuyés viennent prendre la place du tissu. Soudain, il s'arrête net. Je mets quelques secondes à me rendre compte que c'est moi. Tout à ses caresses, j'ai commencé à relâcher la pression que j'exerçais sur le bouton. J'appuie de nouveau.

« Attention, la prochaine fois, j'arrête pour de bon. C'est compris ?

– Oui », réussis-je à articuler dans un souffle.

Ses doigts retrouvent mes épaules nues. Cette fois, le contact n'est plus léger. Je sens ses mains amples et chaudes et chacun de ses doigts sur ma peau. C'est comme s'il cherchait à me sculpter. Ses mains descendent sur mes bras, mes coudes, mes mains. Arrivé au bout de mes doigts, il marque un temps. Sa main gauche vient se poser sur ma hanche tandis que l'autre entreprend de faire le tour de mon bras mobilisé par le bouton stop. Ses doigts courent sous mon bras. D'ordinaire, j'éclaterais de rire mais là je suis comme électrisée. Je ferme les yeux. Je sens sa caresse revenir, passer sous mon bras, effleurer mon sein à travers mon chemisier. Je ne peux retenir un soupir.

« Vous savez quoi faire si vous voulez arrêter… »

Je sens chacun de ses mots dans mon cou comme un souffle brûlant. Je me fiche de ce qu'il dit. Je veux juste qu'il continue.

Il ne lui faut que quelques secondes pour ouvrir mon chemisier. Je jette un coup d'œil à mon soutien-gorge, je suppose que ça ira. Ses doigts se promènent sans but, presque nonchalamment sur ma poitrine où mon cœur bat trop fort. La pointe de mes seins se durcit et je serre les cuisses sans y penser. Je frissonne d'une nouvelle sensation. Je ne peux plus penser, je ne suis plus que la spectatrice de ces mains chaudes et de mon corps dont je guette les sensations. Ma jupe vient de tomber par terre comme par magie. Ses doigts légers continuent leur exploration légère. Mes hanches, mes cuisses. Ses effleurements sont insoutenables. Un geste de genou vient de m'écarter les pieds afin de laisser plus de place aux mains insatiables qui m'assaillent. J'ai beau porter un collant et une culotte, le passage de ses doigts me trouble à un point incommensurable. Je ne peux empêcher mes hanches d'accompagner leur mouvement.

« Vous devriez mettre des bas », dit-il en abaissant mon collant et ma culotte à mi-cuisses.

Je ne peux m'empêcher de l'approuver, je suis sûre que j'ai l'air ridicule comme ça. Mais mon esprit n'a pas le loisir de s'attarder sur cette question. Je gémis avant de prendre conscience de ce qui m'arrive. De sa main droite, il est revenu sur mes seins et ses doigts s'appliquent à tordre mes tétons. C'est douloureux et délicieux. Son autre main explore l'intérieur de mes cuisses. Ses doigts se font curieux, je les guide malgré moi en pliant les jambes. Mon cœur bat à tout rompre. Je ne suis plus moi-même, mes hanches bougent toutes seules pour suivre et appuyer la caresse. J'ai fermé les yeux.

« Calmez-vous », souffle-t-il en me mordant soudainement le cou. Je sens maintenant tout son corps brûlant contre le mien. Son torse puissant à travers sa chemise, ses cuisses musclées et surtout son sexe contre mes fesses. Je le veux en moi. Il doit avoir entendu mes pensées. D'un geste sûr, il a saisi ma cuisse, a posé mon pied sur un rebord dans l'ascenseur et m'a pénétrée sans préavis. La sensation est brutale et enivrante, je suis comme possédée. Je crois que je me mets à crier. Je sens son souffle dans mon cou et ses dents dans ma chair qui s'enfoncent à chaque coup de hanches. Et puis, tout s'accélère, je perds pied, je ne sais plus qui je suis ni où je suis.

Quand je reprends mes esprits, ce sont encore ses mains que je vois. Ma jupe est revenue à sa place et mon chemisier est en train d'être boutonné. Il saisit mon poignet délicatement, décolle mon doigt du bouton stop. Nous reprenons notre ascension. Les portes s'ouvrent. Je marche machinalement vers ma porte, comme sonnée.

« Emma !
– Oui ?
– Vous oubliez votre sac… »

Il me tend mon sac avec un sourire que je ne sais interpréter. Je pense en voyant ses lèvres que nous ne nous sommes même pas embrassés. L'instant d'après, je m'effondre sur mon lit, épuisée.

II
LA CHENILLE ET LE PAPILLON

10

LE RÉVEIL

Je me suis réveillée vers midi tout habillée sur mon lit. J'ai mis du temps à rassembler mes esprits. Quand j'ai finalement repris conscience, j'étais horrifiée. J'ai couché avec Delmonte ! Non, c'est pire que ça. Je me suis fait prendre dans l'ascenseur par Delmonte ! Comme une soubrette. Il n'a même pas pris la peine de m'embrasser. Je suis furieuse… et encore troublée. Rien que d'y repenser, je frissonne et c'est comme si mon corps résonnait encore de ses caresses. Ça n'avait rien de la nuit de passion dont j'aurais pu rêver, mais je n'avais encore jamais ressenti ça. Une telle intensité, une telle perte de contrôle… Il faut que je pense à autre chose, rapidement.

Ceci dit, cette aventure remet quand même en cause la nature de nos relations. Enfin, de mon côté, c'est certain. De sa part, je ne sais pas. Est-ce une habitude chez lui ? Trousser les domestiques dans l'ascenseur ? Mon Dieu ! Est-ce qu'il a couché avec ma cousine ? Non, c'est impossible !

Il faut que je lui parle. Évidemment je n'ose pas. Pourtant nous sommes intimes maintenant, ça ne devrait pas poser trop de problèmes. *« Bonjour Charles, je me demandais, au fait Quelle est donc la nature exacte de nos relations ? »* Parfait, excellent. Cette relation, si c'en est une, part vraiment sur des bases de communication saines.

Du bruit dans la cage d'escalier. C'est lui. Il sort de son appartement avec quelque chose dans la main. Je suis plaquée contre ma porte, je l'épie, je retiens mon souffle. Il est là, immense, devant l'ascenseur. Oh mon dieu ! Il m'a vue ! Il me regarde ! Il s'approche de la porte. Je ne peux plus bouger, plus respirer. Et puis il disparaît. Je suis folle, c'est sûr, ce type m'a envoûtée. Un verre d'eau, il faut que je reprenne mes esprits et que je retourne à mon poste de surveillance. Il n'a pas disparu, il est en train de s'engouffrer dans l'ascenseur. Seul, cette fois.

Je m'effondre par terre, essoufflée comme après une course. Je suis ridicule. Comment ce type peut-il me faire autant d'effet ? C'est sûr, si j'avais eu une vie sexuelle un peu plus dans la norme jusqu'à aujourd'hui, je ne serais pas dans cet état. Je vais aller prendre l'air, j'en ai besoin. J'ouvre la porte mue par une toute nouvelle énergie. Sur mon paillasson, il y a un petit sac en papier que j'ai failli écraser dans la précipitation. Je retourne aussitôt chez moi.

C'est une boîte ancienne. Je crois que je n'en ai jamais vu d'aussi jolie, elle est en bois travaillé avec des éclats de ce qui me semble être de la nacre. Le tout forme des motifs arabisants en losanges. C'est magnifique. À l'intérieur, deux papiers. Le premier est un certificat d'authenticité. La boîte est bien incrustée de nacre, elle date du début du siècle dernier et vient de Syrie. Le second papier est un carton blanc, sur lequel on a simplement écrit « Bon anniversaire ». C'est signé sobrement C. Delmonte. Je suis aux anges. Après tout, ce moment fou dans l'ascenseur était peut-être le prélude de quelque chose de tout à fait romantique ? Mais en y regardant de plus près, je remarque qu'il y a quelque chose d'autre. Je pensais que c'était l'intérieur de la boîte mais je m'étais trompée. Cette matière soyeuse et noire… des bas ! Je ne sais pas comment le prendre. Tenir ces bas de soie dans mes mains me renvoie inexorablement au moment où il a baissé mes collants. Et je suis de nouveau sans souffle, il va falloir que ça cesse !

Que penser de tout cela ! Un cadeau charmant et probablement hors de prix. Et puis un autre franchement sexuel. Est-ce qu'il me prend pour sa poule ? Je ne peux m'empêcher de penser à ces romans français du XIXe siècle où le riche bourgeois installe sa maîtresse dans un appartement pour en profiter à sa guise… La situation est humiliante mais le souvenir d'hier soir est encore trop jeune dans ma chair, je ne peux m'empêcher de soupirer de volupté. L'instant d'après je suis en sous-vêtements et en bas devant mon miroir. Il a raison, c'est beaucoup mieux. Sauf que ma culotte et mon soutien-gorge bleu clair font pitié et que ces bas ne tiendront jamais tout seuls plus de dix minutes. Mon soutif et ma culotte sont par terre. Je suis en bas. Nue. Je m'inspecte. Qu'en penserait Delmonte ? Que dirait-il s'il était là ? Derrière la porte… Je ferme les yeux un court instant, je savoure ces nouvelles sensations que sa simple évocation suffit à susciter en moi.

« Mademoiselle Maugham ! Un paquet pour vous ! »

S'il y a bien une voix capable d'anéantir toutes mes ardeurs, c'est bien celle-là. La gardienne.

« J'arrive ! »

J'ai crié ça comme si je vivais dans 120 m^2. J'enfile un peignoir et je tousse. Comment justifier de ne pas être habillée à midi passé en pleine semaine ?

Ça vient de mon père ! Un colis de survie pour mon anniversaire ! Des gâteaux, des sucreries, une carte, une écharpe de ma grand-mère et une gentille lettre. Je décide de profiter de ma journée pour flâner dans Paris. J'ai bien mérité ça, après toutes ces émotions. À mon retour, c'est décidé, je mettrai les choses au clair avec Charles Delmonte.

Je n'ai pas eu l'occasion de mettre les choses au point. Cela fait cinq jours que je ne l'ai pas vu. Quant à moi, je suis toujours aussi perdue. Je ne sais pas où j'en suis. Ce que je veux. Ce que je veux être pour lui. Ce que je suis prête à tolérer. Je sens que, de mon côté du moins, c'est plus que du sexe. Mais lui ?

Je travaille comme une forcenée pour effacer les images qui m'arrivent en rafale dès que je ne suis pas concentrée. Ses mains sur moi. Ma jupe par terre… Je passe mon temps à la bibliothèque. Manon se moque de moi. Elle dit que je fais un transfert. Que je mets toute ma tension sexuelle dans les études. Elle n'a pas tort…

11

GOURMANDISES

Alors que je ne l'attends plus, il vient de surgir d'un taxi sur le trottoir, à côté de moi, comme par magie. Il est 19 heures, je viens d'achever ma journée d'étude, je rentre d'un pas pressé.

« Emma ! »

Mon Dieu, qu'il a l'air fatigué et triste ! Il me sourit pourtant. J'ai beau lui en vouloir de son silence, je ne peux que compatir.

« Tout va bien ?
– Oui, merci. »

Il me sourit de nouveau, plus franchement à présent.

« D'ailleurs, que diriez-vous d'aller dîner ?
– Avec plaisir.
– Très bien, je passe vous prendre à 21 heures. Et... Emma ?

– Oui ?
– Vous avez une robe noire bien sûr ?
– Bien sûr. »

Bien sûr ! Qu'est-ce qui m'a pris de répondre ça ? Oui, j'ai une robe noire. La même depuis mes 15 ans. Il serait d'ailleurs plus juste d'appeler ça un tube. Un tube gris passé. Quand il me verra comme ça, c'est certain, il ne voudra plus aller dîner.

Par bonheur, j'ai aujourd'hui des sous-vêtements assortis. Et un porte-jarretelles noir que je me suis finalement décidée à acheter pour tenir mes bas.

Quand il frappe à la porte, je suis toute rouge, engoncée dans ma robe.

« Emma, grands dieux ! Mais c'est encore pire que je ne l'imaginais ! »

Il vient de s'effondrer sur mon lit et me contemple en riant.

« Qu'est-ce que c'est que cette horreur ? Je parie que vous l'avez depuis le lycée, je me trompe ?
– Non. »

Je regarde mes pieds. Je le savais. Je suis humiliée et furieuse. Je vais le foutre dehors. Je lui lance le regard le plus noir que je puisse composer. Il est toujours hilare.

« Arrêtez, vous me faites peur ! Tenez, je vous ai apporté un petit quelque chose. »

Il me tend un sac Dior. Je l'ouvre, toujours furieuse. Dedans, une robe de cocktail noire. Elle est incroyablement légère, j'ai l'impression que je vais la déchirer. J'en reste bouche bée. Je veux dire, c'est magnifique, mais qu'est-ce que ça signifie au juste ? Pour qui me prend-il ?

« Essayez-la, je n'étais pas sûr de la taille…
– Mais je… C'est un cadeau ?
– Oui. Mais si ça vous gêne, vous pourrez toujours me la rendre après le dîner ! Retirez-moi cette horreur. »

Il me regarde. Franchement. Il doit croire que je vais retirer ma robe devant lui, comme ça. Je rougis. Il doit avoir compris parce qu'il feint de regarder par la fenêtre. Je me suis vite débarrassée de ma vieille robe. Voyons comment on enfile ce bijou…

« Euh… Emma… »

Il me regarde à nouveau, l'air préoccupé. Je suis écarlate.

« Vos sous-vêtements.
– Qu'est-ce qu'ils ont ? Ils ne sont pas assez bien non plus ?
– Non, juste enlevez-les, ils vont se voir à travers la robe. »

Je suis atrocement vexée, mais je m'exécute à la hâte. Un instant après, je me regarde dans le miroir. La robe est parfaite. C'est exactement ma taille. Je me souris et Charles me sourit dans le miroir aussi. Il vient de surgir dans mon dos. D'un geste sûr, il vient de défaire mon élastique et éparpille mes cheveux sur mes épaules. Il semble réfléchir.

« Vous n'avez pas un bijou ? »

Non. Il réfléchit encore puis, comme mué par un ressort invisible, disparaît de chez moi en laissant la porte ouverte. Il revient quelques secondes plus tard, un écrin entre les mains.

« Emma, voilà les diamants de Lady MacAllister. »

Mon regard trahit mon ignorance.

« Oh, c'est normal que vous ne la connaissiez pas. C'est une noble écossaise du XIXe siècle. Elle était connue pour sa dépravation, sa fortune indécente et son goût sans limite pour la joaillerie. J'ai trouvé cette pièce unique il y a quelques jours et j'ai tout de suite été séduit. Il faudrait que je songe à le vendre, mais je ne peux m'y résoudre, cet objet me fascine. »

Il ouvre l'écrin. Je n'ai jamais rien vu de tel. Trois rangées de petits diamants coupées par une bande verte. Je veux toucher, c'est plus fort que moi.

« Ce sont des émeraudes. »

Je lui laisse me passer le collier autour du cou dans un silence religieux. Je nous regarde dans la glace. On est beaux, c'est indéniable. J'ai très envie de l'embrasser. Je me retourne, me hisse sur la pointe des pieds et lui tends mes lèvres qu'il prend avec volupté. Je sens que je chavire encore, mais il prend mon visage entre ses mains et me dit comme on gronde un chaton :

« Emma, nous allons être en retard. Attendez au moins le dessert… »

L'instant d'après, nous sommes installés à l'arrière d'une berline noire. Paris est à nous. J'ai pris l'habitude de me déplacer en métro, c'est donc un paysage tout à fait inédit qui défile sous mes yeux. Je suis fascinée, j'en oublierais presque Charles. C'est à regret que je vois la promenade s'achever devant une enseigne chic au bord de la Seine. Nous descendons sur le trottoir où un majordome nous attend. Je n'ai jamais vu ça, c'est comme si nous étions seuls dans le restaurant. En réalité, c'est un salon privé, une table juste pour nous deux avec une vue sur le fleuve. La décoration est soignée et tout en clair-obscur. Du velours bordeaux, des chandeliers, un parquet centenaire sur lequel s'épanouissent de chauds tapis orientaux… malgré le luxe, l'endroit est chaleureux. Comme une alcôve. Quelque part, quelqu'un joue du piano, mais on ne peut pas le voir. C'est une sonate romantique, Chopin ou Liszt je dirais. Quelque chose de doux et passionné, totalement en adéquation avec le lieu. Je regarde et j'écoute, je suis comme au musée. Quand une jeune femme apporte la carte dans un silence d'église, je crois que j'ai tout à fait oublié que nous sommes au restaurant. Je pourrais rester des heures comme ça, sans parler, à regarder les lumières de la ville jouer sur la Seine et celle des bougies dans les yeux de Charles.

« Vous me faites confiance ?
– Bien sûr. »

Je laisse Charles commander. Je suis prête à me laisser surprendre. Une nouvelle fois. Il passe la commande, mais je n'écoute pas. Je le regarde, si parfaitement à l'aise dans son milieu. La jeune femme arrive rapidement avec deux verres de vin et de petits ramequins mystérieux dont elle déclame le contenu avec emphase. Je n'ai évidemment rien compris. Charles a vu ma grimace et me fait un clin d'œil.

« Merveilles merveilleuses de luxe dans de petits ramequins prétentieux », dit-il en singeant la serveuse une fois partie.

Je pouffe. Je n'avais pas idée qu'il puisse être si drôle.

« Ce vin…
– Je me suis souvenu que vous l'appréciiez… »

Nous trinquons, les yeux dans les yeux. La soirée s'annonce délicieuse, je crois que ce n'est vraiment pas le moment de lui parler de la « nature » de notre relation. Son regard triste de début de soirée s'est volatilisé. Il est bavard, rieur. Il me raconte Paris, ses vieilles pierres, ses petites histoires. Le milieu qu'il fréquente. Il est vraiment amusant. J'essaie d'être à la hauteur en lui racontant mon père et son histoire d'amour avec les dinosaures. Il rit. Il a une fossette juste au coin de la lèvre qui m'obsède. La serveuse vient de temps en temps pour changer les assiettes et les remplacer par d'autres merveilles en nous abreuvant d'un discours qui se refuse toujours à moi. Charles trouve ça follement amusant et reformule selon sa fantaisie :

« Rate de princesse déchue au sang de licorne », « Edelweiss frite aux larmes de moine trapéziste », « Plume de dodo en saumure. »

Je n'ai pas la moindre idée de ce que je mange. En tout cas, c'est exquis. Je crois n'avoir jamais rien mangé d'aussi raffiné et en si bonne compagnie.

« J'ai très envie de vous entendre crier dans cet endroit…
– Pardon ? »

Je viens de m'étouffer et Charles de me rejoindre sur la banquette.

« Vous m'avez très bien entendu », dit-il avant de glisser sa langue dans ma bouche.

Je fonds avant de reprendre mes esprits.

« Mais nous sommes dans un lieu public… et la serveuse, vous n'y pensez pas !
– C'est bien désert pour un lieu public… Quant à notre jeune première, je lui ai commandé un dessert très élaboré qui ne devrait être prêt que dans vingt minutes… Oups, ma serviette. »

Il s'est penché soudainement et je sens aussitôt ses lèvres sur ma cheville droite. Tant que ça ne va pas plus loin, j'imagine que je ne risque rien. Il veut juste jouer avec mes nerfs, j'en suis sûre. Ses baisers font le tour de ma cheville et remontent le long de mon mollet. Je vais rester stoïque et tenter de penser à autre chose, mais un frisson me parcourt rapidement le corps et me rappelle que je ne porte pas de sous-vêtements. J'ai chaud. J'ai l'impression que mon cœur ne bat plus dans ma poitrine mais dans mon bas-ventre. Je voudrais lui dire d'arrêter. Ou le supplier de continuer. Il est à mi-cuisse. Je respire difficilement. Il va falloir que j'agisse, que je mette un frein à tout cela. Je vais ouvrir la bouche quand il décide subitement de changer de jambe. Retour à la cheville. C'est un supplice que je gère jusqu'à présent, je reporte mes protestations. À présent, il est à la limite entre le fin bas de soie et ma peau. Il se cantonne à cette limite. Il en fait le tour avec de petits baisers puis glisse sa langue sous le tissu. C'est insoutenable. J'ai oublié la serveuse, je ferai ce qu'il voudra, je crierai s'il le faut. Je desserre un peu les jambes pour l'inviter à poursuivre… Sa langue glisse le long de ma cuisse en remontant doucement. Je gémis alors que son visage s'approche de mon intimité humide. Soudain, il relève la tête, me montre sa serviette et regagne sa place.

« J'ai retrouvé ma serviette. Mais vous avez crié, me semble-t-il, quelque chose ne va pas ? »

Je ne sais pas quoi dire. Je suis furieuse. Et frustrée. La serveuse arrive au moment où je pense me jeter sur lui pour le griffer.

« Frustration délicieuse sur canapé de velours », dit-il avec un clin d'œil avant d'attaquer son dessert.

12

UN DERNIER VERRE

Je n'ai plus faim. Comment peut-on faire des choses pareilles ? Quand je pense que j'étais presque prête à coucher avec lui, là au milieu du restaurant… Sa fossette me fait oublier un instant ma brutale déconvenue. Mais j'ai perdu l'appétit. Enfin, celui qui me permettrait d'engloutir le dessert que lui prend vraiment plaisir à manger. Je sais qu'il en rajoute à dessein. Il prend son temps, déguste. Il savoure sa victoire. Je n'arrive pas à me calmer, c'est comme si chaque mouvement que je faisais déclenchait en moi des ondes de désir. Il me regarde intensément, j'ai l'impression de me consumer sur place. Et puis soudain, il me tend la main.

« Allons-y. »

Un jeune homme surgit de nulle part avec nos affaires et la voiture apparaît sitôt que nous sommes dehors. Je n'ai pas l'impression de l'avoir vu payer. Tout se passe comme dans un rêve.

Ça y est, nous sommes seuls à l'arrière de la voiture. Je ne sais pas trop comment m'y prendre, mais je sais ce que je veux. Je pose ma main sur sa cuisse et je remonte doucement ne laissant aucun doute sur mes intentions. Malgré une raideur qui me rassure et m'excite encore plus, Charles saisit ma main et la repose sur mon genou, comme on le ferait avec celle d'un écolier.

« Pas ici, nous ne sommes pas tout seuls ! »

Il n'a pas tort, c'est vrai que j'ai un peu oublié le chauffeur. Mais je suis sûre qu'il est plus amusé par la situation que gêné par son discret employé. J'en ai assez de me faire éconduire, je ne tenterai plus rien ce soir, je suis trop humiliée.

C'est étrange de rentrer ensemble, comme ça. On vit sous le même toit et pourtant malgré les quelques événements récents, nous restons des étrangers. Même si nous nous connaissons mieux, il continue à me vouvoyer… Par jeu, peut-être ?

L'ascenseur. À présent, sa seule vue me coupe le souffle. L'état dans lequel je suis, c'est encore trop d'émotions. Mais je ne ferai rien. Je le regarde intensément dans les yeux jusqu'à notre étage. Il reste immobile, impassible.

« Voulez-vous admirer ma collection d'estampes japonaises ? » dit-il enfin avec un air enjoué.

Ça suffit ! J'en ai assez, je n'ai vraiment aucune envie de parler art. Qu'est-ce qu'il cherche à démontrer ? Que je veux coucher avec lui ? Il faut que je le demande, c'est ça ? Il peut toujours rêver.

« Non, je suis fatiguée. Merci, j'ai passé une très bonne soirée.
– Mais Emma… Je pensais que vous en aviez envie aussi. »

Je crois que je le regarde avec des yeux ronds, il se sent obligé de préciser.

« Admirer mes estampes japonaises, c'est une expression ringarde pour dire coucher avec moi, c'est comme « boire un dernier verre ». Désolé, je pensais vous faire rire… Emma, donc, que diriez-vous de coucher avec moi ? Mais peut-être êtes-vous trop fatiguée ? »

Dit comme ça, c'est sûr que c'est beaucoup plus clair. Et flippant aussi. Cette fois, pas d'excuse, si je franchis cette porte, c'est pour le sexe. Je sais à quoi m'attendre. Enfin, en vérité pas vraiment, c'est précisément ce qui me fait peur…

Je suis encore à réfléchir, qu'il est déjà à l'intérieur.

« Emma, vous venez ? »

Je suis interdite. Je ne sais pas si je dois entrer et ce que je vais trouver en entrant. Est-il nu au milieu du salon ou, pire, allongé sur son lit ? Qu'attend-il de moi ? Que je prenne les choses en main ? Mais comment fait-on dans la vraie vie ? Tout aurait été beaucoup plus simple s'il m'avait embrassée langoureusement devant sa porte comme dans les films. Il me semble que dans ce genre de situation, tout s'enchaîne alors très naturellement dans le feu de la passion. Au lieu de ça, j'ai droit à cette invitation déroutante.

« Emma ! »

J'entre, advienne que pourra. Ouf, il n'est pas nu. Il a ôté son pardessus et sa veste. Il est pieds nus, il me tend un verre avec un sourire.

« M'est avis que vous ne direz pas non à ce dernier verre, finalement. Excusez-moi si je vous ai brusquée. Asseyez-vous, je vous en prie. »

Je prends place sur la fameuse méridienne. Tout au bord, prête à m'échapper si… si quoi ? Je ne sais pas vraiment. Mon cœur bat à tout rompre. Je bois une gorgée de vin. Sa douce chaleur me rassure un peu.

Je ne sais pas quoi dire. Je le regarde, fascinée par son corps, on dirait un félin. Il s'approche de moi, s'agenouille. Il a relevé ma robe à mi-cuisse et regarde mes jambes. Sa bouche reprend ses baisers appuyés à la lisière de mes bas. Je tressaille. D'un geste, il écarte mes jambes. Je me souviens soudain que je n'ai pas de sous-vêtements, je veux partir.

« Pardon, je ne peux pas, c'est une mauvaise idée…
– Emma, rasseyez-vous, je vous en prie. »

Je me rassois. Les genoux bien serrés. Je suis ridicule, je savais à quoi m'attendre en venant ici.

« Détendez-vous », se contente-t-il de murmurer en baissant la lumière.

Cette quasi-obscurité me rassure. Je m'agrippe toujours à mon verre tandis qu'il reprend ses baisers diaboliques. Sa langue va et vient le long de mes cuisses fermées tandis que ses mains glissent sous ma robe à la recherche de mes seins. Je sens une chaleur inédite monter en moi. Il tient maintenant chacun de mes seins dans ses mains. Il écarte ses doigts et les referme aussitôt pour venir pincer leur extrémité. Je ne peux m'empêcher de fermer les yeux et de lâcher ma tête en arrière comme pour mieux savourer ce plaisir. Mais un nouveau gémissement m'emporte malgré moi. Mes cuisses que je croyais farouchement soudées se sont décollées et la bouche que je maintenais à une distance respectueuse s'est insinuée dans mon intimité. Les baisers légers ont fait place à des caresses plus audacieuses, à des coups de langue précis dont l'intensité m'arrache des cris. Je ne sais pas quoi faire de mon verre. Un instant d'oubli me fait le poser sur sa nuque. Je suis terrifiée. Je ne bouge plus. Une main surgie de nulle part le prend soudain et le met sur la table. Elle prend ensuite ma main et la pose sur sa tête. Je n'ai jamais vécu quelque chose d'aussi troublant. Sentir sa tête qui se meut sous ma main décuple mes sensations. Je ne suis plus aux commandes, c'est presque malgré moi que j'écarte les jambes et imprime un rythme plus soutenu à ma main. Soudain je frémis, parcourue par un nouveau frisson. Un doigt s'est insinué en moi et puis deux. Je les invite à continuer leur exploration par un soupir éloquent. Je ne sais plus où je suis. Il cesse alors ses caresses et m'embrasse à pleine bouche. Sa langue prend la mienne presque avec violence. Il est à genoux. Je déboutonne sa chemise, fiévreusement. Mes gestes sont flous et désordonnés, je voudrais lui arracher ses vêtements. Il est rapidement nu. Il me regarde dans les yeux avec une intensité insoutenable. J'avance la main vers son sexe tendu, décidée à lui rendre le plaisir qu'il vient de me donner mais il s'assoit à côté de moi sur la méridienne et me saisit les hanches pour que je vienne m'asseoir sur lui. Il me semble que c'est la sensation que j'attendais depuis des heures. Je n'ai plus du tout peur. C'est encore plus intense que dans l'ascenseur. J'ai vraiment l'impression d'être possédée alors que c'est moi qui mène la danse. Il me regarde dans les yeux comme s'il goûtait mon plaisir autant que le sien. Nos baisers se font plus animaux, le rythme s'accélère. Il se lève et tout en continuant à me porter sur ses hanches, il me plaque contre le mur et reprend les commandes. Ses hanches vont et viennent contre moi avec force, presque violence. Je m'agrippe à lui, mes ongles s'enfoncent dans sa peau. Il n'y a plus rien que nous et ce rythme qui me rend folle…

13

LE JOUR SE LÈVE

Un souffle dans mon cou. Léger comme une brise. Et un baiser derrière mon oreille, comme une plume. Je ne veux pas ouvrir les yeux, je ne veux pas me réveiller. Je me sens trop bien, la bibliothèque peut bien encore attendre un peu…

« Emma, je sais très bien que vous faites semblant ! Vous ne devez pas aller à la fac aujourd'hui ? »

Je ne rêve pas ! J'ouvre les yeux. Charles Delmonte est là, allongé contre moi. Sa tête sur sa main, il me regarde de ses yeux rieurs. Je nous sais nus sous ces draps épais et tout me revient. La robe, le restaurant, son petit jeu… et cette nuit inoubliable ici ensemble. Je lui rends son sourire. Je ne veux pas bouger, je ne veux rien dire. Rien faire qui pourrait troubler cette plénitude. Mais déjà il est debout. Nu. Devant moi. J'envie son naturel. Cette façon qu'il a d'être à l'aise en toutes circonstances.

« Je vous fais un café, jolie dormeuse ?

– Volontiers.

– Je désespérais d'entendre le son de votre voix ! » plaisante-t-il avant de disparaître.

Je m'étire langoureusement avant de détailler la chambre – je n'ai guère eu le temps cette nuit. Enfin « chambre », le mot est inapproprié. Alcôve serait plus juste. Il y a ici la place pour un lit et pas grand-chose d'autre. Mais on voit que cela tient d'une volonté, en aucune façon d'un manque de place. C'est comme s'il s'était creusé une tanière dans son immense appartement. Une cachette à l'abri de tout. Les murs sont tendus d'un tissu rouge très sensuel et très réconfortant à la fois. Le plafond est bas. Les draps d'un gris foncé sont lourds et chauds, on dirait de la flanelle. Et puis des piles de livres d'art partout par terre. Tout cela me donne l'impression d'être dans le repère d'un riche cosaque qui m'aurait enlevée. L'idée ne me déplaît pas. Je constate amusée que j'ai gardé le collier de diamants.

« Long ou court, le café ?

– Long. S'il vous plaît. »

Vite, je dois passer quelque chose avant qu'il ne revienne avec les cafés. Si lui est toujours incroyablement à l'aise en toutes circonstances, personnellement, je ne suis pas encore prête à boire le café simplement vêtue d'un collier hors de prix. Sa chemise ! Je sais c'est un cliché, mais j'ai toujours trouvé cela incroyablement sexy. Elle porte encore son parfum boisé et l'odeur de nos ébats. Je rougis. Le voilà. Il a l'air amusé de ma démarche. Je suis gênée, je lui parle de l'ambiance russe de sa chambre.

« Tiens, c'est vrai, je n'y avais jamais pensé ! »

Et il disparaît ! Je ne m'y habituerai jamais. Que va-t-il me ramener cette fois ?

Il porte une sorte de robe de chambre, ou plutôt un manteau. En tout cas, c'est rouge et très richement orné d'arabesques dorées, je dirais que c'est mongol. À sa main, un sabre. Énorme. Il le dégaine tout à coup en m'insultant dans une langue inconnue. Du russe ? J'ai presque peur. Non, en fait, j'ai vraiment peur. Je ne comprends rien. Je suis juste vêtue d'une chemise et mon amant est fou. Il s'approche et m'effleure de la pointe de son sabre. Je crois qu'il me donne des ordres. Mon manque de repartie ne semble pas le satisfaire. Il lève son sabre et l'abat sur moi. Ô mon Dieu ! Il m'a frappée ! J'ouvre les yeux. Je n'ai rien. Mais ma chemise est ouverte. Je suis à nouveau nue. En collier, plutôt. Mais il semble s'être radouci. Il a posé son arme et vient de prendre mon visage entre ses mains. Il murmure quelque chose dans cette langue qui m'est inconnue. Et soudain, il me prend par les cheveux et me plaque sur le lit. Il me bande les yeux avec ce qui me semble être un foulard en soie. Je lui crie d'arrêter. Sérieusement.

« Relax Emma, c'est un jeu. Je suis sûre que vous allez aimer. »

Et il reprend sa litanie incompréhensible. Je suis sur le ventre, nue. À sa merci. J'attends. Il ne se passe rien.

L'appréhension le dispute à l'excitation. Soudain, je devine le plat de l'épée à l'intérieur de ma cheville. J'ai peur. Un peu. Mais je n'ai jamais été aussi excitée. Mon cosaque me caresse avec une épée qui a sans doute plus de deux siècles. Il remonte tout doucement à l'intérieur de ma jambe. Je frémis. Il tient toujours fermement mes cheveux de sorte que je ne peux pas bouger. Ma suffragette est scandalisée que je puisse y trouver du plaisir. Et pourtant… La lame si froide me semble maintenant bouillante. Elle va et vient entre mes cuisses me faisant oublier qu'il s'agit d'une arme potentiellement dangereuse. Mon souffle est court.

« Tu vas me rendre folle… »

Oh mon Dieu ! C'est moi qui viens de dire ça. Il s'est arrêté, comme interdit. J'ai rompu le charme. Qu'est-ce que j'ai fait ? Est-ce que c'est parce que j'ai parlé ? Parce que je l'ai tutoyé ? Je me tais à présent, mais je sens que c'est fichu.

En effet, il se lève et me dit sur un ton distant :

« J'ai un rendez-vous, j'avais oublié. Désolé, Emma, je dois partir. »

Je le devine qui reste debout au bord du lit à me regarder. Je retire mon bandeau. Un froid glacial vient de s'engouffrer dans la pièce. À tel point que je viens de me recroqueviller sous les draps. Il tourne brusquement les talons en direction de la salle de bains.

J'en profite pour sauter hors du lit et partir à la recherche de mes vêtements. Je m'habille à la hâte. Bien. Et maintenant ? Dois-je attendre qu'il sorte de la salle de bains ? Toquer et partir ? Laisser un mot ? Je suis plantée devant cette porte en me questionnant sur les conventions *ad hoc* alors que c'est lui qui me fiche dehors. Heureusement, il sort rapidement, simplement enveloppé d'une serviette. Il me passe devant comme si je n'existais pas et file vers une commode.

« Euh, Charles ? Euh, je, j'y vais…
– Très bien, oui. Bonne journée. »

14
SUR LE DIVAN

Je suis sortie aussi dignement que j'ai pu. Histoire de passer pour une femme qui en a vu d'autres. Des amants ? J'en ai des tonnes. On vit des histoires sans lendemain passionnantes et puis chacun vaque à ses occupations au petit matin. J'adorerais être ce genre de femme. Sauf que non. Et je pleure sous ma douche depuis maintenant vingt minutes. Je ne sais même pas vraiment pourquoi. Je suis vexée, c'est sûr. Se faire congédier sèchement alors qu'on est nue avec un bandeau sur les yeux, on le serait à moins. Il y a aussi que j'ai un peu oublié tous mes principes pour cet homme insensible. On ne peut pas se revendiquer féministe et en même temps accepter des cadeaux hors de prix, se faire prendre par les cheveux comme une esclave et j'en passe. J'ai honte. Je me sens nulle. Et humiliée. Et je crois qu'il me plaît malgré tout. Sa fossette, son corps de félin, sa façon de rire de tout, sa passion pour les objets d'un autre temps, ses jeux, ses mains, sa bouche… Tout me fascine en lui. Même sa part d'ombre. Ce nuage qui vient soudain obscurcir ses yeux, ce n'est pas un jeu. Il n'est pas sadique, j'en suis sûre, ce n'est pas pour se moquer de moi qu'il m'a sèchement éconduite tout à l'heure. Il y a quelque chose, je le devine. Mais quoi ?

« Il a pas juste peur de l'engagement ? tente Manon au RU.

– Je ne lui proposais pas d'emménager avec moi… Je ne lui proposais rien d'ailleurs, c'est lui qui a commencé ce petit jeu avec l'épée…

– Sexy…

– À qui le dis-tu…

– Quand même, je suis épatée ! Tu es passée de la vie de nonne frustrée à celle de courtisane en moins de deux. Je suis presque jalouse.

– Mouais, sauf que tu oublies la fin. Le moment où la courtisane rentre dans sa chambre de bonne pour pleurer comme une midinette.

– Certes. Ce qui nous ramène à notre problème. »

Tiens, c'est devenu « notre » problème… Je ne dis rien, après tout ça me fait plutôt plaisir qu'elle s'intéresse à ma vie privée. Seule avec ces doutes, je deviendrais folle. J'ai vraiment besoin d'une amie à l'heure qu'il est.

« Peut-être qu'il est marié ?

– Ma cousine me l'aurait dit. Ou Élisabeth. Ou je l'aurais vue, sa femme ?

– À moins qu'il ne la cache dans le grenier ? Ou qu'elle soit vraiment très très moche… ou très très vieille !

– C'est ça…

– Ou veuf ? Imagine : depuis la mort tragique de sa femme bien aimée, l'inconsolable Charles Delmonte ne peut s'attacher à aucune femme de peur de souffrir à nouveau…

– C'est chouette, mais ça m'étonnerait. Et puis, c'est beaucoup trop romanesque.

– Trop romanesque ? C'est toi qui dis ça, l'esclave du cosaque ? »

Je ris. Cette analyse devant un plat de viande en sauce marron me fait plus de bien que je ne l'aurais cru.

– Dans le genre pas romanesque, on peut juste se dire qu'il est chiant et qu'il ne sait pas ce qu'il veut. Tu sais, c'est fréquent comme névrose chez les gens qui ont tout. »

Je boude. C'est vrai que ça me décevrait de lui. Pourtant, c'est dans cette catégorie que je l'avais classé avant de coucher avec lui. Peut-être que je me trompe sur lui. Non !

« Je retire ce que j'ai dit ! Le sublime Charles Delmonte ne saurait être chiant. Il a de toute évidence une blessure secrète ! Très grave et très secrète. À la hauteur du personnage, bien entendu.

– Voilà qui est mieux !

– Ou alors, c'est un loup-garou ? Ou un vampire ? » lance Mathieu.

Depuis quand est-il là ? Je n'en ai aucune idée. En tout cas « notre » problème semble aussi le concerner. Très bien. Il a au moins le mérite de me faire rire.

« Ou la mafia le surveille et a juré d'éliminer toutes les personnes desquelles il se montrerait trop proche ? Ou des triades chinoises ?
– Ou c'est un dangereux psychopathe recherché par toutes les polices du monde ? »

C'est à qui aura l'argument le plus délirant ! Ils s'en donnent à cœur joie…

« Ou bien… c'est ton père !
– Merde, mon père ! »

Avec tout ça, j'ai effectivement oublié mon père. C'est aujourd'hui. La lettre est arrivée hier, c'est à peine si je l'ai lue, tant j'avais la tête ailleurs. Je lui manquais trop, il a décidé de venir me rendre visite au débotté. Il me reste deux heures pour lui trouver une chambre, ranger la mienne et me composer une humeur de circonstance. Je quitte mes amis à la hâte.

J'ai pris une douche interminable comme si elle pouvait effacer mes dernières frasques. J'ai soigneusement rangé les cadeaux de Charles sous le lit. J'ai gardé le collier pour l'instant. Nous verrons bien comment évolue notre relation, si tant est qu'il y ait relation, une fois que mon père sera parti. Pendant cette petite semaine, je redeviens Emma Maugham, l'étudiante modèle que je n'aurais jamais dû cesser d'être. Tiens, il me reste même un peu de temps pour me replonger dans mes livres en attendant mon père.

15

LE RETOUR DE L'ÉTUDIANTE MODÈLE

Il est arrivé. Je n'en reviens pas. Mon père à Paris. Le voir, là, dans l'encadrement de la porte de ma chambre de bonne, habillé de tweed comme je l'ai toujours connu, sa petite valise à la main, c'est assez incroyable. Je saute dans ses bras. Au bout de cinq longues minutes, il me repousse et m'observe comme un fossile inédit.

« Tiens, bizarre. »

Je sens le rouge me monter aux joues. Est-ce que ça se voit ?

« Qu'est-ce que j'ai ?
– Rien justement. Tu es pareille à toi-même. Je t'envoie en France et je retrouve ma petite fille à l'identique. Si ce n'est…
– Quoi ?
– Un amour de l'ordre que je ne te connaissais pas… »

Je ris, soulagée. Que penserait-il si je lui avouais que j'entretiens une liaison (en est-ce seulement une ?) avec mon propriétaire fantasque et multimilliardaire ? Pouvais-je envisager situation plus embarrassante ? Je ne crois pas. Nous sommes en train d'attendre l'ascenseur quand arrivent Charles et Élisabeth. Je me mets à respirer difficilement. Heureusement, Élisabeth prend les choses en main.

« Emma ! Quelle bonne surprise ! Comment vas-tu ? »

Charles nous regarde soupçonneux. J'ai envie de lui tirer la langue. Eh oui, je connais ton amie ! Nous sommes copines, nous avons même bu un café chez toi en ton absence !

« Salut Élisabeth ! Élisabeth, Charles, je vous présente mon père, Robert Maugham. »

Charles, toujours sombre, fait visiblement un effort pour sourire et tend une main amicale à mon père, apparemment enchanté de cette rencontre. Élisabeth parle toujours.

« Monsieur Maugham, serez-vous parmi nous samedi soir ?
– Hélas non, mon avion part jeudi soir.
– Quel dommage, vous auriez pu accompagner Emma au vernissage des sœurs Petrovska. Une autre fois, peut-être ? En tout cas, Emma, je compte sur toi !
– Bien sûr, oui ! »

J'ai attendu d'être hors de leur champ de vision pour savourer ma joie. S'il ne veut pas de moi dans son monde, c'est raté ! Je vais à un vernissage et mon père est témoin. Les jumelles

Petrovska sont donc bien des relations de travail, malgré leur apparence. Je me demande bien quel type d'art elles peuvent produire… Tout à mes pensées, j'en oublierais presque mon père. Il a l'air content lui aussi. Il marche le nez au vent, il regarde partout, curieux comme un enfant.

« Quel gentil couple !
– Hein ?
– Tes amis, dans l'ascenseur.
– Ah mais ce n'est pas un couple ! Et je ne sais pas vraiment si ce sont mes amis, à vrai dire… Charles Delmonte, c'est mon propriétaire multimilliardaire, l'ancien patron de Lexie. Elle, c'est Élisabeth, elle tient une galerie d'art rive gauche.
– Ah très bien. Au temps pour moi. Très sympas, en tout cas. »

Mon père n'est pas impressionné comme je voudrais qu'il le soit. Je crois qu'il fait peu de cas de ce genre de contingences. Pour lui, Élisabeth est une gentille petite et Charles un sympathique trentenaire. Qu'ils gravitent dans un milieu luxueux ou artistique ne le touche pas du tout. C'est sans doute lui qui a raison, après tout. Nous passons la journée à déambuler dans Paris. Il fait doux et nous pouvons nous permettre de boire un verre en terrasse. J'aimerais pouvoir partager ce genre de moments avec quelqu'un d'autre. Avec Charles, qui sait si nous pourrons faire un jour ensemble une activité habillée ?

« Ça ne va pas, Emma ?
– Si si, je suis fatiguée, c'est tout.
– Moi aussi. J'allais te proposer de me ramener à mon hôtel. Je voudrais dormir un peu.

– Ok, je te ramène. On a encore toute la journée de demain pour conquérir Paris ! »

C'est une malédiction ! Je ne peux me retrouver devant cet ascenseur sans qu'il y soit aussi. Avec mon père, c'est vraiment gênant. Et ce matin, pas d'Élisabeth pour faire la conversation. Je sens que cette descente va être interminable… Nos doigts se touchent sur le panneau de commande. C'est comme une décharge électrique. Un flash, le bouton stop, mes collants… je ferme les yeux pour me reprendre.

« Monsieur Maugham, comment allez-vous ?
– Bonjour ! Bien, bien, merci !
– Je suppose que votre fille vous emmène voir le Mamenchisaurus ?
– Vous devez vous moquer de moi ? Vous avez ça à Paris ?
– Malheureusement, non, c'est une reconstitution. Mais ça vaut vraiment le coup. Le reste de l'expo est tout aussi impressionnant… C'est au Muséum d'histoire naturelle.
– C'est là que tu voulais m'emmener, Emma ?
– Bien sûr ! Mais M. Delmonte m'a gâché la surprise !
– Désolé Emma. Je dois filer. Bonne journée à vous ! »

Il m'a gâché la surprise. Tu parles. Je n'étais pas du tout au courant de cette expo. Je profite d'une pause café au Starbucks pour me renseigner. Muséum d'histoire naturelle, exposition exceptionnelle sur les sauropodes, les plus grands dinosaures du monde. Comment suis-je passée à côté ? Et Charles ? J'ai du mal à croire qu'il s'intéresse aussi aux dinosaures ! Enfin, plus je le connais, plus ses travers me semblent singuliers.

N'empêche, j'aime mieux penser qu'il s'est renseigné pour plaire à mon père.

« Tu te rends comptes ? Un Mamenchisaurus ? Tu sais que ce sont les plus grands dinosaures ayant jamais existé ?

– Oui, papa. Tu m'en as déjà beaucoup parlé.

– Ah, quelle bonne idée tu as eue de t'installer à Paris ! Et quel chic type ton voisin ! »

Charles Delmonte, un chic type ! Je ne peux m'empêcher de pouffer. C'est vrai qu'il s'est montré très affable ce matin. Il doit être dans une bonne phase… jusqu'à quand ? Ces quatre jours passent beaucoup trop vite. On retrouve rapidement une intimité qui me manquait cruellement. On ne parle pas beaucoup, mais on est heureux d'être ensemble. Je l'emmène partout, y compris au RU où je l'invite à partager un plat de viande en sauce marron. Il a l'air de trouver tout cela follement amusant. Manon et Mathieu lui font visiter tous les recoins de la fac, les bibliothèques, les laboratoires J'ai l'impression de voir Harry Potter le jour de la rentrée… Et puis, sans même que je m'en sois aperçue, c'est déjà la fin. Je l'accompagne en bas où un taxi l'attend. J'ai le bourdon. Il me prend dans ses bras.

« Merci pour ce séjour, ça faisait longtemps que je ne m'étais pas autant amusé… Je suis vraiment content que tu te plaises ici. Tu t'es fait de bons amis. Je suis sûr que tu vas vivre des choses passionnantes ! »

Passionnantes… Oui, sans doute. Mais à quel prix ?

16
LA MUE

« Je constate avec plaisir que votre jugement s'est assoupli. Comme quoi le travail paie toujours. »

Ça et se faire attraper par les cheveux et insulter en russe. Je souris malgré moi. Ma prof me regarde interloquée.

« Je suis ravie que cela vous fasse plaisir. Revoyons-nous dans trois semaines. D'ici là je vous demanderai de réfléchir à votre sujet et votre angle d'attaque. »

Mme Granchamps me regarde remballer mes affaires avec un air bienveillant et curieux.

« Quelque chose en vous a changé. Vous avez l'air plus épanouie. Plus heureuse, peut-être ? Puisse cela durer, cela ne peut que bénéficier à votre travail. »

Plus heureuse ? J'en doute. J'ai dû pleurer toutes les larmes de mon corps entre mes déconvenues répétées et le départ de mon père… Mais elle n'a pas tort. Je me sens mieux dans mon corps. Comme si je n'étais pas vraiment en vie avant. J'imagine que c'est l'amour. Ou juste le désir. Quelque chose qui m'a réveillée, en tout cas. Je n'ai pas revu Charles depuis l'épisode de l'ascenseur avec mon père. J'attends demain, le vernissage. Je suis curieuse de voir comment il évolue dans son milieu. Et moi ?

Être chic sans avoir l'air apprêté, c'est le secret. Je peux passer l'après-midi dans la salle de bains, mais il ne faut pas que ça se voie, c'est ce que m'a affirmé Manon. Je me suis acheté des sous-vêtements neufs qui ne se verront pas sous ma robe noire Dior. Je vais la mettre, je n'ai pas vraiment le choix. C'est ça ou mon tube grisâtre du lycée et Charles m'a bien fait comprendre que je devais l'oublier. Ma robe noire, mes bas de soie. Un bijou ? Oserais-je remettre les diamants de Lady MacAllister ? J'aurais dû les lui rendre… Non, j'irai sans bijou. Ça donne un côté un peu indécent, je trouve. Et puis, c'est un vernissage, pas un mariage princier ! Non, je suis très bien. Je suis prête, parfaite ! Seulement, il est 17 heures et le carton précise 19 heures. Deux heures à tuer. J'enlève ma robe pour ne pas la froisser. Un coup d'œil au miroir. Je suis sexy. Enfin, je crois. Je m'examine dans le miroir. Est-ce que je vais lui plaire ? Je ne me suis jamais trop intéressée à mes seins. Je crois qu'ils sont bien. « Bien » ! Ça m'apprendra à passer mon adolescence dans les livres ! Comment les hommes les aiment-ils ? Je défais mon soutien-gorge et place mes mains à sa place. Je frissonne. Je pense à ses mains à lui. Chaudes, puissantes. Mes yeux brillent d'un éclat que je ne leur connais pas. Sensuels. Ça va lui plaire, c'est sûr. Je déplace mes mains sur mon corps comme je l'ai vu faire. C'est diabolique, c'est comme si mon sang commençait à bouillir. Il faudrait qu'il soit là, je suis en feu. En vain. Et il est 18 h 45 ! Vite, ma robe !

17

LE GRAND SOIR

Des verres qui s'entrechoquent. Des rires élégants. Je ne connais personne et j'ai l'impression d'être une enfant perdue au milieu d'un monde d'adultes inatteignables. Où sont donc Élisabeth et Charles ? Je ne sais pas où me mettre… Je décide de m'intéresser aux œuvres pour tromper le temps. J'aurais du mal à faire autrement, elles occupent toute la place. Les sœurs sont donc sculptrices. Il n'y a en fait que deux énormes sculptures. Comme deux montagnes de terre rouge au milieu d'une élégante galerie. En m'approchant, je me rends compte qu'il s'agit de vierges à l'enfant monumentales, d'une facture finalement assez classique. Sauf que c'est en terre (espérons) et que Marie a vraiment une expression troublante. Une bouche anormalement grande, figée en un rictus effrayant. Quelque chose entre la souffrance et le plaisir. Je ne sais pas si je trouve ça beau, mais c'est fascinant.

« Troublant, n'est-ce pas ? »

L'homme qui vient de m'adresser la parole ne l'est pas moins. Immense, maigre et pâle comme un vampire. Mais ses yeux brillants trahissent son jeune âge. Il doit avoir dans les 30 ans. Ma très récente expertise me permet d'affirmer au vu du costume parfaitement cintré que j'ai affaire à un nanti. Un ami de Charles ?

« François du Tertre, enchanté, dit-il en me tendant la main.

– Emma Maugham.

– Quel délicieux accent ! Vous venez spécialement des États-Unis pour admirer les vierges ?

– Non, je suis étudiante…

– C'est ce qui vous amène ici ?

– Non, je suis une amie d'Élisabeth.

– Cette chère Élisabeth ! J'ignorais qu'elle avait de si délicieuses amies. »

Les présentations faites, il me prend familièrement par le bras pour m'emmener vers le buffet et me tend une coupe de champagne. De toute évidence, il connaît Élisabeth, je n'ai donc pas grand souci à me faire. Pourtant, quelque chose me dit que ses intentions sont loin d'être nobles. Cette lueur dans le regard, la pression de sa main sur mon bras. Cet homme a envie de moi. C'est effrayant et excitant à la fois. Ma coupe vide est presque instantanément remplacée par une autre. J'ai chaud, mais je commence à me sentir à l'aise. Mon nouvel ami ne cesse de parler. Grâce à lui je sais presque tout sur les personnes présentes ce soir.

« Vous voyez cet homme attifé comme un zazou là-bas ? C'est Godefroy de Frimont. Il fait tout pour faire croire qu'il est un artiste alors qu'il est sur le point de reprendre l'entreprise familiale de prothèses dentaires. La rombière flétrie qui l'accompagne, noyée sous ses fourrures, n'est pas sa mère malgré les apparences, mais bien sa maîtresse… la première et l'unique à ce qu'on raconte… Au centre, bien sûr, vous reconnaissez les deux artistes aux yeux de chat. En plus de partager les mêmes gènes, elles partagent la même couche, couche où elles consentent parfois à recevoir quelque invité zélé…

– Vous ?

– Vous êtes bien hardie, Emma… Et très perspicace ! Effectivement, j'ai eu ce privilège. Croyez-moi, ce sont de vraies artistes… »

De vraies artistes… Il a dit ça en me regardant de façon plus qu'explicite. C'est troublant, ce désir sans ambiguïté. Je continue de boire les flûtes qu'il me tend en commençant à envisager la perspective de passer la nuit avec lui. Après tout, si Charles ne veut pas de moi, j'ai bien le droit de *« m'envoyer en l'air »*, comme dit Manon. Et il est tout à fait à mon goût. Beau, cultivé, amusant… Toujours pas d'Élisabeth ni de Charles. Après tout, je n'ai pas besoin d'eux, je m'amuse très bien.

« Vous vouliez voir quelqu'un ?

– Je, non, enfin Élisabeth… »

Je ne parle pas de Charles, il n'a pas particulièrement semblé ravi de la perspective de ma présence ici. D'ailleurs, je ne sais même pas s'il va venir.

« Pour voir Élisabeth ce soir, il va falloir vous accrocher… Si vous n'êtes ni artiste ni investisseur, croyez-moi, mieux vaut renoncer.
– Vraiment ?
– Venez, allons nous amuser. »

Il me reprend par le bras et m'entraîne dans la rue. Quelques pas plus loin, nous entrons dans un local sombre éclairé par des lustres baroques. Des couples de tout genre s'embrassent contre les murs… Je n'ai jamais rien vu de tel.

« Ça vous plaît ?
– À vrai dire, je ne sais pas…
– Allons boire un verre, détendez-vous. »

Il m'assoit dans un profond canapé de velours et me verse une coupe de champagne. Je constate qu'il a sa main sur ma cuisse. Depuis combien de temps ? Je ne sais plus si j'ai vraiment envie de cette aventure.

« Vous avez un boyfriend, délicieuse enfant ?
– Non ! Enfin…
– Un amant ? Un amoureux ?
– Les deux sans doute…
– C'est charmant. Un gentil étudiant de votre promotion, je suppose.
– Mais pas du tout ! C'est Charles Delmonte ! »

Pourquoi j'ai dit ça ? Quel besoin avais-je de me justifier ! D'autant que c'est faux ! S'il l'apprend, c'est sûr que c'est fini.

« Charles Delmonte… Voyez-vous ça ! C'est vrai qu'il a toujours aimé les jeunes filles, le cochon…
– Vous… vous êtes amis ?
– De très vieux amis, oui… Du genre de ceux qui partagent tout… »

Son doigt sur ma bouche m'intime l'ordre de me taire. Je ne sais plus quoi dire de toute façon. J'ai la nausée. Je regarde la scène comme si je n'étais pas une de ses protagonistes. Après un rapide clin d'œil, François sort une boîte de sa poche. Il disperse une poudre blanche sur la table en verre et l'aligne avec sa carte de crédit. Je n'avais jamais vu ça que dans les films. Il vient d'en inspirer une ligne avec une fine paille tirée elle aussi de la petite boîte. Puis il me la tend avec le sourire du diable. Combien de temps vais-je continuer à faire la brave ?

La paille dans la main, je la considère sans vraiment réfléchir. J'ai bu assez pour me dire qu'après tout, me droguer fait partie des choses que je devrais essayer si je ne veux pas mourir idiote. Le problème, c'est que je n'en ai pas vraiment envie. Pas plus que de me retrouver nue avec le beau François. Plus le temps passe, plus la situation me semble sordide.

« Emma, vous rêvez ?
– Je crois que je vais rentrer…
– Je vous pensais un peu moins coincée…
– Mais je ne suis pas du tout coincée ! »

Et pour asseoir mon propos, je finis ma coupe d'un trait en le regardant dans les yeux. Il sourit en traçant une nouvelle ligne de cocaïne avec sa carte bleue.

« Montrez-moi ça ! »

Il me défie des yeux. Qu'est-ce que je vais faire ? Il faut que j'arrête ce cinéma. Je ne suis pas cette fille. Je me lève, titubante. Mais ses deux mains viennent me rasseoir violemment.

« Alors ? On fait moins la fière ? On veut retourner dans les beaux quartiers ? Il prélève un peu de cocaïne de son doigt et entreprend de me le mettre dans la bouche tandis qu'il m'immobilise de l'autre main.

« Laissez-moi, François… »

L'alcool, la fatigue et la peur me font peu à peu perdre toute résistance. Je sens mon corps fléchir, je vois flou. Je ne comprends pas vraiment ce qui se passe. Qu'est-ce que tout ce tohu-bohu ? Mais c'est Élisabeth… et Charles… Oh mon Dieu ! François vient d'atterrir à mes pieds, le visage en sang. Je ne comprends rien. L'instant d'après, je suis allongée sur le siège arrière d'une voiture. Je reprends mes esprits. À l'avant, Charles et Élisabeth discutent, préoccupés comme deux parents.

« Ce salaud, il l'a fait exprès, j'en suis sûr.
– Calme-toi, c'est fini, il ne lui a rien fait.

– Imagine si nous n'étions pas arrivés ? Mais pourquoi tu les as invités aussi ?

– Tu sais très bien que je n'ai pas invité François, il s'invite partout, tout le monde le connaît… Quant à Emma… je l'aime bien et je pensais que ça te ferait plaisir…

– Si ça me fait plaisir de la sauver de ce pervers à 3 heures du matin ? C'est sûr, ça me rappelle de bons souvenirs… Tu as appelé les flics ?

– Oui, mais tu sais bien que ça ne servira à rien… Après deux trois coups de fil, il sera libéré.

– Comme la dernière fois.

– Oui. »

S'en suit un silence de mort. Élisabeth démarre et plus un mot ne sera échangé pendant le trajet. Je m'endors.

III
LA RÉVÉLATION

18

SAUVÉE

Je ne sais pas combien de temps on a roulé comme ça. Moi, sur la banquette arrière et mes deux amis à l'avant. Quand j'ai repris conscience, j'étais dans les bras de Charles. Élisabeth a ouvert la porte de ma chambre et il m'a posée délicatement sur le lit. Ensuite ils sont allés discuter sur le palier. Comme si j'étais un enfant malade qu'il fallait laisser dormir. Je ne comprends rien à leur discussion, mais Charles a toujours l'air très énervé. Élisabeth tente de le calmer en vain et puis elle part après l'avoir longuement serré dans ses bras. Charles revient dans la chambre. Il ôte mes chaussures et me met sous les draps. Je voudrais lui parler, m'excuser, lui expliquer, mais je n'ai pas la force. Je réussis juste à murmurer « pardon », « je suis désolée » avant de sombrer de nouveau. Je me réveille quelques heures plus tard, en sueur. Charles est toujours là. Il s'est endormi sur ma chaise de bureau. Je dois me lever pour aller aux toilettes, mais je ne veux pas le réveiller… Aïe ! C'est raté.

« Emma, tout va bien ?
– Oui, je… Enfin, non. J'ai les jambes en coton, j'ai du mal à tenir debout…
– C'est normal.
– Ça ne m'était jamais arrivé… Je veux dire, j'ai déjà trop bu, mais là c'est différent…
– Je pense que vous avez consommé autre chose que de l'alcool…
– Mais non !
– À votre insu, Emma.
– Oh, je vois. »

Il me porte jusqu'à la petite salle de bains où il m'assoit sur le rebord de la baignoire.

« Je vais me débrouiller, vous pouvez sortir.
– Vous êtes sûre ?
– Promis, si j'ai un problème, je crie.
– Bien. »

Je regagne mon lit un peu plus tard dans les bras de mon garde du corps. Il tient à rester près de moi cette nuit. Il dit qu'on ne sait pas ce que François m'a fait avaler et qu'il ne veut prendre aucun risque. Je n'insiste pas pour qu'il rentre chez lui. Le savoir là me rassure. C'est la première fois qu'on s'occupe de moi comme ça – hormis mon père, bien sûr. Pour une fois, il n'y a aucune ambiguïté entre nous. Il est juste là qui veille sur mon sommeil et m'oblige à boire de l'eau toutes les deux heures. J'aime bien ce Charles-là aussi. Prévenant, discret, tendre.

Malheureusement, quand je rouvre les yeux à 10 heures, la chaise est vide. La porte est fermée, j'ai une nausée atroce. Et je suis désespérément seule. Je décide d'aller prendre une douche pour me réveiller et me remettre les idées en place. Des images de la nuit précédente me reviennent par bribes. Et s'ils n'étaient pas arrivés pour me sauver ? De quoi est capable ce François ? Au vu de leurs apartés nocturnes, je dirais du pire… Comment ai-je pu me laisser entraîner dans ce genre d'aventures ? Qu'est-ce que je suis en train de devenir ? Tout ça pour quoi ? Pour un homme qui couche deux fois avec moi et qui m'abandonne quand l'envie est retombée… Je commence à pleurer sous la douche… Ça devient une habitude !

« Emma tout va bien ?

– Vous êtes là ?

– J'étais parti vous acheter des croissants ! Je vais vous préparer le petit déjeuner. Besoin de rien ?

– Euh… non, merci. »

Je ne sais plus quoi penser. Le mieux est sans doute que j'arrête…

« Vous allez mieux ? Buvez ça, ça va vous faire du bien.

– Vous n'avez rien à me dire ?

– Pas spécialement. Pas tout de suite. Vous vous attendiez à ce que je vous fasse la morale ?

– Non, pas tout de suite, effectivement. Mais vous avez vraiment dû vous faire du souci pour moi pour m'épargner une réflexion sur mon accoutrement… »

Il me regarde en riant.

« Sachez que je prends sur moi depuis que vous êtes sortie de la douche, effectivement. Mais puisque vous me tendez la perche… Comptez-vous participer à quelque compétition sportive après cette collation ?

– Je vous retrouve ! Aucunement, Charles. J'aime beaucoup porter ce survêtement, voilà tout.

– Taisez-vous, par pitié, vous ne savez pas ce que vous dites !

– Peut-être ai-je été plus gravement droguée que vous ne le supposiez hier soir… »

C'était la phrase de trop. De badine, la discussion est passée à grave. Ou plutôt, s'est achevée dans un silence étanche. Il faut que je fasse quelque chose, sinon il va tourner les talons comme il a pris l'habitude de le faire.

« Pardon, je n'aurais pas dû dire ça. Je voulais plaisanter et c'était de toute évidence déplacé. »

Il me regarde à présent comme si je venais de le réveiller.

« C'est moi qui en fais trop, excusez-moi. »

Mais cette histoire m'intrigue, je dois en savoir plus. Quitte à gâcher ce premier petit déjeuner en tête à tête.

« Mais ce François, il m'a dit qu'il vous connaissait, qu'il était un de vos amis…

– Tout le monde connaît François dans le milieu dans lequel j'évolue... Mais personne ne voudrait être son ami, croyez-moi...

– Qu'est-ce qu'il fait au juste ? De sa vie je veux dire...

– Pas grand-chose, il est rentier. Il passe sa vie entre deux cocktails...

– Il est dangereux ?

– Il l'est devenu... Je ne sais comment c'est arrivé au juste, mais de consommateur occasionnel, mondain si vous voulez, c'est devenu un vrai drogué. De la pire engeance, de ceux qui savent exactement quand s'arrêter mais qui sèment le malheur sur leur chemin. Il est extrêmement manipulateur et, je ne pensais pas dire ça d'une personne un jour, mais vraiment malveillant.

– Un vrai méchant !

– Ne riez pas ! Je suis sûr qu'à un moment vous avez eu peur hier soir ! Il est d'abord très amusant et puis il dévoile son vrai visage.

– Je l'avoue... Mais il n'a jamais eu de problèmes avec la police ?

– Il a des amis haut placés, quoi qu'il fasse, il ne sera jamais inquiété. »

Je n'en saurai pas plus. Il s'est refermé comme une huître. Est-ce que je l'ai encore perdu ? Il se lève, préoccupé, ailleurs.

« Vous partez ?

– Je dois passer un coup de téléphone.

– Ah. Je voulais vous remercier de m'avoir sauvée cette nuit.

– Je vous en prie. À tout à l'heure. »

Il est parti. C'est étrange, il n'est pas à plus de vingt mètres, mais j'ai l'impression qu'il est déjà à l'autre bout du monde. Si distant. Mais à bien y réfléchir nous avons partagé depuis hier soir une intimité somme toute assez inédite : d'abord il m'a sauvée d'un vrai méchant, ensuite il m'a veillée toute la nuit, ce matin, nous avons partagé le petit déjeuner, petit déjeuner qu'il avait lui même été acheter. Et puis, il s'est un peu livré. Je devine qu'il ne m'a pas tout dit, mais c'est déjà ça. Si nous ne sommes pas « ensemble », on peut quand même considérer que nous sommes proches. Amis qui sait ?

Il a dit « à tout à l'heure ». Qu'est-ce que ça veut dire au juste ? Qu'il va repasser me voir ? Mais quand ? Dans une heure ? Pour déjeuner ? Ce soir ? Il va m'appeler ? Ou c'est juste une façon de dire au revoir quand on vit sous le même toit ? Si nous sommes à présent amis, peut-être puis-je me permettre de passer chez lui comme ça, sans raison ? Il faut que j'arrête de penser à lui tout le temps. C'est ce qui m'a conduit dans les bras de ce malade cette nuit. Si des choses doivent se passer entre nous, elles se passeront. Voilà. Ces décisions importantes prises, il serait bon que je me mette un peu au boulot. Mme Granchamps m'a donné du travail à faire. Trois semaines pour dégager un sujet valable et une ébauche de plan. Ça devrait être faisable. Avec un peu de sérieux.

19

MON MANÈGE À MOI

Mon peu de constance me choque. Et me fait peur. Il a suffi qu'il passe sa tête dans l'espace de la porte et qu'il me fasse cette proposition pour que j'oublie toutes mes bonnes résolutions. En même temps, être plus spontanée et moins me poser de questions faisaient partie de mes projets, donc je ne m'en éloigne pas tant…

« Que diriez-vous d'une escapade au soleil, pour vous remettre de vos émotions ? »

Comment pouvais-je dire non ? Maintenant, je suis assise sur mon lit à me demander ce que je vais mettre dans mon sac. Escapade. J'ai vérifié, le dictionnaire n'indique pas combien de temps dure un tel voyage ni les bagages qu'il faut prendre. Soleil. Je vois ce que c'est, mais de quel soleil parle-t-il ? Du sud de la France, de l'Europe, de l'Afrique ? J'imagine que nous n'irons pas plus loin que ça, il a du travail et il sait que j'en ai.

Cet homme pense à tout ! Comme il a décidé que cette escapade serait une surprise, il a pris la décision de faire mon sac.

« Occupez-vous de vos affaires de toilette, je remplis votre sac !
– Très bien », ai-je fait, vaguement inquiète malgré tout.

Je l'entends qui sifflote en parcourant mon placard.

« Il faut quand même que je vous dise, Emma…
– Oui ?
– La viscose n'est pas une matière.
– …
– Pas plus que la polaire.
– C'est noté. »

Je fais semblant de bouder pour la forme. En vérité, je suis contente de le voir s'amuser, même si c'est à mes dépens.

« Vous êtes fâchée ?
– Plus que vous ne l'imaginez…
– Venez par ici… »

Et il m'embrasse sur la bouche. Franchement. Sans jeu, sans mise en scène comme si c'était la chose la plus naturelle du monde. Ses mains autour de mon visage, ses lèvres qui pressent les miennes tendrement. Comme une évidence. Je ferme les yeux un instant pour savourer le moment. Quand je les ouvre de nouveau, il est là à me regarder. Intensément.

« Vous êtes décidément très belle. »

L'instant d'après, il est dans la cage d'escalier avec nos affaires. La berline noire nous attend effectivement. Je reconnais le chauffeur qui me salue d'un signe de la tête. Charles ne lui donne aucune indication et la voiture démarre silencieusement. Dehors, il fait gris et le vent soulève les feuilles sans ménagement, mais ici, à l'arrière de la voiture, nous sommes à l'abri, en dehors du temps. Silencieux tous les deux, nous regardons défiler la ville en écoutant la radio. C'est une station de musique jazz dont le flot n'est que rarement interrompu par la voix chaude de l'animatrice. Sur la banquette, j'ai laissé ma main en espérant qu'il la prenne. L'instant est parfait. Sur le trottoir, deux adolescents marchent ensemble sans se regarder. Sans doute vers le lycée. Au moment où notre voiture les dépasse pour les abandonner à tout jamais, la jeune fille se tourne vers son ami et l'embrasse à pleine bouche. Je sursaute, étonnée et émue malgré moi. Je devine qu'elle attendait un signe pour se lancer. « À la prochaine voiture noire, je l'embrasse. » Je souris. À la prochaine boulangerie, je prendrai la main de Charles. Je connais ce quartier, si nous tournons à droite, nous devrions tomber sur une boulangerie. Nous tournons à droite, elle est au bout de la rue. Encore quelques mètres et il me prend la main doucement. Il sourit en regardant dehors.

Je ne sais pas combien de temps j'ai dormi comme ça, sa main dans la mienne. Quand je me réveille, nous sommes sur un aérodrome. Charles écarte mes cheveux doucement.

« On est arrivés. »

Sur la piste nous attend un petit avion. J'imagine que c'est ce qu'on appelle un jet privé. L'intérieur n'a rien de comparable avec les avions que j'ai déjà pris. Il n'y a que quatre fauteuils profonds séparés par une petite table.

« Asseyez-vous. J'ai complètement oublié de vous demander si vous aviez peur de l'avion ?

– Un peu. »

C'est faux, bien sûr, mais je voudrais qu'il me reprenne la main comme il l'a fait dans la voiture.

« Vous voulez boire quelque chose ?

– Par exemple ?

– L'usage, dans ce genre de transport, est de siroter des coupes de champagne en comptant ses millions. Mais au vu de la nuit que vous avez passée, je vais vous servir un soda. Enfin, si vous êtes d'accord.

– Dans une coupe ?

– Emma ! »

J'aurais imaginé qu'il sonnerait quelqu'un pour nous servir mais il se lève et va lui-même nous chercher des canettes. Il m'en tend une sans plus de cérémonie.

« Vous êtes déçue, Emma… Vous commencez à vous habituer au luxe, j'ai l'impression… »

Je rougis. Oui bon, un peu, j'avoue.

« Nous n'en avons que pour deux heures. Vous imaginez si vous deviez les passer dans la même pièce qu'une personne dont la seule tâche aurait été de nous servir ces deux sodas. Croyez-moi, c'est tout à fait inconfortable. Autant pour nous que pour elle. Vous commencez à devenir capricieuse. Savez-vous ce que vous méritez ?

– Euh non… quoi ?

– Une bonne fessée !

– Pardon ?

– Vous m'avez parfaitement compris.

– Vous êtes sérieux ? Vous parlez vraiment de me frapper, là ? »

Ma suffragette vient de renaître de ses cendres, outrée.

« Tout à fait, oui. Je parle de vous allonger sur mes genoux, de baisser votre pantalon et votre méchante culotte de coton et de vous fesser comme vous ne l'avez probablement jamais été.

– Encore heureux !

– Je parle de vous faire rosir les fesses et les joues et d'éveiller ainsi un désir inédit chez vous. Je parle de claques ciblées à l'issue desquelles je laisserais s'égarer sans doute mes doigts. Je parle de vous en train de gémir et d'en redemander. Je parle de vous faire jouir bruyamment dans cet avion en plein vol.

– Ah. »

Il m'a eue. Je suis outrée mais mon pouls s'est accéléré malgré moi. Pendant sa tirade, il m'a regardée droit dans les yeux. Il sait très bien l'effet qu'il a sur moi.

« Mais vous n'êtes pas intéressée. Au temps pour moi. »

Il sort un journal de son sac, il le déplie lentement pour le lire très ostensiblement. Je ne me vois pas lui dire que j'ai changé d'avis. D'autant que s'il a réussi, c'est sûr, à me donner des frissons, je reste toujours un peu mitigée sur la forme. Une fessée, vraiment ?

20

LA DOLCE VITA

Une fois arrivés à destination, une nouvelle voiture nous attend.

« Signor Delmonte ! »

L'accent ne laisse pas le doute s'installer, nous sommes en Italie. Je n'aurais pas rêvé destination plus romantique ! La voiture nous dépose sur une placette charmante. Je ne sais pas où nous sommes. On se croirait dans un film avec toutes ces maisons colorées. Devant nous, un petit port de pêche. Il est 17 heures, les bateaux rentrent dans un doux remue-ménage. Derrière nous, s'étalent des terrasses pour la plupart vides.

« Emma, bienvenue à Portofino, le secret le mieux gardé de la jet-set. »

Mon regard trahit mon ignorance.

« La France a Saint-Tropez, les Italiens ont Portofino. En saison, c'est assez fou. Le petit port ne désemplit pas de yachts. Certains font même la queue plusieurs jours pour avoir le droit de mouiller ici. Mais je préfère venir en octobre. Le temps est toujours merveilleux et les touristes sont partis. La vraie vie reprend ses droits. Bien sûr, vous trouverez toujours un palace pour exaucer vos caprices les plus fous mais vous pouvez vous contenter d'une pizza aussi…

– C'est vraiment beau, je vous l'accorde, mais pourquoi la jet-set en a-t-elle fait un lieu privilégié ?

– Vous voyez ces rochers escarpés ? Ces villas cachées dans les arbres ? Portofino est le lieu idéal pour vivre tranquille loin de l'agitation de la ville. D'ailleurs vous pouvez chercher une boîte de nuit, vous n'en trouverez pas. On rejoint difficilement la ville par voie routière. Traditionnellement, c'est par la mer qu'on accède à ce paradis. Portofino est un privilège qui… »

Il ne peut pas finir sa phrase. Une armoire à glace bronzée vient de le prendre dans ses bras. S'en suit un dialogue animé en italien. Je comprends quelques mots, notamment que Charles est ici Carlo et que l'armoire à glace s'appelle Giovanni. Ils ont l'air très heureux de se revoir, à bien y réfléchir, je n'ai jamais vu Charles aussi familier avec quelqu'un. En dehors de la chambre à coucher, j'entends. Il me présente à son ami qui émet un sifflement aussi peu discret que flatteur. Charles me regarde du coin de l'œil pour s'assurer que je le prends bien. Je ris de bon cœur. Tant de spontanéité, ça me change du gratin, de François du Tertre et des sœurs Petrovska. Je suis soulagée que Charles fréquente de telles personnes. Après quelques minutes, Giovanni nous fait signe de le suivre sur le port. Nous attend une minuscule embarcation dans laquelle nous tenons à peine tous les trois. Je n'ai pas la moindre idée de ce qu'on fait là. Charles et moi nous asseyons sur un boudin tandis que Giovanni démarre le moteur en entonnant une étonnante version de *O Sole mio*, ponctuée de clins d'œil appuyés à mon encontre. Charles fait semblant de s'en offusquer. C'est charmant. Bientôt, nous arrivons à destination. Un voilier magnifique dont la coque en bois rappelle un peu les jonques asiatiques. L'embarcation est petite mais la cabine semble assez grande. Elle est éclairée. Nous descendons trois marches et nous nous retrouvons nez à nez avec une véritable mamma. Les effusions reprennent tandis qu'une odeur délicieuse emplit le cockpit. Est-ce le bateau de Giovanni ? Je ne comprends rien à ce qui se dit. Apparemment, Charles voudrait que nous dînions tous ensemble. La mamma, quant à elle, ne veut pas, elle veut le laisser seul avec la ragazza (c'est moi). Finalement, la mamma et Giovanni reprennent le bateau et regagnent Portofino nous laissant tous deux sur le voilier qui, je viens de le comprendre, appartient à Charles.

« Nous avons quartier libre ce soir, mais demain, préparez votre estomac, nous déjeunons chez Maria avec toute la famiglia…

– Maria et Giovanni, ils sont de votre famille ?

– Non. Mais si. En fait, vous l'aurez deviné par mon nom, j'ai des origines italiennes. Mes arrière-grands-parents. Mes grands-parents sont venus s'installer à Paris où ils ont fait fortune et mon père a pris la succession des affaires. On ne parlait jamais de la branche italienne de la famille à la maison. Mon père, je crois, en avait un peu honte – l'arrière-grand-père était pêcheur. On préférait se concentrer sur la famille de ma mère, dans la banque sans doute depuis la création du concept de banque… Bref, jusqu'à très récemment, Delmonte n'était pour moi qu'un nom exotique que je portais presque par hasard. »

Il parle en remuant la sauce que la mamma a laissée sur le feu. Je ne l'ai jamais vu si détendu. Il nous sert un verre de vin et continue.

« Montepulciano d'Abruzzo, vous m'en direz des nouvelles !… Bref, je vivais sans me préoccuper de ces origines transalpines. Et puis, il y a quatre ans, quand… Il y a quatre ans, j'ai traversé une période vraiment difficile. Ma vie n'avait plus de sens, c'était au point où je ne savais pas si j'allais trouver le goût de continuer à vivre… Élisabeth m'a alors encouragé à quitter Paris, à prendre des vacances. Je connaissais un peu Portofino, j'y avais croisé l'été. J'y suis donc retourné presque par dépit. Mais en septembre. Je ne savais pas vraiment quoi faire. La saison des cocktails était finie. Je passais mon temps à me promener sans but dans les ruelles colorées et puis un jour j'ai franchi les portes du petit musée de la ville. La première salle est consacrée à la vie autour de la pêche. On y trouve de vieilles barques en bois, des filets, et puis aussi de vieilles photos. C'est là que j'ai retrouvé la trace de mon arrière-grand-père. Je savais que nous venions de cette région mais quand j'ai vu ce visage buriné, mon portrait craché, je n'ai eu aucun doute sur les liens que j'entretenais avec Salvatore Delmonte. En trois mois, c'était la première chose qui réussissait à éveiller ma curiosité. J'ai ensuite fait des recherches dans toute la ville. Malheureusement, j'ai découvert que j'étais le dernier Delmonte. Mais dans ma quête, j'ai rencontré Giovanni qui se dit mon cousin. On l'est vaguement, c'est vrai, mais à un degré si éloigné que je me demande s'il n'a pas tout inventé. Cet automne-là, j'ai donc réappris à vivre avec l'aide de Giovanni. Il m'emmenait à la pêche, me présentait partout comme son cousin. Pour sa mère, j'étais quelqu'un de la famille. Je suis resté trois mois. Quand je suis reparti, j'étais un autre homme. De retour à Paris, je me suis juré de ne jamais perdre les liens qui m'unissaient avec cette nouvelle famille. J'ai acheté un bateau que Giovanni et les siens utilisent quand je ne suis pas là et je viens régulièrement. »

Tout en parlant, il a mis de l'eau à chauffer puis a fait cuire des pâtes. Je suis impressionnée. Non que je trouve délirant qu'un homme sache faire des pâtes, c'est juste que le Charles que je découvre petit à petit est à mille lieues de celui que j'imaginais en m'installant dans sa chambre de bonne. Et il me plaît de plus en plus.

« Mangez tant que c'est chaud ! »

C'est délicieux. Le vin, la sauce, les pâtes… En tête à tête dans un petit carré sur la Méditerranée… Je crois rêver. J'en oublierais presque les événements sordides de la veille. Mais je suis vite rattrapée par un bâillement que je tente de réprimer.

« Vous devez être épuisée. Vous avez de la chance, Maria ne vous a pas préparé de pâtisserie et aucun pince-fesses ne requiert notre présence. Vous pouvez aller vous coucher. »

Il m'a prise par la main pour m'amener à l'avant du bateau. Là, un lit tout simple. Avec des draps de lin blanc et une couverture en laine. Tout doucement, il me déshabille et me couche.

« Et vous ?
– J'ai quelques affaires à régler. Je vous rejoins tout de suite. »

Je ris en constatant que les affaires qui le réclament sont la vaisselle et le rangement du carré. Et puis, sans m'en rendre compte, je m'endors profondément.

21

DU SEL SUR MES LÈVRES

Je suis réveillée par la chaleur d'un rayon de soleil. Et puis ce bruit de plongeon. J'ouvre les yeux, vaguement suspicieuse. À côté de moi, la place est chaude et vide. Charles a donc dormi avec moi. Je décide d'explorer le pont. En sortant de la cabine, je suis éblouie par le soleil. Nous sommes en octobre, mais il fait bien 25 degrés. C'est bon, je ferme les yeux.

« Bonjour ! »

Charles est dans l'eau. Il nage, visiblement dans son élément. J'ai l'impression qu'il est nu, mais c'est sans doute les effets du soleil.

« Vous me rejoignez ? »

J'aimerais avoir le courage de sauter comme ça dans l'eau, mais je ne peux pas. Je ne suis pas encore complètement réveillée. Et puis, elle doit être glacée.

« Il y a du café sur la table dans la cabine, si vous voulez vous réveiller plus doucement.
– Bonne idée, merci. »

Quand je ressors de la cabine avec ma tasse fumante, Charles n'est plus dans l'eau. Il est allongé sur le pont. Nu, effectivement. C'est la première fois que je peux considérer son corps dans son ensemble. Son torse musclé, ses jambes fuselées. Je suis passée de l'un à l'autre sans m'arrêter, comme si la pudeur me retenait. Je devrais grandir un peu. Si j'ai envie de regarder, après tout, qu'est-ce qui m'en empêche ? Lui ? J'imagine que non, sinon il aurait sans doute mis un maillot. Il faut que je cesse de faire ma mijaurée. Je vais regarder pendant dix secondes, ça me rendra sans doute moins gourde.

« Emma ! Vous pourriez me donner un peu de votre café ? »

Il est redressé sur ses coudes et me regarde, amusé. Depuis combien de temps ? Est-ce qu'il m'a vue en train de lui regarder l'entrejambe ? Je suis toute rouge, je suis sûre. Je fixe ses cheveux en lui apportant la tasse. Pourvu qu'il ne dise rien. J'en mourrais de honte.

« Merci. Asseyez-vous à côté de moi. »

Je m'exécute, coincée comme une première communiante.

« Vous devriez retirer votre tee-shirt, profiter un peu du soleil…
– Non, je n'ai pas si chaud. »

Je mens. Mal, je crois, vu son sourire amusé. Il me provoque. Déjà hier avec cette histoire de fessée. Ça l'amuse de me voir me débattre entre mon inexpérience. Pourtant, son corps me fait de l'effet. Être assise à côté de lui, me met dans tous mes états. Et à considérer son corps, c'est réciproque. Je n'ai jamais vu ça. Et je n'ose le regarder. Je suis ridicule.

« Je suis désolé de vous choquer Emma, mais il m'est difficile de dissimuler l'effet que vous me faites.

– Vous ne me choquez pas ! »

Et pour joindre le geste à la parole, j'entreprends de l'embrasser dans le cou. C'est un début. Je descends rapidement sur son torse immense et chaud. Ses mains me caressent légèrement les cheveux et le dos. Je veux le goûter. Je lèche son torse qui frémit. Sa peau est salée, j'aime ça. Je continue ma descente, électrisée par son frisson et la chaleur de ses mains. Je n'ai jamais fait ça. Mais j'en ai envie. Je commence par des petits coups de langue. Il soupire. Je le guette du coin de l'œil, j'ai peur de mal faire. Apparemment, il aime ça. Je décide de parcourir tout son membre de ma langue. Le contact est agréable, salé, doux et ferme. Ses mains m'en disent plus que ses yeux sur son état. Celle qui était dans mon dos descend doucement à la rencontre de ma culotte. Mes fesses se tendent instinctivement sous cette caresse et ma bouche continue son exploration. Je prends son gland entre mes lèvres et fais glisser ma langue tout autour. Sa main s'est crispée sur ma tête. Je me souviens de l'effet qu'a eu ce contact sur moi et j'encourage sa main à accompagner le mouvement. Il appuie sur ma tête doucement, tandis que ses hanches montent vers moi. Je sens son désir palpiter dans ma bouche et mes fesses répondre à la caresse de l'autre main qui s'aventure entre mes cuisses. Le tissu de ma culotte ne trompe personne, je suis trempée et mes hanches vont et viennent bientôt sur cette main au rythme de ma bouche. Mes mains caressent doucement ses testicules et je décide de reprendre la caresse qui l'a fait frémir. Je voudrais me débarrasser de ma culotte qui fait comme un rempart entre sa main et moi. Mais sa caresse me rend folle et j'accélère le rythme de ma bouche, je descends et monte à présent au rythme que ses hanches et sa main m'imposent. Soudain, je sens le tissu de ma culotte s'écarter et des doigts s'introduire en moi. Je ne peux réprimer un gémissement de plaisir et serre les dents malgré moi. Il retire ses mains de mon corps, brusquement.

« Emma, nous ne pouvons pas continuer…
– Non ? »

Je suis scandalisée, il ne va pas me refaire le coup du restaurant quand même…

« Ce mouillage est vide mais les bateaux de pêche ne vont pas tarder à arriver. Allons à l'intérieur. »

À peine ai-je descendu trois marches qu'il m'arrache mon tee-shirt. Je m'assois sur le lit. Très vite, il m'ôte ma culotte et me met sur le ventre. Il s'allonge sur moi et me pénètre brutalement. Je crie. Sa bouche dans mon cou me mordille légèrement. Il parle, il murmure. Je ne comprends rien, ça doit être du russe, ou de l'italien. Je ne chercherai pas à m'enfuir.

22

FELICITÀ

« Hop ! Hop ! Debout, c'est l'heure de la pasta ! »

J'aurais bien passé la journée sous les draps, mais je n'ai pas oublié que Maria nous attend... D'ailleurs, j'ai faim ! Je m'habille à la hâte, un jean, un tee-shirt, quand je me rends compte que Charles vient de passer un costume.

« C'est un repas de famille. C'est important ici, vous savez. Je vous ai mis une robe dans votre sac. »

Effectivement, il m'a bien pris une robe. Une vieille robe que je réserve d'ordinaire aux profs ou aux personnes âgées. Lui, toujours si pointu en matière de mode, semble s'être donné du mal pour trouver mon vêtement le plus ringard.

« Je n'allais pas mettre votre robe noire, c'est beaucoup trop habillé pour ici, il s'agit juste de montrer que vous avez fait un effort. Attachez vos cheveux. Voilà. Vous êtes parfaite. »

Peu après arrive Giovanni, lui aussi endimanché. Comme la veille, il se montre particulièrement avenant et joyeux. J'ai droit moi aussi à une accolade chaleureuse. Nous rejoignons la terre et arrivons à pied chez Maria. C'est une petite maison de plain-pied dont la cuisine est ouverte vers l'extérieur. De fait, tout le monde est dehors. Maria et Giovanni ont sorti sur une table à l'extérieur de grandes marmites de pâtes dans lesquelles chacun est invité à se servir. Nous devons être vingt-cinq, toutes générations confondues. Des enfants courent et crient, de vieilles dames médisent sous un arbre, leur assiette fumante sur les genoux. On a bientôt fini les pâtes et Maria apporte de grands plateaux couverts de pâtisseries avec le café et la grappa.

Soudain, on nous demande de faire silence, le jeune Mario, engoncé dans son costume trop court de communiant, doit nous faire une démonstration de violon. Il joue d'abord un air mélancolique que tous ont l'air de connaître et qui fait venir les larmes aux yeux des aînés. Puis Giovanni réclame une tarentelle et le rythme s'accélère. C'est vite l'euphorie, on bat du pied et des mains, les pêcheurs chantent en dialecte. Soudain, Giovanni me prend la main et m'entraîne dans une danse folle, Charles me regarde en souriant. Bientôt, il invite Maria et tout le monde se joint bientôt à nous. Je ris, emportée par la joie et le rythme. Charles me vole à Giovanni et c'est dans ses bras que je tournoie maintenant. Je crois que je n'ai jamais été si heureuse.

Il fait beau, je suis incroyablement bien. Charles est heureux aussi, on aurait pu rester comme ça toute la vie. Et puis le téléphone a sonné et j'ai vu ressurgir le Charles Delmonte que je déteste. Cet homme secret et malade d'un poids qu'il ne veut partager. Quand il est allé prendre l'appel dans la maison, j'ai su que c'en était fini de notre lune de miel. Il est ressorti peu après, l'air préoccupé, il a parlé un court instant à Giovanni qui l'a serré dans ses bras et qui est allé prévenir sa mère.

« Emma, je suis désolé, nous devons rentrer à Paris. »

Ce sont les seuls mots qu'il a prononcés depuis que nous avons quitté la fête. Au bateau, nous avons rapidement fait nos bagages et tout s'est enchaîné très vite. Voiture, jet, voiture. En silence. Il m'a laissée sur le pas de ma porte il y a quelques minutes.

« Emma, je dois partir tôt demain. Ne m'en voulez pas, j'ai des affaires importantes à régler. »

Puis il m'a gratifiée d'un chaste baiser sur le front avant de regagner ses appartements. Je me sens si seule et si désemparée que je décide d'appeler Manon.

« Ne bouge pas, j'arrive. »

23

L'ENQUÊTE

Une heure plus tard, elle est devant ma porte avec un énorme pot de crème glacée.

« Tu manges ce genre de choses, toi ?

– Grands dieux, non ! C'est pour toi, j'ai vu suffisamment de comédies romantiques pour savoir comment nourrir une Américaine dans le désarroi ! »

Manon était la bonne personne à appeler ! Je lui raconte toute l'histoire qu'elle écoute religieusement.

« Tu sais à quelle heure il doit partir demain matin ?

– Oui, il a demandé à son chauffeur de lui laisser la voiture en bas pour 10 heures. Apparemment, il veut être seul.

– Très bien. Je vais aller chercher ma voiture chez mes parents. Rejoins-moi demain matin à 9 h 30 en bas. Tu auras pris soin, bien sûr, de mettre foulard, bonnet, lunettes, etc.

– Tu rigoles ?

– Tu veux savoir ce qu'il fabrique oui ou non ?
– Oui…
– Bon. On va le suivre à l'ancienne. Après tout, rien n'interdit de s'amuser un peu ! »

Je reconnais bien là les mœurs de ma nouvelle amie. Toujours prête à s'amuser. Mais aussi à rendre service. Je sais que ses parents habitent en lointaine banlieue, elle va sans doute passer le reste de sa soirée dans les transports en commun pour ramener sa voiture.

Le lendemain matin, Manon est au rendez-vous. Elle m'attend au volant d'une magnifique Super 5 crème tout droit sortie des années 1980. Il pleut.

« Le temps idéal pour une filature discrète, dit-elle en me posant un sac en papier sur les genoux tandis que je m'installe sur le siège avant.
– C'est quoi ?
– Des chouquettes. Pas moyen de trouver des donuts à Paris, désolée. Sur le siège arrière, il y a un thermos d'earl grey, si tu veux. »

Mon amie est méconnaissable. Elle, toujours extrêmement apprêtée, porte un survêtement vert pomme et une doudoune noire. Ses beaux cheveux blonds sont tressés de manière très stricte et elle a poussé le vice jusqu'à se mettre une paire de lunettes en plastique rose. Quant à moi, j'ai juste opté pour des vêtements noirs. Elle me considère, affligée.

« Il y a une perruque dans le sac, sur le siège arrière, mets au moins ça. »

C'est une perruque afro. Parfait. Je ne peux me retenir de rire en nous voyant toutes les deux accoutrées de pareils déguisements. Je ne sais pas ce que nous réserve la journée mais pour l'instant, on s'amuse comme des folles. Mais l'euphorie est de courte durée. Charles vient de sortir de l'immeuble et court vers sa voiture, l'air sombre et préoccupé. Manon met la musique en marche (un best-of des BO d'Hitchcock, comme par hasard) et nous commençons notre filature. Nous n'avons pas la moindre idée d'où nous allons. Manon dit que nous pouvons rouler trois heures trente avant de faire le plein, mais qui sait où il nous emmène ?

La berline sort de l'autoroute au bout de trois heures. Apparemment, nous sommes en Normandie. La pluie vient de cesser, nous avons de la chance. Autour de nous des champs, des collines, des vaches, c'est très bucolique, ça donnerait presque envie de sortir faire un pique-nique. La voiture noire s'arrête soudain devant un immense portail qui s'ouvre lentement pour la laisser passer. Nous sommes obligées de passer notre chemin. Nous nous arrêtons deux cents mètres plus loin, à l'entrée d'une forêt domaniale.

« Qu'est-ce qu'on fait ?
– On y va. Mais à pied. Prends le sac sur la plage arrière. »

On y est. S'il y a quelque chose à découvrir, c'est maintenant. Je ne sais plus si je veux savoir, je suis comme bloquée.

« Allez bouge-toi. On va chercher des champignons ! »

Manon claque la porte avec autorité et place le sac dans un panier d'osier. Elle marche d'un pas résolu vers l'endroit où nous avons fait disparaître la voiture. Je la suis, sans volonté. Nous arrivons devant la grille à présent close. C'est une propriété verdoyante, au bout du chemin se dresse une grande maison bourgeoise. On dirait un hôtel ou une clinique.

« Clinique psychiatrique de la Vire, Hospitalisation longue durée, lit Manon sur la plaque dorée. On sait où il se cache. La question maintenant, c'est savoir qui il vient voir. On va faire le tour. »

La propriété est vaste et entourée de murs dissuasifs. Les malades sont-ils dangereux ? Au bout de vingt minutes de marche, Manon pose son panier par terre. Est-ce le signe que nous arrêtons là ? Apparemment, non. Mon amie commence à escalader le mur… Décidément, je me méprenais complètement la première fois que je l'ai vue !

« Passe-moi les jumelles !
– Pardon ?
– Dans le sac ! »

Elle a tout prévu.

« Il y a un grand parc. Pas grand monde. Ambiance maison de retraite. Ah tiens, voilà Charles. Il est tout seul, il fait la gueule. Mais il reste mignon…

– Manon !

– C'est bon… On vient de lui refiler un fauteuil roulant.

– C'est qui ?

– Attends, je vois pas, il faudrait qu'il aille dans l'autre sens…

– Laisse tomber, ça doit être un aïeul sans intérêt.

– C'est une bombe !!

– Hein ?

– C'est une femme. Hyper belle. Mais dérangée, assurément. Elle regarde dans le vide. Je pense pas qu'elle puisse bouger. Il ne lui parle pas, il se contente de la balader… Bon, je descends, on en apprendra pas plus comme ça. »

D'un commun accord, nous décidons de regagner la voiture. Donc Charles rend visite à une femme mystérieuse et très belle dans un établissement psychiatrique en Normandie. Quelqu'un de suffisamment important pour qu'il se déplace à chaque fois qu'on l'appelle. Quelqu'un de sa famille ? Un amour ? Et puis pourquoi l'appelle-t-on ? Depuis combien de temps cette femme est-elle dans cet établissement ? Cette découverte nous laisse avec encore plus de questions que ce matin. Nous rentrons à Paris, profondément intriguées. Le trajet du retour se fait dans le silence le plus complet. Arrivées en bas de chez moi, Manon s'invite pour que nous puissions réfléchir à la suite des événements et cuisiner les champignons qu'elle a ramassés sur le chemin – je ne me suis rendu compte de rien, évidemment. Mathieu nous a rejointes mais nos trois cerveaux sont incapables de résoudre l'énigme. Alors que nous finissons notre omelette aux cèpes, nous entendons le bruit de l'ascenseur qui s'ébranle. C'est Charles ! Par l'œilleton, je peux voir qu'il n'a pas meilleure mine que cet après-midi… Il rentre sans même un regard dans ma direction.

« Ok. Maintenant qu'il est rentré, on peut passer à l'action. »

Mathieu semble avoir une idée. Après avoir cherché les coordonnées de la clinique sur Internet, il compose le numéro.

« Bonjour, Michel Dumont, je suis l'assistant de M. Delmonte. Il semble avoir perdu son smartphone, pourriez-vous vérifier qu'il ne l'a pas oublié ? Oui, je vois, merci. Et dans la chambre de sa sœur ? Pardon, oui bien sûr, excusez-moi. Voulez-vous aller vérifier ?… Tant pis, je vous remercie. Au revoir.

– Alors ? demandons-nous à l'unisson.

– Alors, ils n'ont pas retrouvé son smartphone. C'est drôlement emmerdant.

– Mathieu !

– Asseyez-vous, vous allez être servies. La femme, c'est SA femme.

– Hein ?

– Quand j'ai tenté le coup de la sœur, elle m'a gentiment corrigé : « Son épouse, vous voulez dire… »

– La vache…

– Ouais. »

Nous nous taisons, abasourdis par la nouvelle. Charles est donc marié. À une femme magnifique et internée. Je vais avoir besoin de l'aide de quelqu'un d'autre pour en savoir plus…

24

LES VERS DU NEZ

Je n'ai pas dormi de la nuit. Je sais à qui je dois demander si je veux en savoir plus. Mais est-ce que je le veux vraiment ? Après tout, si Charles ne m'en parle pas, c'est qu'il ne veut pas que je sache. Et s'il ne veut pas que je sache, c'est qu'il ne veut pas que je fasse partie de sa vie… Pourtant, il m'a emmenée à Portofino… Je ne comprends rien. Comment peut-on être si proches et si éloignés ? On ne peut pas continuer comme ça s'il continue à me cacher des choses aussi essentielles de sa vie. Il est marié, quand même ! Ce n'est pas rien. Si on veut aller plus loin, il serait peut-être utile de me mettre au courant… Enfin, j'imagine. Et puis, c'est bien joli ces épisodes lunatiques où il me chasse de sa vie, mais ça passerait quand même beaucoup plus facilement si j'avais les sous-titres. *« Excuse-moi, je pense à ma femme folle, ça me déprime, laisse-moi seul. »* Je dois savoir.

« Élisabeth, c'est Emma Maugham. Je te dérange ? »

Rendez-vous a été pris dans un petit café du 11e arrondissement. Elle n'a pas voulu me parler au téléphone. D'ailleurs, elle ne voulait pas me parler du tout au début, m'a dit que Charles la tuerait s'il apprenait. J'ai dû pleurer. Employer les grands mots. Finalement, elle a admis que j'étais importante pour lui et qu'on avait peut-être un avenir ensemble. Bref qu'elle se devait de donner un coup de pouce à notre histoire mais que *« c'était pas gagné »*. Elle est en avance, elle semble fébrile. Elle commence alors que je n'ai même pas ôté mon manteau.

« Ils se sont rencontrés à la fac. Enfin, il l'a remarquée à la fac. Alice, c'est son nom, semblait faire des études de lettres. En vérité, personne ne sait ce qu'elle faisait là. On la voyait surtout marcher dans le campus, seule, ou noircir de petits carnets, assise sur un banc. Elle écrivait de la poésie. Je n'ai jamais lu ce qu'elle faisait mais j'ai cru comprendre que ça tournait essentiellement autour de la mort… Bref. Charles en est tout de suite tombé fou amoureux. Le genre de passion qu'on n'explique pas, tant c'était peu réciproque. Pendant près d'un an, il a juste essayé de lui adresser la parole, mais elle ne daignait pas répondre. L'année d'après, je crois qu'il a réussi à l'emmener boire un café. Après, elle est restée introuvable pendant six mois. Il était désespéré. On raconte qu'elle avait fait une tentative de suicide et que ses parents l'avaient placée dans un centre spécialisé. Et puis elle est revenue hanter la fac et noircir ses carnets… Elle était un peu plus ouverte et c'est à ce moment-là qu'ils ont commencé à sortir ensemble. Enfin « sortir »… ils restaient la plupart du temps enfermés. Parfois, il réussissait à la traîner à quelque fête avec nous mais je crois qu'elle nous méprisait. Enfin, je ne sais pas. Ce qui est sûr, c'est qu'elle ne se sentait pas bien en notre compagnie et que, quand elle y était contrainte, elle se mettait à boire plus que de raison. À s'en rendre malade.

Et puis un jour, il nous a annoncé qu'il allait l'épouser, que c'était le seul moyen de la garder près de lui, que ses parents étaient fous, qu'ils voulaient encore la placer. Nous avons laissé faire, qu'aurions-nous pu dire ? Et la vie a repris son cours. On ne voyait guère les Delmonte, ils fuyaient notre compagnie. Jusqu'à ce qu'Alice rencontre François. François du Tertre, oui. Quand il était de la partie, elle était tout de suite plus joyeuse, faisait semblant de s'intéresser. Charles laissait faire, il croyait que ça lui faisait du bien, qu'elle apprenait à « sociabiliser ». En vérité, mais nous l'avons compris plus tard, François lui avait fait découvrir les plaisirs de la drogue et elle était rapidement devenue accro. Au début, c'était juste un petit joint par-ci par-là, rien de bien méchant. Mais ils s'encourageaient l'un l'autre dans leur quête de sensations et François a un jour décidé qu'il était temps pour eux de passer à la vitesse supérieure. Ils ont commencé à sniffer de la coke et puis, un soir, ils ont décidé de se lancer dans l'héro. François était alors novice. Il n'avait pas conscience des doses. L'overdose a été brutale. Elle a eu lieu dans les toilettes d'un bar, pas loin de ma galerie. Heureusement, les secours sont arrivés très vite et ils ont réussi à la sauver. « Heureusement », aujourd'hui je ne sais pas si j'emploierais ce mot. Parce qu'elle n'est, comme on dit, « jamais redescendue ». Elle est prostrée depuis qu'elle a repris connaissance. Ça va faire quatre ans. Charles a dû se résoudre à la placer, il ne pouvait pas s'occuper d'elle. Parfois, elle parle pendant son sommeil ou elle a un mouvement et alors le personnel croit bon de prévenir Charles qui accourt… Mais les médecins sont formels, jamais elle ne reviendra parmi nous, si tant est qu'elle l'ait déjà été un jour… C'est assez malsain, la relation qu'il entretient avec Alice maintenant. Il en est légalement responsable et il se sent coupable, mais il ne l'aime plus. Enfin, c'est compliqué…

– Tu n'as pas l'air de la porter dans ton cœur…

– Non, tu as raison, je ne l'ai jamais aimée. Bien sûr, j'ai eu de la peine et j'ai été scandalisée par ce qui lui est arrivé mais je ne peux m'empêcher de lui en vouloir d'avoir gâché la vie de mon ami. Parfois, je me dis qu'elle l'a fait exprès… »

Cette confession me laisse un goût amer. C'est donc ça, la fameuse « blessure secrète » de mon amant ! J'aurais sans doute préféré qu'il soit juste « chiant »… Au lieu de ça, me voilà rivale d'une espèce de poétesse catatonique qui ne sortira jamais du silence… Comment lutter ? Je ne peux m'empêcher d'en être jalouse. Cette passion qu'Élisabeth a décrite, pourra-t-il un jour l'éprouver pour moi ? À quoi ressemble notre relation à côté de cette histoire d'amour fatal ?

« À une vraie histoire, pas à un mélo à deux balles, décrète Manon, toujours là pour me réconforter.

– Tu crois ? Je ne fais pas le poids face à une fille qui écrit de la poésie…

– Un légume qui fut jadis une fille, tu veux dire ? Non mais atterris Emma ! Cette femme, c'est un fantasme d'ado, tu vaux mieux que ça !

– Un fantasme ?

– Oui enfin... quelque chose qui n'aurait jamais dû aller plus loin mais qui s'est figé dans le temps à cause du bellâtre drogué... euh

– François.

– Oui. Si tout s'était passé normalement, ton Charles se serait rendu compte de son erreur au bout de quelques mois et ça aurait été la fin de cette histoire. C'est aussi simple que ça. Toi, avec Charles, vous partagez des trucs, vous baisez, vous riez, c'est un truc à deux.

– Oui, je crois.

– Voilà.

– Et donc ? Je suis censée faire quoi ?

– Je ne sais pas. Si tu veux continuer, il va falloir crever l'abcès. Soit tu attends qu'il le fasse tout seul, mais ça peut prendre des siècles, soit tu mets les pieds dans le plat... mais ça peut faire mal.

– Je ne sais pas si j'ai envie d'avoir mal... »

Comme à chaque fois depuis le début de cette aventure, j'ai décidé de ne rien faire pour voir où cela nous amènerait. Jusqu'ici, le bilan est mitigé, mais je crois que c'est la solution la moins dangereuse. Et puis ça me permet de me remettre au travail, je n'ai plus qu'une semaine pour rendre quelque chose à Mme Granchamps et j'ai bien du mal à me concentrer. Tant qu'il ne viendra pas me chercher, je resterai derrière mon bureau à travailler. J'ai de quoi tenir un siège en plats lyophilisés et j'ai tous les bouquins dont j'ai besoin.

25

UN DÎNER

« Emma ! Emma ! Vous êtes en vie ? Répondez ! »

Je me suis encore endormie sur mon ordinateur, quelle heure peut-il bien être ? Je vais ouvrir.

« À la bonne heure ! Vous êtes malade ? Ça fait cinq jours que vous n'êtes pas sortie de chez vous, je m'inquiétais.

– Tout va bien, rassurez-vous, j'ai juste beaucoup de travail.

– Mais vous vous nourrissez au moins ? »

J'ouvre le placard, pour lui montrer ma collection de plats déshydratés.

« Aucune thèse ne mérite le traitement que vous vous infligez ! C'est scandaleux. Habillez-vous, je vous invite à dîner.

– Non, vraiment, il faut que je travaille, je n'ai pas le temps de sortir…

– Dans ce cas, je vais vous faire à manger ! Continuez à travailler et rejoignez-moi chez moi dans deux heures. Je ne peux pas vous laisser dans cet état !

– Vraiment ?

– Oui. J'insiste. Et puis, votre look approximatif me manque.

– Dans ce cas…

– À tout à l'heure. »

Quand j'entre chez lui, je retrouve le Charles que j'ai laissé en Italie. Joyeux, ouvert et aux fourneaux.

« Asseyez-vous, je m'occupe de tout. Tenez, je vous ai servi un verre de vin.

– Merci.

– Vous avez bientôt fini ? C'est le plan que vous devez rendre, c'est ça ? »

Cette fois, il ne se moque pas de moi. Il a vraiment suivi ma progression et mon travail et veut savoir où j'en suis.

« Oui. Enfin, une ébauche. Quelque chose qui montre où je veux en venir.

– Je vois. C'est le plus difficile, je me souviens. Après ça, tout vous semblera simplissime, vous verrez.

– J'espère.

– J'ai confiance en vous. Vous êtes intelligente, douée et travailleuse. C'est dans la poche. À moins que Granchamps ne vous ait dans le nez, bien sûr !

– Vous connaissez ma prof ?

– Non, enfin pas plus que ce que vous m'en avez dit… Vous aimez les coques ?

– Qu'est-ce que c'est ?
– Un coquillage délicieux. Je vous ai préparé un petit jus d'écrevisses pour aller avec. Ça devrait vous plaire. Voilà, c'est prêt. Attention, c'est chaud. »

On s'attable, il me regarde dîner. Je suis troublée.

« J'ai très envie de vous. Venez, nous finirons plus tard. »

Il a dit ça comme ça, sans préambule et m'a tendu la main en se levant. La mienne est bouillante. Je suis sidérée par la vitesse et la violence du désir qu'a suscité cette simple invitation. À cet instant, je veux juste qu'il me déshabille, rapidement. Mais je sens que c'est maintenant ou jamais. Que si je cède à ce désir, on est repartis pour un cycle de malentendus. Sexe torride, réflexion déplacée ou coup de téléphone de la clinique, déception, incompréhension, tristesse… Je dois faire un effort. Mon cœur bat trop vite. Il se penche vers moi et me mordille l'oreille tout en m'attrapant les fesses. Tout de suite ou jamais, Emma…

« Non ! »

C'est moi qui ai dit ça et j'en suis presque surprise. Respire doucement, tiens-toi droite, voilà.

« Non !
– Pardon ?
– Je ne veux pas coucher avec vous maintenant.
– J'avais pourtant l'impression que vous en aviez envie aussi.

– Là n'est pas la question. On était en train de dîner. On pourrait discuter, par exemple.

– Ce que vous pouvez être coincée, parfois !

– Pardon ?

– Vous devriez apprendre à vous laisser aller un peu, vous abandonner, je ne sais pas…

– C'est vous qui dites ça ? Pourriez-vous me dire où vous êtes passé lundi dernier ?

– Ça ne vous regarde pas. Et puis, si vous êtes si peu disposée à partager ma compagnie, je ne vous retiens pas !

– C'est trop facile, Charles ! Tu ne peux pas tenir tout le monde à distance comme ça. Tu ne peux pas coucher avec moi quand bon te semble et puis m'éconduire l'instant d'après. »

Tant pis si je dois tout gâcher, je déballe tout. À présent, on joue selon mes règles.

– Ah non ? Pourquoi donc ?

– Parce qu'on est plus que de simples amants maintenant. Bien que vous persistiez à me vouvoyer et à me cacher votre vie privée, il y a quelque chose entre nous, quelque chose de fort, je le sens.

– Vous sentez mal, ma pauvre chérie. Il n'y a rien entre nous. C'est vrai, j'aime beaucoup coucher avec vous mais ça s'arrête là. Je suis confus si je vous ai induit en erreur. »

Ça fait mal, mais je sais qu'il ment. Je suis plus forte que ça.

– Pourquoi Portofino alors ? Pourquoi m'avoir emmenée

dans un lieu si cher ? Tu emmènes toutes les femmes avec lesquelles tu couches rencontrer ta famille ?

– Je n'aurais pas dû. C'était une erreur manifestement, puisque vous vous êtes imaginé des choses. Emma, il n'y aura jamais rien de sérieux entre nous.

– Pourquoi ? À cause de ta femme ?

– Hein ? Comment…

– Certaines personnes parlent, figure-toi, et c'est le genre de secret qu'on ne peut garder toute sa vie pour soi…

– Élisabeth…

– Peu importe qui me l'a dit. Tu vas t'empêcher de vivre toute ta vie à cause d'elle ? Tu crois que tu peux te couper du monde comme elle l'a fait ?

– Comment osez-vous parler d'elle comme ça ?

– Parce que je veux être avec toi, je t'aime. Je veux que tu cesses de vivre dans le passé. Tu n'as pas à te sentir coupable.

– Moi, je ne veux pas être avec vous. Ce n'est pas tant la culpabilité qui me retient que l'amour. Je n'ai jamais cessé d'aimer Alice. Vous n'êtes et ne serez jamais rien pour moi. »

Là, c'est trop. Les digues vont céder. Je dois partir. J'ai tout essayé. Je lui ai offert mon cœur sur un plateau. C'est fini. Je rends mon tablier.

« Très bien, au moins c'est clair. Je pars. Je fais mes valises, vous n'entendrez plus jamais parler de moi. »

Et pour parfaire le romanesque de la scène, je claque la porte avant de me précipiter en larmes sur mon petit lit.

26

LE DÉPART

Combien de temps peut-on pleurer sans s'arrêter ? Depuis combien de temps suis-je allongée sur ce lit à sangloter ? Et pourtant, je ne veux pas que ça cesse. Pas tout de suite en tout cas. Il me semble que tant que je pleurerai, je serai encore en vie, encore rattachée à lui. Encore amoureuse. Je me lèverai quand j'aurai renoncé. Je ferai mes affaires, j'irai lui rendre ses clefs et je partirai. Mais je ne suis pas prête. Je revois mentalement nos baisers et nos ébats et des souvenirs de plaisir viennent se mêler à mes larmes. Je ne veux pas oublier, pas tout de suite. J'ai envie de hurler, j'enfouis mon visage dans l'oreiller.

Et puis, on toque doucement à la porte.

« Emma. Emma, c'est moi. Ouvrez. Ouvre. S'il te plaît. »

Non. J'ai assez souffert pour aujourd'hui. Je n'ouvrirai pas. Mais il a la clef et, au bout de quelques minutes, il entre doucement. Je le devine debout devant mon lit, il me regarde sangloter. Il ne sait pas quoi faire. Il murmure mon nom, doucement. Il s'assoit et commence à passer sa main dans mes cheveux comme pour m'apaiser. Je m'en fous, je ne veux pas être apaisée. Puis il s'allonge derrière moi. Le lit est tout petit, il me serre dans ses bras et enfouit sa tête dans mes cheveux. Il continue de murmurer mon prénom. Je sens tout son corps contre le mien et, malgré mon état, je ne peux empêcher mon corps d'être saisi d'un désir violent. Je sais qu'il en a envie aussi. Ne pas bouger, ne pas lui montrer. Ses mains sur mon ventre sont bouillantes et semblent irradier tout mon corps. Mes seins se gonflent. Mon bas-ventre me brûle. Il n'en saura rien. Ses murmures ont cessé et sont remplacés par des baisers dans mon cou. C'est diabolique. J'enfonce ma tête dans l'oreiller pour ne pas céder à la tentation de lui donner mes lèvres. Il me serre toujours plus fort de ses mains et je sens entre mes cuisses la force de son désir. Je ne bouge pas. Il ne faut pas que ça recommence, je ne veux plus de cela. Une de ses mains s'est glissée sous mon tee-shirt et remonte doucement vers ma poitrine dressée. Je dois réagir, déjà je sens ma volonté s'affaiblir.

« Non ! »

Je viens de m'asseoir subitement, dévoilant mon visage baigné de larmes.

« C'est fini, Charles. Tu as été assez clair sur tes sentiments. Je ne veux plus de ça. »

Il prend mon visage à deux mains et embrasse mes larmes.

« Pardon, Emma. Je ne voulais pas. C'est toi qui as raison. J'ai besoin de toi.

– Je ne veux pas que tu aies besoin de moi. Je veux que tu m'aimes. Comme elle…

– Je ne t'aimerai jamais comme elle. Je ne sais même pas si je l'ai aimée un jour… Ne parlons plus de ça, ne pars pas, reste avec moi. »

Nous sommes à présent à genoux, tous les deux, sur le lit. Il me déshabille lentement. D'abord mon tee-shirt, puis mon soutien-gorge. À mon tour je fais passer sa chemise par-dessus sa tête. Mon visage toujours dans ses mains, sa bouche se colle à la mienne et sa langue vient se mêler à la mienne dans une danse essoufflée. Nos mains se cherchent, se pressent violemment puis partent chacune explorer le corps de l'autre. Mes doigts veulent caresser tous les méandres de son corps. Son dos, son torse, son ventre. Sa bouche a délaissé la mienne pour se consacrer à mes seins qu'il agace et mordille. Je ne retiens pas mes cris. Ma main descend sur ses jambes musclées. Nous nous débarrassons rapidement de nos pantalons et sous-vêtements et reprenons notre position initiale. À genoux, comme en prière. Ma bouche explore son torse, descend comme une évidence s'imprégner de toutes les parties de son corps. Il a recommencé à murmurer mon nom. Une de ses mains a replongé dans mes cheveux qu'il tire en arrière dans un mouvement à la fois brutal et doux et l'autre se met à jouer entre mes cuisses que j'ouvre instantanément. Je ne veux plus jouer, plus me cacher. Je laisse mes hanches danser sur ses doigts au rythme de mon désir qui va crescendo. Je gémis son prénom en lui enfonçant mes ongles dans le dos. Soudain il retire ses mains et les plaque contre mes fesses qu'il presse. Il me fait asseoir sur lui. Nous sommes les yeux dans les yeux. Les siens brillent d'une lumière inédite. Nos bouches se joignent comme celles de deux ados affamés de désir. Je le prends en moi tout en continuant de le regarder dans les yeux. Bientôt, je ne me contrôlerai plus, je sens déjà mes mouvements se faire plus anarchiques, plus animaux, ses yeux goûtent mon plaisir et je commence à crier son prénom. Ses dents dans mon cou se font plus agressives. Je voudrais qu'il me morde jusqu'au sang. Il murmure mon prénom. Et puis quelque chose comme « je t'aime ». Je ne sais pas. Je suis toute à lui.

IV
SANS LUI

27

AU MATIN D'UN NOUVEAU JOUR

Je n'ouvrirai pas les yeux. Je ne veux pas bouger. Je veux revivre sans cesse les minutes de cette nuit magique. Nos corps brûlants de désir, le plaisir qui nous a submergés. Charles. Son souffle incandescent dans mon cou, sa voix, ses mots touchants, enfiévrés… Je sens le désir renaître en moi. Mon ventre affamé en veut encore. J'imagine ses mains qui courent sur moi, fébriles. Ses doigts experts, sa langue indiscrète, ses reins puissants. Je sens son corps endormi derrière le mien. Je voudrais qu'il me prenne dans ce demi-sommeil, comme ça, sans préavis…

« Mademoiselle Maugham, j'ai un paquet pour vous… Voulez-vous bien m'ouvrir ? »

Décidément, je déteste cette femme.

« Une seconde, j'arrive. »

Je m'extirpe difficilement de mon lit, encore tout à la moiteur de nos étreintes. Je me rhabille à la hâte pour prendre possession du paquet. J'entrouvre la porte. Je ne suis pas en état de faire des mondanités. Et puis je ne veux pas qu'elle voie… Malheureusement, ce matin, elle a envie de faire la conversation.

« C'est pour votre mémoire à la fac, c'est ça ?
– Oui.
– Vous les avez commandés par Internet ?
– Oui.
– C'est bien, ça.
– Oui.
– Vous travaillez ?
– Oui. J'étais en train de travailler.
– Je vous laisse, alors.
– Oui, merci. »

La gardienne est partie. Je viens de refermer derrière elle. Je reste plantée devant cette porte à présent close. Je retarde le moment de me retourner. Allez, Emma, courage ! Tu ne peux pas rester comme ça toute la journée. Un, deux, trois. Voilà. C'est fait. La vérité. Cruelle, implacable. Il n'y a personne dans mon lit défait. Charles Delmonte n'est jamais venu essuyer mes larmes. J'ai passé la nuit seule. Nous nous sommes disputés, je suis rentrée désespérée et malgré tout brûlante de désir. Le reste, je l'ai imaginé. C'était bon. C'était même salutaire, je crois…

Mais peu crédible. Qui croyais-je berner avec cette histoire ? Et puis, ce Charles si tendre et si ouvert, est-ce celui dont je suis tombée amoureuse ? Si tant est qu'on puisse parler d'amour. Depuis combien de temps est-ce que nous nous connaissons ? Est-ce qu'on se connaît seulement ? J'ai grand besoin d'ouvrir les yeux.

Lui me connaît sans doute, il a dû me jauger en cinq minutes. Petite Américaine fraîchement débarquée dans la Ville lumière, facilement impressionnable et peu rompue aux choses de l'amour. Voilà, on a fait le tour. Je ne suis pas particulièrement belle, ni intelligente, ni drôle. Je sais qu'il apprécie mon côté gauche, pas à ma place… Je l'amuse, en somme. Il aime mon corps, sans doute ? Je crois qu'il aime juste le sexe, tout simplement. Et le fait que je sois novice et réceptive doit jouer en ma faveur. Je suis un jouet, une poupée qu'on habille et qu'on déshabille selon ses caprices. Une gentille poupée qui vit sur le même palier. Pratique.

Quant à lui… Comment ai-je pu me laisser berner comme ça ? Ce type est un cliché ! Beau à tomber, intelligent, à n'en pas douter… Et riche ! J'aurais vraiment dû me fier à mes premières impressions ! Mais non… Il a fallu peu de choses pour qu'il me mette dans son lit et que je me monte la tête comme une ado. Qu'est-ce que je croyais ? Que moi, l'étudiante godiche, j'allais séduire Charles Delmonte, l'impénétrable milliardaire ? Et puis quoi ? Il va falloir se reprendre en main. Et sérieusement, cette fois.

Étape 1 : arrêter de me faire des films.

Étape 2 : me recentrer sur la raison de ma venue à Paris.

Étape 3 : éviter tout rapport avec Charles. Si je ne suis pas capable de résister à son charme, il faut cesser ce petit jeu.

Quand on est allergique à quelque chose, on l'évite, on ne le cherche pas… Mais voilà, il reste mon propriétaire. Et nous vivons sous le même toit. C'est mission impossible. J'ai déjà cherché un appartement, je n'ai vraiment pas les moyens. En même temps, si je reste ici à titre gracieux, l'ambiguïté persiste et ce petit jeu que je veux faire cesser aussi…

« Tu peux venir chez moi, le temps de te retourner, si tu veux ! »

Manon a vraiment le cœur sur la main, mais je ne peux accepter. Elle vit elle-même dans une pièce minuscule qu'elle paie une fortune. Sans compter qu'elle partage déjà souvent son clic-clac avec Mathieu… Je me vois mal jouer les trouble-fête. Et puis, je ne me fais pas d'illusions, c'est le genre de situation temporaire qui risque de durer…

« Je pourrais relancer l'organisme qui gère les chambres d'étudiants ? Ils ont peut-être des chambres en réserve pour les cas d'urgence ?

– Oui, c'est sûr. Il y a un fond pour les étudiantes transies d'amour pour leur proprio multimilliardaire…

– Très drôle…

– Et trouver un boulot ? Te payer un studio ?

– J'y songe… Mais le mec que j'ai vu à l'agence immobilière m'a dit que de toute façon mon dossier était pourri. Je n'ai pas assez de garants. Et puis quel boulot pourra me payer assez sans que j'aie à sacrifier mes études ?

– J'en vois bien un, de garant fiable, mais ça risque de ne pas te plaire !

– Mais c'est pas mon père ! Non, non, ce serait trop bizarre On se connaît à peine en plus !

– Assez pour coucher ensemble, partir en week-end en Italie…

– Mais pas pour subventionner mes études !

– Comme tu voudras, Emma ! »

En rentrant du RU, je me dis que Manon a tort, bien sûr. Mais pas complètement. Il va falloir que je parle à Charles. Je ne peux pas continuer à profiter de sa chambre de bonne comme ça.

Étape 4, donc : parler à Charles. Sérieusement. Sans rougir, sans pleurer, sans perdre mes moyens. Ni mes vêtements. Ça va être coton.

28

DANS LES DENTS

« Bonjour Emma. »

Il me regarde avec une intensité qui me fait frissonner. Il est assis sur une chaise et je reste plantée devant lui comme une écolière qui doit réciter sa leçon.

« Je ne peux plus vivre comme ça dans votre chambre de bonne. Pas après ce qui s'est passé.

– Vraiment ? »

On dirait qu'il se fiche de ce que je lui dis. Il est en train de déboutonner sa chemise, sûr de lui. Je devrais le gifler. Ses mains sont à présent sur ma taille, brûlantes. De ses doigts, il jauge la ceinture de mon pantalon. Et puis, d'un geste sûr et rapide, il le baisse à mes genoux avec ma culotte. Ses mains agrippent à présent mes fesses dans lesquelles il enfonce ses ongles.

« Poursuivez, Emma. Je vous écoute. »

Et, comme s'il joignait le geste à la parole, il enfonce deux de ses doigts en moi, m'arrachant un soupir de volupté.

« Prends-moi »

Oh mon Dieu ! Mais je ne suis pas venue pour ça ! Qu'est-ce qui me prend ? Ça ne peut pas être vrai, il faut que je me réveille ! J'ai mis des heures à rassembler mon courage. Et maintenant, je suis là devant sa porte à espérer qu'il n'ouvrira pas. Silence. Je respire. Je compte jusqu'à vingt et je pars. Un, deux, trois, quatre, cinq, six, sept, huit, neuf, dix, onze…

« Emma ? »

Mince. Il est là. Et torse nu. Il est 19 heures, qu'est-ce qu'il fait dans cette tenue ? Ne pas perdre ses moyens, rester ciblée sur son objectif.

« Je voudrais vous parler.
– Bien sûr, mais j'allais sortir, Emma…
– Maintenant. S'il vous plaît. »

J'ai mis tout juste ce qu'il fallait d'autorité et de désespoir pour qu'il ne puisse refuser. Il me regarde comme si j'étais gravement malade et me fait asseoir sur la méridienne. Il est allé enfiler une chemise et s'est assis sur une chaise en face de moi. Je dois parler, je ne sais pas par où commencer. Je regarde mes pieds comme s'ils allaient me sortir de là.

« Emma, je suis désolé, je ne voulais pas vous faire de mal. »

C'est lui qui a ouvert le bal.

« C'est bon, j'en ai vu d'autres…
– Je ne crois pas, non. C'est en partie pour ça que je suis désolé.
– Qu'est-ce que vous savez de moi ?
– Assez pour savoir que vous n'avez pas l'habitude de coucher avec des inconnus. De coucher avec des hommes, tout simplement. Ce n'est pas la peine de protester, Emma. Ça se voit. Par ailleurs, c'est plutôt charmant sauf que vous vous attachez facilement et que vous avez tendance à faire des erreurs. »

Je suis verte de rage. J'ai envie de lui griffer le visage. Ok, il n'a pas tort, mais ce n'est pas une raison pour m'humilier comme ça. Si je n'avais pas ce problème de logement, je le planterais là.

« Nous sommes allés trop loin hier. Je ne suis pas sûr de penser tout ce que je vous ai dit. Mais j'étais énervé, vous m'avez pris de court.
– Je… Moi non plus. Pardon. »

Très bien. Tout le monde s'est excusé. Nous pouvons à présent repartir sur de saines bases. Et tout ça sans larmes, je m'en félicite.

« Emma. Je vais être clair. Je ne suis pas du tout amoureux de vous. »

Voilà, c'est dit. J'avais beau m'en douter, la phrase me fait l'effet d'une gifle. Ne pas pleurer. Rester digne.

« Je vous trouve délicieuse, charmante. Je pensais qu'on pouvait s'amuser tous les deux, mais j'ai été égoïste, j'ai fait semblant d'ignorer que vous aviez un faible pour moi. Je vous ai fait prendre des risques, souffrir… espérer… Mais nous deux, c'est impossible. Et ça n'a rien à voir avec ma femme. Vous n'êtes pas mon type, c'est tout. »

Voilà, je pleure. Bravo. Les grandes eaux. Super. À la honte d'avoir été éconduite froidement, je vais ajouter celle de pleurnicher comme une gamine. Charles n'a pas bougé de sa chaise. Il me regarde, atterré. Il n'a jamais dû voir un tel spectacle. J'ai l'impression qu'il n'est même pas ému. Il a l'air embarrassé, mais qui ne le serait pas ? Il s'en veut, c'est ce qu'il a dit, ce n'est pas le genre de sentiments que je voulais susciter en lui… Si nous devons poursuivre cette discussion, il va falloir que je me reprenne. Arrêter de pleurer pour commencer. Éviter de croiser son regard, fixer son attention sur autre chose… le piano, par exemple. C'est amusant, ce truc prend une place considérable, pourtant, je ne l'ai jamais vu ouvert. Charles sait-il seulement en jouer ? Ou s'en sert-il juste pour poser des verres ? 50 000 euros pour un sous-verre, ça commence à faire beaucoup ! Enfin, je suis mauvaise langue, ce soir il y en a deux… La nausée vient de me saisir. Charles ne se préparait pas à sortir. Il sort du lit, c'est évident. Ces deux coupes de champagne à peine entamées en sont le douloureux témoignage. Je jette un œil à la porte de la chambre entrouverte. Qui est-ce ? Élisabeth ? Une sœur Petrovska ? Les deux ? Ou une nouvelle étudiante ingénue dont il piétinera le cœur une fois qu'il s'en sera lassé. Je n'ai plus du tout envie de pleurer. J'ai juste envie de lui arracher les yeux. Cet état d'esprit est beaucoup plus propice à la discussion que je voulais avoir. Finissons-en.

« Quoi qu'il en soit, il me semble difficile de continuer à vivre de cette façon.

– C'est-à-dire ?

– Moi, dans votre chambre de bonne. À titre gracieux.

– Vous savez, moi, ça ne me dérange pas...

– Moi si ! »

J'ai dit ça d'un ton volontairement agressif en fixant la porte de la chambre entrouverte.

« Comme vous voulez, Emma. Mais j'avais cru comprendre que vous n'aviez pas les moyens de vous payer un logement...

– Je vais chercher. »

Je suis bien sûre de moi tout à coup. Je regrette aussitôt ce que je viens de dire. Et s'il me prenait au mot et me mettait dehors ?

« Et si je vous faisais payer un loyer ? Je veux dire « abordable » Vous vous sentiriez mieux ?

– Il n'y a pas que ça. Il y a aussi que j'ai besoin de ne plus vous voir. »

Il sourit de cet aveu. Il se lève, regarde son smartphone. Il réfléchit.

« Vous avez sans doute raison. Mais vous savez, je ne suis pas souvent ici. Vous m'avez beaucoup vu, ces derniers temps, mais c'était à cause de l'exposition des Petrovska. D'ordinaire, cet appartement me sert plus de pied-à-terre. Parfois, il se passe des mois sans que je n'y passe. »

Il vient de se lever. Continue à tripoter son smartphone puis lance la machine à café. Il me tend une tasse en déclarant comme on conclut un contrat.

« Voilà ce que je vous propose. Vous restez dans la chambre en tant que locataire officielle. 200 euros, ça vous semble jouable ?

– Je… oui.

– Très bien. »

C'est la fin de notre entretien. Il m'a repris la tasse et raccompagnée à la porte. D'une façon que je qualifierais de professionnelle. J'ai de nouveau envie de pleurer. Par bonheur, il ne m'en laisse pas le loisir. Après un *« bonne soirée »* convenu, il a refermé la porte sur moi sans plus de cérémonie. Une heure plus tard, je trouve un contrat de location en double exemplaire dans ma boîte à lettres. 200 euros, c'est donné. Sauf que je ne les ai pas encore. Prochaine étape : trouver un boulot.

29

LE JOB DE MA VIE

À nous deux *emploi.fr* ! Ça ne doit pas être si sorcier de trouver un petit boulot. 200 euros, je devrais y arriver facilement.

Lieu de travail : Paris, c'est facile.

Type de contrat : aucune idée. C'est quoi un CDD ? Un CDI ?

Emploi recherché : bonne question. Chez moi, pour gagner un peu d'argent, je faisais un peu de baby-sitting. Emploi recherché : baby-sitter. Cliquer sur « Entrée ». Banco ! « 12 offres répondent exactement à vos critères. » Voyons ça.

« Recherche baby-sitter pour garder deux enfants de 3 ans et 6 ans, les mardis de 18 heures à 19 h 30. Diplôme et expérience exigés. Envoyer CV et lettre de motivation. »

Diplôme ? Trois ans de sociologie aux États-Unis, ça compte ? Quant à ma motivation…

« Éconduite par mon propriétaire multimilliardaire, j'aimerais soigner mon amour-propre en lui payant un loyer symbolique. Le baby-sitting me semble une activité tout indiquée étant donné que je n'ai jamais rien fait d'autre et que ça ne me semble pas bien sorcier. »

Je doute que le cynisme fasse partie des qualités recherchées par les parents pour sélectionner une nounou… Je ne suis pas dans le bon état d'esprit pour garder des enfants. Voyons voir… Que font mes camarades de fac ? Manon fait du mannequinat. Mais elle est immense. Et magnifique. Mathieu donne des cours particuliers de latin. Ça lui ressemble. Je pourrais hypothétiquement donner des cours d'anglais. Sauf que je n'ai jamais enseigné et que je ne saurai jamais comment faire ni par où commencer. J'en ai des angoisses rien que d'y penser… Serveuse ? Pourquoi pas ? Ça ne requiert pas de diplôme particulier, enfin je ne crois pas. Et puis il y a les pourboires…

Emploi recherché : serveuse.
« 68 offres répondent à vos critères. »
Génial. Voyons la première.

« Urgent. Cherche serveuse. Vous serez chargée d'accueillir, installer, servir et encaisser le client. Vous avez une excellente présentation. Débutante motivée acceptée. Horaires flexibles compatibles avec études. »

Cette annonce a été écrite pour moi ! J'appelle aussitôt et obtiens un rendez-vous dans la foulée. Le patron a été très affable. Il me propose de commencer le soir-même. Je dois passer dans l'après-midi pour repérer les lieux et me présenter.

À 14 heures pile, je suis devant l'*Eden*. Ma robe noire m'assure une « excellente présentation ». Le directeur, que j'imaginais un peu plus distingué, a l'air d'apprécier ma mise. L'établissement est assez sombre et plutôt vide. Michel, il tient à ce qu'on l'appelle par son prénom, m'explique que sa clientèle est plutôt nocturne. Il me fait visiter rapidement, j'acquiesce à tout ce qu'il dit, j'essaie d'enregistrer. La caisse, les verres à cocktail, les verres à liqueur, le vestiaire… À 15 heures, il décide que je suis prête pour le bar et s'installe dans la salle pour, dit-il, me voir évoluer. Il n'y a qu'un seul client qui sirote le même liquide jaunâtre depuis que je suis arrivée. Un habitué, sans doute. Faute de clients, je me mets à essuyer les verres qui sortent du lave-vaisselle, comme je l'ai vu faire dans les films. Pour l'instant, ça ne m'a pas l'air bien compliqué.

« La petite sœur ! »

Ma première mission ! Le type du bar a fini son verre. Malheureusement, je n'ai pas la moindre idée de ce qu'il veut.

« Pardon ?
– La même chose.
– Oui… Qu'est-ce que c'était ?
– Une Suze.
– Ok, pas de problème. »

Une Suze, donc. Je me tourne désespérée vers le mur de bouteilles qui me jauge depuis une heure. Martini, Fernet-Branca, Cognac, Whisky. Une Suze, est-ce seulement une boisson ? Soudain, je sens une présence derrière moi. Un corps, chaud, moite même. Et une érection.

« La voilà, ta Suze. »

C'est Michel. Il est venu à la rescousse. Je le remercie, gênée. Lui ne l'est aucunement, il veut sans doute me faire comprendre que rien ne s'est passé. Ça me va. Je me remets à essuyer les verres. Ce boulot me plaît assez finalement. Je pourrais, me semble-t-il, passer des heures à rêvasser en essuyant des verres. Si je n'ai pas Michel sur le dos tous les jours, je pourrais même envisager de faire avancer mon mémoire.

« Bon, il est 17 heures. Tu restes jusqu'à 19 heures pour te familiariser avec les boissons, tu rentres chez toi et je t'attends pour 22 heures, ça te va ?
– Très bien. »

Je me vois mal rentrer pour revenir à 22 heures, mais le hasard fait bien les choses. Je ne suis justement pas trop loin du studio de Mathieu. Avec un peu de chance, Manon est chez lui, nous allons pouvoir passer la soirée ensemble. Je les appelle, pas peu fière de leur annoncer que j'ai trouvé un boulot si rapidement. L'admiration de Mathieu se devine dans sa voix.

« C'est génial ! Qu'est-ce que tu as trouvé, alors ? Tu bosses dans une librairie, une salle de concert ?

– Je suis serveuse !

– Tiens donc ! Sers-nous deux bières, on arrive !

– C'est comme si c'était fait !

– C'est où ?

– Ça s'appelle l'*Eden*, c'est rue des Martyrs.

– Très drôle !

– …

– Grouille, j'ai pas trop de batterie. C'est où ?

– Ben, à l'*Eden*, comme je t'ai dit…

– Tu veux dire que tu déconnais pas ?

– Non…

– Bouge pas, on arrive ! »

Je n'ai pas le temps de leur dire que je ne finissais que dans deux heures. Tant pis, ils iront faire un tour en m'attendant.

Je ne m'étais pas trompée, je suis vraiment tout à côté de chez Mathieu. Je vois débouler mes amis à peine cinq minutes après avoir raccroché.

« Prends tes affaires, on y va ! »

Manon est bien péremptoire. On dirait une mère qui vient chercher sa fille ivre à la fête du lycée. Je ne sais pas quoi dire. Je la regarde avec des yeux ronds. Mathieu, lui, est hilare. Il regarde partout, comme un gosse à Disneyland. Elle est sacrément remontée, je devrais sans doute la suivre dehors, ne serait-ce que pour éviter un scandale sur mon lieu de travail. Je jette un œil à Michel qui de toute évidence se fiche un peu que je reste à mon poste ou non. Je saisis mon sac et me laisse traîner sur le trottoir par Manon.

« Je tiens tout d'abord à te remercier, Emma. Je me suis toujours demandé ce que cachait la devanture de l'*Eden*. Je suis un peu déçu, mais ça a été un grand moment !

– Mathieu, je t'en prie ! Mais qu'est-ce qui t'a pris, Emma ? Tu es désespérée au point de finir dans un bar à putes ?

– Un bar à p… ? »

L'évidence vient de me frapper. Le bar sombre et vide, la clientèle « plutôt nocturne », le patron libidineux… Charles a raison, je suis vraiment naïve. Au point d'aller postuler dans un bar à putes sans me douter de rien. J'ai envie de disparaître, mais le comique de la situation l'emporte. Je m'assieds sur le trottoir et me mets à rire, bientôt rejointe par mes amis.

30
NORMAL

Mignon. Vraiment très mignon. 25 ans, je dirais. Grand. Mince. Peut-être même un peu maigre, ce qui lui donne un côté maladroit, charmant. Il est tout entier à sa lecture, *Le Comte de Monte-Cristo* ; une demi-heure que je suis là et je ne l'ai pas encore vu lever les yeux. J'aimerais bien les voir, ses yeux. J'espère qu'il ne vient pas pour le même boulot que moi. Je détesterais le détester.

« Guillaume Colin. »

C'est lui. Il s'est levé, a fourré son livre dans sa poche avant de disparaître avec un homme poussiéreux. Il ne m'a même pas jeté un regard. Sympa. J'aurais dû prendre un bouquin moi aussi. Je feuillette une revue que j'ai trouvée sur la table basse. *Les Cahiers Octave Mirbeau*… ça manque un peu d'images. En même temps, j'aurais dû me douter que je ne tomberais pas sur *Voici* dans une bibliothèque universitaire. Combien de temps va durer cet entretien ? Sur quels critères est-on jugé ? D'après Mathieu, c'est du tout cuit. La personne qui avait le job, une de ses copines, vient de partir en Erasmus, ils ont besoin de quelqu'un rapidement et ils n'ont pas mis d'annonce... Apparemment, je ne suis pas la seule sur le plan. Entre un étudiant français qui lit un gros bouquin pour le plaisir et une Américaine qui feuillette une revue littéraire pour se donner une contenance, mon choix serait vite fait ! Tiens, c'est marrant, cet auteur, Mirbeau, a écrit un bouquin sur son chien, je vais peut-être lire un peu finalement...

« Emma Maugham ? »

C'est mon tour. Mince, je n'ai pas vu le garçon mignon sortir. Mais je suis là pour le boulot, faudrait pas l'oublier. À mon tour de passer dans le bureau de l'homme poussiéreux. Sourire, être positive et proactive. Mouais. Il s'en fiche un peu, j'ai l'impression. Tout ce qu'il fait, c'est remplir un formulaire avec les infos que je lui donne. Je vois mal comment montrer ma motivation en donnant mon adresse et mes horaires de disponibilité.

« Très bien. On vous appellera vendredi pour vous donner un rendez-vous. Merci. »

C'est tout ? On vous appellera ? Je suis censée comprendre quoi ? Que je suis prise ? Qu'il me faut un autre entretien ? Je ne le sens pas. J'aurais peut-être dû continuer ma carrière à l'*Eden*.

« Tu bois un café ? »

Il est debout devant la bibliothèque, son livre à la main. Le mec mignon. Guillaume. C'est à moi qu'il parle. Je n'en reviens pas.

« Tu veux boire un café ?
– Oui. »

Je le suis docilement à la cafétéria. Qu'est-ce qu'il me veut ?

« Je m'appelle Guillaume, au fait. Et toi ?
– Emma. Qu'est-ce que tu veux ?
– Je… Ben, rien… Faire ta connaissance, juste. »

Je crois que j'ai été un peu agressive, là. Ce garçon veut faire ma connaissance. Simplement. Ce type si mignon veut passer du temps avec moi. Alors, il m'a attendue devant la bibliothèque. Tout simplement. C'est fantastique. On discute. Guillaume fait une thèse de lettres sur un auteur que je fais semblant de connaître. Ses yeux, que je peux à présent admirer, sont d'un vert bleu qui me rappelle l'aquarium de ma ville. Je sais que ça n'a rien de sexy, mais c'est étrangement réconfortant. Il me regarde dans les yeux en souriant et je me sens parfaitement à l'aise. Il me parle de la fac, de sa vie, de ses parents… De ce boulot à la bibliothèque. Pour lui, il y a du travail pour nous deux, pas de doute. L'entretien de ce matin était une simple formalité. Le type va juste vérifier que nous sommes bien inscrits à la fac et nous faire commencer rapidement. Il me demande où j'habite. Je voudrais dire à la cité U, mais si tout cela doit avoir une suite, il vaut sans doute mieux que je sois honnête avec lui. Je lui parle donc de ma chambre de bonne et de mon propriétaire mystérieux multimilliardaire. Mais pas de notre aventure. Il trouve ça super romanesque bien qu'« un poil cliché ». Je ris jaune. S'il savait… Et puis, il doit y aller.

« Tu me donnes ton numéro ?
– Pourquoi ? »

Pourquoi ai-je besoin d'être si agressive ? Tous les hommes ne sont pas Charles Delmonte !

« Pour reprendre un café ? Aller se promener ? Se faire un ciné ? Boire un verre ? Plusieurs ? S'embrasser fougueusement sous la pluie ? Se disputer ? Faire l'amour ? Se marier ? Envoyer les enfants en colo ? Organiser des repas de famille…
– C'est bon, je te le donne ! »

Il me fait rire. Je décide de rentrer à pied en repensant à ce rendez-vous impromptu. Sortir avec un garçon normal. Une idée qui commence à me charmer. Coucher avec un garçon normal ? Une situation inédite. J'essaie de nous imaginer, lui et moi. On serait dans sa chambre d'étudiant. On regarderait un film et puis il m'embrasserait dans le cou. Je sursauterais pour la forme et puis je l'embrasserais sur la bouche. On se déshabillerait fiévreusement sans rien dire. J'imagine mes mains sur son corps glabre, sa bouche sur mes seins… On ferait l'amour par terre parce qu'il n'aurait pas eu le temps de déplier le clic-clac…

« Vous êtes bien rêveuse, Emma. »

Charles ! Toujours là quand il ne faut pas.

« J'ai rencontré quelqu'un. Et j'ai trouvé un boulot. »

Voilà pour lui clouer le bec. Sauf que ni l'un ni l'autre ne sont franchement exacts.

« Très bien. Je suis ravi pour vous, dit-il en me regardant de ses yeux mystérieux de multimilliardaire cliché.
– Bonsoir, Charles. »

Je m'engouffre dans la cage d'escalier où les travaux sont à présent finis, satisfaite de mon effet, le laissant attendre l'ascenseur, seul.

31

DE L'ÉDUCATION

« Quoi ? Tu n'as jamais lu *Les Liaisons dangereuses* ? »

Je n'ai jamais vu Manon si profondément bouleversée. Apparemment, mon cas est grave, je ne sais pas où me mettre.

« T'as vu le film au moins ? »

Je regarde dans mon sac, des fois qu'il m'apporterait une réponse.

« Glenn Close, John Malkovich ?
– Je suis désolée, je… Non, ça ne me dit rien…
– Je suis sous le choc. Vraiment Emma, je suis sidérée.
– C'est si grave ?
– Oui. »

Je farfouille dans mon sac. Je n'aurais jamais cru la mettre dans un état pareil. La journée avait pourtant bien commencé.

Petit café au bar du coin, papotages… Jusqu'à ce qu'on parle de Charles et qu'elle se mette à m'appeler Cécile de je-sais-pas-quoi.

« De Volanges. »

Je ne savais pas qui c'était. Faute. Comment me racheter ?

« Et si tu me disais de quoi il parle, ce bouquin ?
– Ce bouquin ? »

Ma parole, elle est furieuse. J'en rirais si je n'étais pas pétrifiée par la peur. Manon a décidément un côté autoritaire tout à fait fascinant.

« Ce bouquin, comme tu dis, est un putain de chef-d'œuvre. Mais, je ne vais pas te le raconter. Tu bosses à la bibliothèque à présent, tu devrais réussir à mettre la main dessus et à le lire. »

C'est vrai. Je vais même pouvoir le lire pendant mes heures de boulot. D'ailleurs en parlant de travail… C'est l'heure de rejoindre les profondeurs. Une bise à mon amie toujours furieuse et je cours à la bibliothèque. Un bonjour aux « dames de l'accueil » dont je ne remets toujours pas le prénom (laquelle est Monique ? Laquelle est Chantal ?), un signe de la main à l'homme poussiéreux dans son bureau et je dévale les escaliers en bas desquels m'attend mon collègue.

« Pas trop tôt ! Vous avez vu l'heure ? »

Il dit ça tous les jours en affectant une mine contrariée. Et moi, je l'embrasse sur la joue comme pour m'excuser. Chaque jour un peu plus près de la bouche. C'est un rituel.

« Pas trop de boulot ?
– Rien depuis une heure, Miss Maugham. Je vous laisse, je suis affamé. »

Et je me retrouve seule dans le sous-sol. Manon trouve cet endroit sordide. Comme un parking, *« un endroit idéal pour se faire tabasser ou violer »,* dit-elle. C'est vrai que c'est assez comparable. Sauf qu'il y a les livres. Des allées de livres. Mon boulot : les ranger. Enfin, pour une grande partie de ma journée, attendre. Parfois, il se passe tout l'après-midi sans que je n'aie rien à ranger. Et puis arrive le chariot par le monte-charge. Monique (ou Chantal ?) ne l'envoie que quand il est plein, alors ça peut prendre du temps. D'autant que la bibliothèque de notre fac n'est pas très fréquentée. Mathieu dit qu'elle est nulle, lui-même emprunte dans une autre université. Pour moi, c'est largement suffisant. Et puis, ça me donne l'occasion de rattraper mon retard. *Les Liaisons dangereuses*, donc. Je lis beaucoup de romans libertins en ce moment. Je ne sais pas si c'est parce que les Français sont prolixes en la matière ou si c'est parce que j'ai le don de tomber là-dessus, mais j'ai l'impression que je ne lis que des histoires légères. Des manigances, des coucheries… Qui trousse la soubrette, qui trompe son époux avec le majordome… J'en apprends beaucoup. Finalement sans doute plus qu'en ayant la vie dissolue que je prétends avoir pour Charles. Parce que j'ai décidé de jouer un peu avec lui. Entendons-nous bien, je ne veux pas retourner avec lui.

Malgré tout, j'aimerais bien me venger un peu. Je voudrais qu'il me désire. Qu'il me veuille. Je voudrais qu'il se pose des questions et, qui sait, qu'il soit un peu jaloux. Alors, après la théorie que je puise dans les romans, je passe à la pratique en rentrant chez moi. Mon arme principale : avoir toujours l'air de sortir du lit. Ça passe principalement par les cheveux : au lieu de la queue-de-cheval de jeune fille saine que j'arborais fièrement en arrivant à Paris, je me fais un chignon rapide comme Manon me l'a appris. Surtout, bien faire dépasser quelques cheveux qui viendront caresser la nuque de façon suggestive. Leçon 2 : y aller mollo sur le maquillage, voire ne pas se maquiller du tout. Leçon 3 : porter les mêmes vêtements le soir et le matin (attention, rien n'empêche de se changer à midi, au contraire). Leçon 4 : porter les stigmates de l'orgasme. Concrètement, à chaque fois que je risque de le rencontrer, je mords mes lèvres et pince mes joues, et puis j'essaie de prendre un air comblé, rêveur. Leçon 5 : oublier les sous-vêtements. Bon là, j'avoue, je n'ai pas encore essayé. J'ai un peu de mal avec l'idée de sortir les fesses à l'air en plein cœur de l'hiver. Manon m'assure que c'est grisant. « *Tu sens que tu pourrais baiser la terre entière, c'est comme avoir un super pouvoir.* » Du Manon tout craché. Je ne sais pas encore si ça marche sur mon voisin. En tout cas, ce qui est sûr c'est que je le vois beaucoup en ce moment. Lui qui m'avait assuré qu'il ne passait que rarement… Ce soir, je l'ai encore croisé. J'ai fait semblant d'être absorbée par mes pensées. Il a eu l'air étonné. Et curieux. Il m'a demandé comment j'allais. J'ai juste dit « bien » d'un air entendu avant de disparaître. Mystérieusement. Laissant dans mon sillage des effluves de parfum envoûtantes. Demain, je sors sans sous-vêtements, je suis mûre.

32

EXPÉRIENCES

C'est aujourd'hui que je le fais. Je sors sans culotte. Et sans soutien-gorge, tiens. C'est le jour idéal. Il fait froid mais le soleil perce un peu à travers les nuages. Un petit pull moulant, une jupe juste au-dessus du genou, des bas noirs. Devant le miroir, ce n'est pas flagrant. Je veux dire, ça ne saute pas aux yeux, il faut vraiment me regarder pour le remarquer. Je vais commencer par faire un aller-retour à la boulangerie pour m'échauffer. Un petit blouson en jean, une grande écharpe, c'est parti. Je suis sexy, sûre de moi, maître du monde. Malheureusement, mon quartier n'évolue pas avec mes mœurs. Il est toujours peuplé de rares petites vieilles aux cheveux violets et de chiens fraîchement toilettés. Les trentenaires sont rarement dehors à cette heure-ci. Note pour moi-même : ni les chiens ni les vieilles dames ne semblent s'offusquer de ma tenue, pas plus que la boulangère. Je m'offre un pain au chocolat que je mange sur le chemin du retour. Je suis en train de me lécher les doigts devant l'ascenseur quand arrive Charles. Par-fait ! J'aurais voulu le faire exprès, je ne m'y serais pas mieux prise. Je l'arrête sous le prétexte de lui régler le loyer. Vraiment, je tiens à payer avant le 5 du mois, c'est mon côté *control freak*. Il a remarqué, maintenant, c'est sûr. Mais ses yeux trahissent plus d'étonnement que de lubricité. Chaque chose en son temps. Le chèque fait, j'écourte notre discussion pour, dis-je, aller prendre une douche vite fait avant de retourner en cours. Comme si je venais de rentrer d'une folle nuit. Manon a raison, c'est grisant.

Je vais vraiment prendre une douche. Après tout, si je veux être crédible, il faut qu'il entende l'eau couler. Je veux qu'il m'imagine nue sous la douche. Et que ça l'obsède. Qu'il ne puisse s'empêcher d'écouter. Qu'il se retienne de venir me rejoindre. Qu'il se figure mon corps trempé, ses mains qui le parcourent avec fièvre, mes lèvres entrouvertes, mon souffle court, mes hanches souples… Il suffirait qu'il passe ma porte, il n'y a que quelques mètres qui nous séparent. Il lui serait si facile d'utiliser son double, de pénétrer chez moi, comme par effraction, et de me rejoindre sans bruit sous la douche. J'aurais les yeux fermés mais je devinerais l'urgence de son désir. Il ne dirait rien, m'embrasserait à pleine bouche et me prendrait dans un même souffle passionné. Je veux qu'il devienne fou de désir en entendant cette douche couler… En attendant, c'est plutôt moi qui suis dans tous mes états. Il faut que je me reprenne. D'abord que je m'habille. Enfin, pas complètement. Je suis convaincue… je resterai comme ça toute la journée. Après tout, je n'ai pas cours. Je vais un peu bosser à l'institut où personne ne me remarquera, ensuite déjeuner avec Manon, puis bibliothèque jusqu'à 17 heures.

« Ben dis donc, elle s'est drôlement encanaillée, Cécile de Volanges !

– Tes bons conseils, Merteuil !

– Je note avec plaisir que tu as suivi mes idées de lecture. Mais j'apprécierai à l'avenir que tu cesses de m'appeler Merteuil.

– Ok. Appelle-moi Emma, alors.

– Vendu. Donc tu es nue sous ta robe, là ?

– Euh oui. C'est tout de même bizarre de parler de ça au RU...

– Et Delmonte, tu l'as vu ?

– Oui. Il a remarqué, j'en suis sûre.

– Il est dégoûté ? Il t'a suppliée de lui accorder ta main ?

– Très drôle. Non, rien. Il a juste eu l'air étonné.

– Quelle maîtrise parfaite. On reconnaît bien là l'homme du monde. Crois-moi, aucun homme ne peut être juste « étonné » face à un tel spectacle.

– Si tu le dis... »

Notre déjeuner s'achève comme souvent : j'avale mon dessert en courant vers la bibliothèque. Qui sait si Guillaume remarquera ? C'est peut-être un peu provocant au vu de notre relation ? En même temps, si ça peut lui donner un coup de pouce...

« Pas trop tôt ! Vous avez vu l'heure ? »

Il est toujours aussi mignon. Mon baiser aujourd'hui s'attarde un peu, mes lèvres effleurent les siennes. Et puis nous restons immobiles, les yeux dans les yeux. Qui va faire le prochain pas ? C'est un moment d'une rare intensité, je ne suis pas sûre d'avoir envie de l'embrasser, ce que nous avons là est cent fois plus fort.

« Emma ?

– Oui ?

– Le téléphone. Tu devrais le prendre. »

Maudit téléphone. L'homme poussiéreux à tous les coups. Pour me demander si j'ai déjà rangé je ne sais quels actes de je ne sais quel colloque… Guillaume me fait signe qu'il s'en va, qu'il m'appellera. Plus tard. Je hoche la tête, impuissante. Je ne sais pas si Guillaume s'est rendu compte de quelque chose, ce qui est sûr, c'est l'effet que ça a sur moi. Je suis une bombe. Je me sens sexy, désirable. Et prête à tout. Avec Guillaume ? Pas sûr… Il m'attend devant la bibliothèque quand je sors. Comme le jour de notre rencontre.

« Tu voudrais aller voir un film avec moi ? »

Je dis oui. Évidemment. C'est si mignon, cette façon qu'il a de me surprendre. Rendez-vous est pris devant le cinéma. Je rentre à la maison pour « bosser un peu » en attendant.

« On met quoi pour aller au cinéma ?

– Une culotte, pour commencer.

– J'avais complètement oublié. C'est peut-être une bonne idée, effectivement. Mais sérieux, je mets quoi ?

– On met rien de spécial, on reste comme on est. On passe une robe du soir chez toi ?

– À vrai dire, je ne sais pas, je ne suis jamais sortie avec un Américain. Je pensais qu'il fallait s'habiller un peu, oui.

– Laisse tomber. Reste comme tu es, surtout.

– Ok. Merci Manon. À demain. »

Je n'ai pas tant de travail que ça finalement… Peut-être, je devrais mettre un peu d'ordre si je ramène Guillaume après le film ? Oui, je vais faire ça. Mais je vais mettre un peu de désordre plutôt. Ces bouquins bien rangés, ce n'est pas du tout sexy. Et à regarder mon bureau, on voit bien que ça fait un moment que je n'ai pas étudié. Voilà. Quelques dossiers, un crayon mâchouillé, deux livres ouverts. Il m'en faut un pour mettre par terre à côté du lit. De la poésie. Ça va lui plaire. C'est parfait. Une chambre d'intello sexy. Pas le genre de fille qui s'amouracherait de son beau proprio plein d'argent. 19 h 30, je file !

Le film était magnifique, mais triste. À se pendre. Du genre qui coupe toute envie d'avoir une vie sexuelle pour longtemps. Pourtant, je me risque à l'inviter à boire « une tisane » à la sortie. Il accepte. Chez moi, on oublie un peu le film. On discute, on rit. On est très proches. Parfois, on s'arrête de parler pour se regarder dans les yeux dans un silence religieux. Et puis il passe sa main dans mes cheveux, très doucement. Ses yeux m'intiment l'ordre de me taire. Je mets moi aussi ma main dans ses cheveux et j'imite son mouvement. C'est très doux. Sa main s'aventure maintenant sur ma nuque. Je frissonne et je ferme les yeux. Quand je les rouvre, il est debout en train de remettre son manteau. J'ai dû louper quelque chose.

« J'aime bien attendre », me dit-il.

Ça me va. Contre toute attente, je trouve ça incroyablement sexy. Je dis que moi aussi j'aime bien attendre. Je lui propose de le raccompagner en bas. Nous descendons les escaliers en silence. Au rez-de-chaussée, il pose ses lèvres sur les miennes tout doucement. Je les sens à peine… Mais j'entends le bruit de la minuterie qu'on relance. Nous ne sommes pas seuls. Je vais montrer à Delmonte l'intensité de ma vie sexuelle, il va voir. En un clin d'œil, j'ai transformé notre chaste échange en baiser passionné. Nos langues s'entremêlent et je me colle contre le corps de Guillaume qui ne reste heureusement pas insensible. Charles passe rapidement derrière nous et disparaît dans les escaliers. Il n'a pas pu nous louper. Je suis satisfaite de mon effet. Guillaume, lui, est plus partagé. Il me regarde à présent, l'air profondément déçu.

« Appelle-moi quand tu sauras ce que tu veux. »

J'ai tout gâché.

33

LA RÉCOLTE

J'ai honte. Ce que nous avions avec Guillaume était précieux. Ça aurait pu déboucher sur quelque chose de magnifique. Et moi, je l'ai complètement ruiné. Je ne sais pas s'il consentira encore à me parler. Je suis dégueulasse. Et tout ça pour quoi ? Pour réveiller la libido de mon stupide voisin ! Qui pourtant m'a fait comprendre on ne peut plus clairement il y a deux mois qu'aucune relation n'était possible entre nous. « *Je ne suis pas du tout amoureux de vous.* » J'aurais dû me le faire tatouer. Quelle imbécile, je suis !

Je me sens sale. Je décide de rester cloîtrée à la maison tout le week-end. Je vais travailler sérieusement. Appeler mon père aussi, ça fait longtemps. Il me connaît bien. Il comprend rapidement au son de ma voix que je ne suis pas dans mon assiette.

« C'est un garçon ? »

Jamais je n'aurais cru mon père capable de m'envisager une vie amoureuse ! J'en suis sans voix.

« Je savais que ce jour arriverait, je m'y suis préparé. Donc, c'est un garçon. Un étudiant ?

– Non. Enfin oui. Il s'appelle Guillaume.

– Vous vous êtes disputés, c'est ça ?

– Oui, en quelque sorte.

– Quels que soient tes torts, excuse-toi. Personnellement, j'ai toujours agi comme ça avec ta mère et nos disputes n'ont jamais duré bien longtemps.

– Euh. D'accord. Merci.

– Je t'en prie. »

Il a l'air très satisfait de son intervention. Je suis sûre qu'il l'avait répétée. Maintenant que je l'ai remercié, il doit se dire qu'il a réussi cette épreuve. Donner un conseil pertinent au sujet de l'amour : c'est fait. Coché, comme jadis « apprendre à faire du vélo » ou « expliquer comment on fait les bébés ». Je ne veux pas lui voler cette satisfaction, je n'insiste pas. Et puis, il n'a pas tort. Je dois assurément aller m'excuser. J'ai deux jours pour trouver les mots. En attendant, je vais faire profil bas.

Au travail. Depuis que Mme Granchamps a validé mon plan, je n'ai quasiment pas avancé d'un pouce. Quasiment. Je n'ai rien fait, je ne vais pas me mentir à moi-même. Chaque jour, je trouve une bonne excuse pour ne pas m'y mettre. Un bouquin à finir, un déjeuner avec Manon, pas le moral, un plan machiavélique à mettre en place pour séduire

Charles… Je perds mon temps. Mais on frappe à la porte. Une nouvelle excuse…

« Emma. Bonjour. Excusez-moi de vous déranger, je me demandais si vous pouviez me rendre un service.

– Euh oui. De quoi s'agit-il ?

– On doit me livrer un tableau cet après-midi. Malheureusement, j'ai un rendez-vous à l'autre bout de la ville que je ne peux pas déplacer. Seriez-vous assez aimable pour le réceptionner ?

– Oui. Je peux travailler chez vous, pas de problème. Quand voulez-vous que je vienne ?

– Maintenant, si c'est possible ?

– Ok, j'arrive. »

Des semaines que nous n'avons pas eu d'échange aussi long. Quand j'arrive chez lui, il est en chemise, pieds nus. Il n'a pas l'air prêt à partir. Ce qu'il est sexy, j'avais failli l'oublier un moment.

Il m'installe à un petit bureau en acajou et me tend un café. Lui reste debout.

« Ça avance bien votre mémoire ?

– Oui. »

Je ne lui en donnerai pas plus. De toute façon, je sais bien qu'il ne s'intéresse pas vraiment à mon travail. Je fais semblant d'être absorbée par mon écran pour bien lui signifier que je ne suis pas venue pour lui. Il a compris et disparaît dans sa chambre pour réapparaître quelques minutes plus tard en costume bleu marine. Je n'aime pas trop les costumes, mais celui-là est vraiment seyant.

« J'y vais. Le tableau ne devrait plus tarder. Une fois qu'il est là, vous pouvez refermer et rentrer chez vous. Je passerai récupérer les clefs dans la soirée. Enfin, si vous êtes là.
– Je ne sais pas encore. Vous avez un double au cas où ?
– Bien sûr.
– Super.
– Très bien. Merci encore. »

Il m'a fallu quelques semaines, mais à présent je maîtrise totalement mes réactions en sa présence. Si mon cœur s'accélère toujours à sa vue, je peux feindre l'indifférence la plus totale. Je suis fière de mes progrès. Me voilà seule chez lui. J'ai dit que j'allais travailler. Mais l'occasion est trop tentante. Je ne vais pas m'abaisser à fouiller chez lui. Mais une petite promenade, ça n'a rien de méchant. Je vais commencer par me refaire un expresso. Sur le bar traîne son courrier. Des factures, des communiqués de presse, des invitations à des cocktails… une lettre manuscrite. Je m'autorise à lire. Après tout, il ne l'aurait pas laissée sur le bar si elle était secrète.

« Monsieur,

Je me permets de vous avertir de la conduite scandaleuse de votre petite locataire. Si celle-ci a d'abord fait montre d'une parfaite éducation, elle manifeste depuis quelques semaines des signes de relâchement, voire de dépravation. L'autre soir, je l'ai même vue ramener un homme dans ses appartements… »

Bon, je suis rassurée. Si Charles n'a pas remarqué les changements que j'ai opérés, la gardienne s'est chargée de lui faire noter. Je ne la remercierai jamais assez. Sur ce succès, je décide d'arrêter là mon exploration et de me remettre sérieusement au travail. Le tableau arrive comme prévu quelques minutes plus tard et après avoir signé le reçu, je rentre chez moi, « *dans mes appartements* » comme dirait la gardienne.

J'ai bien travaillé cet après-midi. Plus qu'en six mois à Paris. C'est la culpabilité sans doute. On frappe doucement. C'est Charles. Je lui tends ses clefs avec un sourire.

« Vous êtes encore là ?
– Oui. Quelle heure est-il ?
– 19 heures.
– J'allais sortir justement.
– Ok, je vois. »

Je n'avais pas prévu de sortir du tout, mais il fallait absolument que je mente à Delmonte. Sans cela, je le sens, il m'aurait invitée à dîner et je n'aurais pas su refuser. Ou pire, il ne m'aurait rien proposé et j'en aurais eu le cœur brisé. Encore…

Je vais donc aller au cinéma. Seule.

34

ENTRE LES LIGNES

Lundi. Il va me falloir retourner à la fac. Revoir Guillaume. Avoir une explication. Je ne suis pas prête à lui avouer la vérité. Lui dire que malgré tous mes efforts, je ne suis pas celle que je prétendais être. Que je ne suis qu'une midinette effectivement amourachée de son propriétaire indifférent. Pas aujourd'hui. Je n'ai qu'à arriver en retard, ça éviterait qu'on se croise ? Parfait, je peux d'ores et déjà ajouter lâcheté à la liste de mes défauts. Manon pense qu'il ne faut rien lui dire, qu'il faut laisser le temps faire son travail. Qu'il aura vite oublié. Non, je vais suivre les conseils de mon père.

« Salut. »

Pas de formule rituelle. Nous sommes officiellement en froid.

« Salut. Écoute, je dois m'excuser pour vendredi. C'était nul. Pardon.

– Ouais, c'était nul. Mais je crois que je mérite plus qu'un

« pardon » entre deux portes. Quand tu seras prête, tu connais mon numéro. »

Il est parti. Il n'y a pas encore de livres à classer. Je suis seule avec mes remords… et quelqu'un d'autre. Je jurerais avoir entendu des pas. Ce n'est pas Guillaume, je viens de le voir monter les escaliers. J'appelle au hasard.

« Monsieur Demange ? Monique ? Chantal ? »

Personne. Je transpire. je pense aux mots de Manon, *« un endroit idéal pour se faire tabasser ou violer. »* Les pas se rapprochent, j'en suis sûre, mais je ne vois personne. Je n'arrive pas à savoir de quel côté vient le bruit. Dès que je tends l'oreille, les pas cessent. On se moque de moi, je commence à avoir vraiment peur. Je vais remonter, c'est plus sûr. Je suis à quelques mètres des escaliers quand la lumière s'éteint. Je vais faire un arrêt cardiaque. Les pas résonnent de nouveau. La personne doit être devant moi à présent. Je suis paralysée par la peur.

« Je vous préviens, je vais crier. »

Les pas se rapprochent. Toujours plus.

« Qu'est-ce que vous voulez ?
– La même chose que vous, je pense. »

Mon Dieu ! Cette voix ! C'est Charles. Mais que fait-il ici ?

« Pardon ?

– Ne faites pas l'innocente. Je n'y crois plus. Emma, on ne peut pas agir comme vous le faites depuis des semaines et s'étonner des conséquences logiques…

– Je ne comprends pas…

– C'est sans doute une habitude américaine de se promener sans sous-vêtements ? Et ce pauvre jeune homme dont vous avez essayé d'abuser dans l'entrée ?

– Je ne vois pas de quoi vous voulez parler…

– Cessons de parler, alors. »

Nous sommes toujours plongés dans le noir. J'ai toujours un peu peur malgré la révélation de l'identité de l'inconnu. Mon souffle est court, partagé entre l'appréhension et le désir. Tout à coup, des mains surgies de nulle part ouvrent ma chemise. Il est devant moi. Je sens son souffle sur mes lèvres. Mon soutien-gorge tombe par terre. J'aimerais lutter, mais le désir l'emporte. Je ne veux plus jouer, je veux juste m'abandonner. Je veux qu'il continue, je ne ferai rien, je ne dirai rien qui puisse l'arrêter. Mon ventre me brûle. Sans même y penser je saisis une de ses mains sur mes seins et la fais glisser jusqu'à la couture de ma culotte. Ses doigts font mine d'hésiter avant de s'y enfoncer. Je ne peux retenir un cri. Je suis trempée. Je commence à onduler des hanches sous la caresse de ses doigts. Mais il les retire brusquement et cesse notre étreinte. Je n'ai qu'une jupe aux genoux et une culotte. N'importe qui pourrait arriver et me trouver là, tremblante de désir.

« Emma. Vos cris m'ont manqué. »

Il est passé derrière moi. Je sens sa chaleur. Son souffle dans mes cheveux et son érection, brûlante. Je me frotte contre lui, je me cambre. La violence de mon désir m'étonne moi-même. Il a posé ses mains chaudes sur mes hanches et s'applique à présent à passer sa langue sur mon épaule droite. C'est un supplice. Tant ce contact humide que la proximité de ses mains. Je voudrais qu'il me caresse. J'écarte légèrement les jambes comme pour l'inviter. Et il cesse de nouveau tout contact. Où est-il passé ? Il veut jouer ? Très bien. Je décide de finir de me déshabiller. La lumière s'allume soudain. C'est toujours lui. Il s'approche de moi. Je ne suis plus intimidée, j'ai trop envie de lui. Je lis dans ses yeux que lui aussi. Il me prend par la main et m'emmène vers un rayonnage de livres. Je me laisse faire. Il me place face à l'étagère et positionne mes mains sur le rayonnage. Je l'entends se déshabiller. Et puis je sens son torse fort se plaquer contre mon dos. De ses mains, il écarte mes cuisses qui frémissent à son contact. Et puis il me prend. La force de l'étreinte nous arrache à tous deux un soupir. J'ai envie de cette force. Je ne veux pas qu'il me ménage, j'ai besoin d'être malmenée. J'accompagne ses coups de reins de mes hanches. Je crie, je sais très bien que personne ne peut m'entendre. Ses ongles s'enfoncent dans ma peau et je veux qu'ils s'enfoncent plus. Le rythme est toujours plus intense, j'ai totalement perdu le contrôle. Je ne peux m'empêcher de songer que j'ai gagné avant de laisser le plaisir me submerger comme jamais auparavant.

Quand je reprends mes esprits, Charles a remis son pantalon. Il parle au téléphone, bouleversé. Il me regarde, perdu.

« C'est Alice, elle vient de se réveiller. »

V
UN RETOUR INATTENDU

35

UN DIMANCHE À PARIS

Je vais aller prendre une bonne douche, j'en ai besoin, ça me réchauffera et me réveillera, je me sens vraiment toute engourdie aujourd'hui. Et après, je me mets à cet exposé, sinon je n'aurais jamais terminé à temps !

Les dimanches à Paris sont difficiles, mine de rien. Malgré le marché du matin auquel je ne déroge pas, tant j'aime l'atmosphère bien française qui règne le long des étals aux légumes multicolores, et, parfois, une séance de cinéma le dimanche soir avec Manon et Mathieu, ce sont des journées moroses. Aujourd'hui, il pleut, il fait gris, et, cerise sur le gâteau, il faut que j'écrive un long texte pour un exposé que je dois faire avec Manon pour le cours d'ancien français. Je traîne longuement sous la douche, en rêvassant un peu, dans les vapeurs odorantes qui envahissent vite ma minuscule salle de bains. Je ressors plus propre mais l'esprit toujours un peu engourdi. J'enfile une tenue décontractée et très simple, un pantalon en lin noir très doux et un pull un peu trop grand gris souris. Enfin, je m'installe à mon bureau avec une bonne tasse de thé, prête à en découdre avec cette drôle de langue.

Je veux absolument avoir une bonne note à cet exposé, c'est très important pour moi, et puis je voudrais avoir une bonne nouvelle à annoncer à mon père la prochaine fois que l'on pourra communiquer. Je me prends vite au jeu du texte à déchiffrer. Une fois de plus, je pense à mon père… Finalement, paléontologue et chercheur à l'université sont des métiers qui ont des points communs. Je ne gratte pas le sable autour des os de dinosaures mais je fouille pour retrouver le sens des textes, et c'est passionnant aussi. Je me promets de lui faire part de cette similitude entre nos destins la prochaine fois que je l'aurai au téléphone ou sur Skype.

Mon esprit vagabonde, mais j'avance bien tout de même. Avec un peu de chance, je vais même pouvoir aller au cinéma ce soir, il y a le dernier film de ce réalisateur espagnol, là, Pedro Almodovar, qui me tente bien. Je m'apprête à me lever pour me resservir une tasse de thé quand paf ! tout s'éteint dans ma petite chambre de bonne. C'est bien ma veine ! Vite, j'enregistre mon travail sur mon ordinateur portable, de peur qu'il s'éteigne par manque de batterie. Puis je cherche ma boîte d'allumettes et j'allume une bougie que j'ai, par chance, achetée par hasard pas plus tard que la semaine dernière. Me voilà, ma chandelle à la main, à activer plusieurs fois les interrupteurs de mon minuscule appartement. En vain. Bon, c'est sans doute un problème de compteur électrique, c'est pas une vulgaire panne d'électricité qui va me faire peur tout de même ! Mais là encore, impossible de rallumer la lumière. Je commence à être sérieusement embêtée, je voudrais terminer mon exposé et la panne dure depuis près d'un quart d'heure à présent. Je me décide à sortir de la chambre et à aller demander son aide à la concierge. Arrivée devant la loge, je me rends compte de mon erreur : nous sommes dimanche soir, et évidemment la concierge est absente. Quelle guigne !

Très fâchée de cette situation, je me décide finalement à aller frapper à la porte de Charles. Moi qui ne suis même pas bien habillée… Pfff, en même temps, ça lui montrera que je ne veux pas lui mettre le grappin dessus à tout prix ! Je toque un petit coup, comme si j'espérais qu'il n'entende pas. Manque de chance, il m'ouvre tout de suite. Je perçois sa silhouette que je connais bien, une lampe de poche à la main, et mon ventre se noue. Ohoh, on dirait que tu n'es pas encore guérie, ma petite Emma !

« Je me doutais que tu allais venir, me dit-il de sa voix grave et chaude, quel ennui, cette coupure d'électricité ! Entre donc…

– Non ça va, je voulais juste… », je commence à murmurer, mais il a déjà refermé la porte derrière moi.

Dans le couloir que je connais pourtant, je n'ai plus aucun repère. Il fait complètement noir, mis à part un maigre faisceau lumineux qui provient de la lampe de Charles. D'un coup, le rayon de lumière éclaire d'une manière différente, et je me rends compte qu'il a mis sa lampe en position frontale. Ça me fait rire, mon rire le fait rire, et cette scène incongrue brise la glace qu'il y avait entre nous. Souriant encore, je m'apprête à lui demander s'il a des fusibles de rechange quand je sens ses lèvres que je reconnaîtrais entre mille, chaudes et caressantes, se plaquer contre les miennes.

Il ne manquait plus que ça ! ai-je le temps de penser, alors qu'une douce chaleur bien connue m'envahit déjà le bas-ventre.

36

AUTOUR D'UN CHOCOLAT

Je ferme les yeux tandis que ses baisers deviennent de plus en plus sensuels. Je le sens mordre mes lèvres avec avidité, sa langue chercher la mienne, et la petite barbe de trois jours qu'il arbore le week-end me picote les joues, réveillant en moi des envies que je pensais avoir oubliées. Charles jette la lampe de poche au sol, pour que son visage puisse se coller au plus près du mien. J'ai très envie de lui, de son corps contre le mien, mais cette situation me met, en même temps, très mal à l'aise. Ressaisis-toi Emma, tu sais ce qu'il en est entre vous, ne te laisse pas avoir ! je me surprends à penser. Et pourtant, je sens mes jambes s'enrouler presque toutes seules autour de sa taille pendant qu'il me plaque contre le mur. Le désir qui monte en moi est si puissant que je gémis déjà, malgré moi. C'est presque malgré moi aussi que je le laisse enlever mon pull trop large pour embrasser mes seins, presque malgré moi mais avec quel plaisir ! Très vite, Charles me fait basculer par terre, où, dans le faisceau de la lampe-torche, il m'allonge sur la moquette épaisse et rouge du couloir. Mes yeux s'étant habitués à l'obscurité, je le distingue en train de déboutonner son pantalon, et son sexe imposant qui jaillit d'un coup m'impressionne comme en plein jour. Il trouve rapidement le chemin pour s'enfoncer en moi, dans un geste qui m'arrache un gémissement. Sa bouche a retrouvé la mienne qu'il continue d'explorer par des baisers qui ensorcellent. Les va-et-vient de son corps sur le mien me remplissent d'un plaisir inouï, et je sens que l'orgasme peut me submerger d'une minute à l'autre. Mais d'un coup, la lumière se rallume, et le lustre au-dessus de mon visage m'éblouit brutalement. Prise de panique, je repousse Charles, ramasse mon pull, et je monte en courant les escaliers. Arrivée dans ma petite chambre, je m'écroule sur le lit où des sanglots me secouent jusqu'à ce que je m'endorme, encore toute habillée.

Lundi matin, à la fac. La scène de la veille m'a bouleversée, je ne peux pas le cacher, malgré mon cher ami l'anticernes que j'ai appliqué en épaisse couche ce matin. Le trajet fait sous la pluie, les visages maussades des gens dans le métro, tout ça fait que je suis vraiment d'une humeur de chien. Heureusement que j'aperçois Manon et Mathieu à la cafet' de la fac. Manon m'offre un café et je leur raconte la scène de la veille avec Delmonte. Ils n'en croient pas leurs oreilles. Mathieu me fait rire en répétant trois fois : *mais quel pervers ce type, mais quel pervers !*, tandis que Manon lui donne de gentils coups de coude pour qu'il me laisse finir mon histoire. Quelle chance j'ai de les avoir, tous les deux.

On se promet de se voir vite pour décider de quelle conduite je dois adopter. Pour l'instant, j'ai rendez-vous avec Guillaume à la bibliothèque.

« Hey, ma belle Emma, tu es resplendissante aujourd'hui ! », j'entends derrière moi, à peine la porte passée.

« Salut Guillaume », je réponds, d'une voix plutôt froide, mais en culpabilisant déjà un peu.

Il est très mignon, avec son pull à rayures, son grand sourire, et ses bras plein de livres.

« Ça te dit qu'on aille marcher un peu ?
– Oui, je prends ma parka et je te rejoins, je voulais justement faire une pause. »

En marchant dans les rues que j'aime tant, autour de la fac, remplies de cafés qui débordent d'étudiants, de petits restaurants cachés et de squares où s'ébattent des enfants sous l'œil morne de leurs nounous, j'essaie de trouver les mots justes et délicats pour dire à Guillaume que j'aimerais arrêter de « sortir avec » lui. Je le rassure, en disant que je l'aime beaucoup, que j'aimerais qu'il soit mon ami, que je ne suis pas prête à m'engager. En m'écoutant parler, je me sens bête et complètement cliché. Il ne répond pas, se contentant de marcher près de moi en regardant le sol. J'ose à peine glisser un regard sur son profil, de peur d'y voir du chagrin. Et je ne me trompe pas, Guillaume semble triste.

« Tu sais, tu n'es pas obligée de me servir ce baratin réchauffé. Si tu veux qu'on soit amis, il va falloir être plus naturelle !

– Pardon, c'est juste que… je n'ai jamais rompu avant.

– Il y a un début à tout ! Regarde, moi, je ne m'étais jamais fait jeter…

– Ok. Je dis quoi alors ?

– Ben, la vérité. Que tu n'es pas amoureuse de moi ou juste que tu n'as pas envie de sortir avec moi, c'est pourtant simple. »

Les mots de Charles. Finalement, c'est lui le plus sincère. Guillaume reprend sa leçon :

« Tu n'es pas obligée de me sortir le coup de la peur de l'engagement… D'ailleurs, personnellement, je n'avais aucune envie de m'engager. Je voulais juste sortir, t'embrasser, faire l'amour avec toi, ne pas me poser de questions. »

Plus tard, devant un chocolat chaud, il soupire.

« Ma vie est un désastre, me dit-il en me regardant droit dans les yeux pendant qu'il tourne, sans s'arrêter, sa petite cuillère dans la mousse de lait.

– Mais non, Guillaume, enfin, tu ne peux pas dire ça ! Et puis tu sais, je ne suis pas sûre de rester en France très longtemps, tu perdrais ton temps avec moi !

– Il n'y a pas que toi ! C'est vrai, je suis amoureux de toi, mais ça finira par passer, non ? »

Il veut que je réponde ? J'imagine que oui, ça finira par passer. Ce n'est pas très flatteur mais bon, soit. Un jour, il ne sera plus amoureux de moi.

« Si ce n'était que ça ! Il y a ma thèse qui n'avance pas et puis j'ai emprunté pas mal d'argent pour venir à Paris… Je ne sais pas si ça vaut vraiment le coup. »

On passe la fin d'après-midi à parler à cœur ouvert. Enfin, plutôt lui, je n'ose pas encore lui avouer pour Charles. Mais je note tout ce que nos situations ont de similaire. Un amour malheureux, des études qui stagnent, un porte-monnaie vide… Nous sommes décidément faits pour être amis !

37

AU TRAVAIL !

En fin d'après-midi, je pousse la porte de ma petite chambre. Complètement déprimée. Je balance ma sacoche dans un coin de la pièce, j'enfile mon pyjama doudou et je m'installe devant mon ordinateur. Heureusement, par miracle, mon père est connecté sur Skype. Je lui raconte en condensé ma rupture avec Guillaume, en mangeant des Chamallows qui me rappellent la maison. Je finis par pleurer un peu : je ne sais pas très bien quel sens donner à ma vie et comme souvent dans ces cas-là, je vois tout en noir. Les mots gentils de mon père m'accompagnent vers le sommeil. *Je n'aime pas te voir comme ça, ma petite suffragette. Allez, sèche tes larmes, fais-moi donc un sourire, et ne te laisse pas avoir par les hommes, va !* En matière de clichés éducatifs, mon père se dépasse en ce moment, il faudra que je me renseigne auprès de ma grand-mère pour savoir ce que ça cache.

« Bon, Emmaaaa, tu m'ouvres, oui ou non ? »

C'est la voix joviale de Manon qui me sort de ma torpeur le lendemain. Zut, j'avais complètement oublié cette histoire d'exposé ! Malgré moi, cette rupture avec Guillaume, ajoutée à la scène torride avec Charles, m'a complètement bouleversée et je ne sais même plus quel jour on est. Je saute dans un jean et un T-shirt.

« Ouiii, pardon pardon, je peux te laisser t'installer et faire un thé pendant que je file sous la douche ? Je ne me suis pas réveillée…

– Je vois ça », répond mon amie d'une voix goguenarde avec un grand sourire. Allez, fonce, je nous prépare un petit-déjeuner sympa.

Quelques minutes plus tard, on planche toutes les deux sur notre exposé d'ancien français. Je fais lire à Manon la partie rédigée ce week-end, pour qu'elle corrige mon français.

« Bah c'est super, Emma, franchement chapeau ! » me complimente-t-elle à la fin de sa lecture, me mettant, sans le savoir, beaucoup de baume au cœur.

– Voilà au moins un truc que je réussis dans ma vie, c'est déjà ça.

– Sans compter que ça va t'ouvrir un tas de portes ! Et puis avec les mecs, c'est un vrai aphrodisiaque ! Surtout avec les chevaliers, j'ai remarqué !

– Je vais ignorer ce sarcasme et refaire une théière. Quand je reviens, on se met à la troisième partie.

– Ouais très bien, je regarde juste mon Facebook cinq

minutes pendant que tu es dans la cuisine, dac ? me répond Manon avec un sourire malicieux.
– Te gêne pas ! » je lui crie depuis ma kitchenette.

Je suis en train de me demander quel thé je vais pouvoir servir à mon amie – j'adore ça et j'en ai plein de différents, à la grande surprise de Manon qui ne boit que du Earl Grey – quand on frappe à la porte.

« Hey Manon, tu peux ouvrir s'il te plaît ?
– Pas de problème ! »

Depuis ma cuisine, j'entends une voix grave que je connais bien discuter avec ma copine, mais couverte par le bruit de l'eau qui bout, je ne comprends pas ce qu'ils sont en train de se dire. Je m'approche discrètement de la porte, sans qu'ils me voient, et je jette un coup d'œil dans l'entrée. Je vois Manon, appuyée de manière sexy sur le chambranle de la porte, sourire d'une drôle de façon à Charles qui tient une enveloppe dans les mains. Très bien habillé, comme à son habitude, tout en noir, il sourit aussi en racontant, d'après les bribes que je peux percevoir, qu'il est marchand d'art. Je suis sûre qu'il la trouve canon, surtout qu'elle est drôlement bien fringuée aujourd'hui. Et moi qui traîne à la maison dans mon vieux jean, je ne peux pas me montrer, je ne fais clairement pas le poids. Je rêve ou elle lui fait du gringue ? C'est pas possible, on ne fait pas ça à sa copine quand même ! À moins qu'en France, ça soit toléré… Clac, la porte se referme, vite, je retourne à ma théière et fais comme si je n'avais rien vu.

Mais entre ce qu'on a envie de faire et ce qu'on fait vraiment, il y a souvent une différence importante. Et à peine Manon a-t-elle fermé la porte qu'elle entre dans la cuisine, excitée comme une puce.

« Mais dis-moi, il est canooooon ce Charles, je n'avais pas bien remarqué pendant notre filature à l'hôpital psy !

– Ouais, j'ai cru comprendre qu'il te faisait de l'effet, » je hurle presque, sans mesurer le tremblement dans ma voix.

Cette fois c'est sûr, je crie vraiment. Je ne comprends pas pourquoi je suis si en colère contre mon amie. Ou pourtant, je fais semblant de ne pas comprendre…

« Mais Emma, qu'est-ce qui t'arrive ? Oh ! il est tellement charmant. Dis-donc, dit-elle en imitant un sifflement, tu ne t'embêtes pas, toi ! Richissime ET beau comme un Dieu !

– Oui bah, tu ne t'embêtes pas non plus, à le draguer comme si je n'existais pas. T'es pas gênée, je marmonne en versant le thé dans deux mugs.

– Quoi ? Non mais ça va pas Emma, qu'est-ce qui te prend ? »

J'entends dans la voix de mon amie que je suis allée trop loin. Je cherche les mots pour m'excuser mais c'est déjà trop tard, elle est en train de mettre son manteau. Avant de claquer la porte, elle me lance une enveloppe.

« Au fait, la gardienne étant en vacances, il te montait gentiment ton courrier, mademoiselle la jalouse ! »

Et Manon disparaît avant que je n'aie pu ouvrir la bouche. Dans l'enveloppe, envoyée en recommandé, il y a deux places pour aller à l'Opéra que m'envoie papa pour me remonter le moral. Sur le petit mot, il y a écrit : *Emmène Manon et amusez-vous bien !* Je soupire, j'ai envie de pleurer. Décidément, rien ne va… Puisque je suis fâchée avec Manon, je vais inviter Guillaume à l'Opéra, ce sera une occasion de nous revoir en tant qu'amis.

38

PARIS BY NIGHT

Quelques jours plus tard, je me trémousse devant mon miroir, en me demandant si la robe que je viens d'enfiler ne prête pas trop à confusion sur mes intentions de ce soir. Guillaume, au téléphone, avait l'air enchanté, et même si je lui ai bien précisé la nature de notre rendez-vous, je ne voudrais pas qu'il se fasse de fausses idées. Je me décide finalement pour un pantalon plus classique avec un joli haut en soie. Une veste un peu cintrée, du rouge à lèvres, et je regarde mon reflet en me considérant assez chic pour aller à l'Opéra de Paris. Quand même, je suis un peu impressionnée !

Je vois que Guillaume aussi a fait un effort vestimentaire quand on se retrouve sous le fronton doré.

« C'est drôlement sympa de la part de ton père », me dit-il en me faisant la bise.

Ouf, s'il me fait la bise, c'est que le message est passé, on va pouvoir être amis, et ça me fait grand plaisir. Il est vraiment très chic ce soir, avec son petit nœud papillon qu'il doit mettre à Noël et à l'anniversaire de son grand-père, ça lui donne un air désuet très charmant.

Nous nous asseyons à nos places avec une grande satisfaction. Quelle bonne idée a eue papa, en effet ! Rien que la salle est sublime, et je m'émerveille de chaque détail. L'opéra est magnifique, je profite de chaque instant en le savourant. En sortant, tout va mieux, je me suis nourrie de musique et la beauté des costumes miroite encore derrière mes yeux. Je regarde machinalement mon téléphone, et, surprise, j'y trouve un texto de Charles, qui m'invite à déjeuner. Comment ? Pourquoi ? Je me pose mille questions et mon sang ne fait qu'un tour. Je refuse par un texto que je veux le plus neutre possible. Après la scène avec Manon, je ne vois pas très bien pourquoi il voudrait déjeuner avec moi…

Guillaume me propose, pour continuer agréablement cette soirée, de me faire faire un tour de Paris *by night* sur son scooter. Et me voilà, assise derrière lui sur sa Vespa, à découvrir la Ville lumière qui porte si bien son nom une fois la nuit tombée. Il passe par les quais de Seine pour que je puisse admirer les lumières qui se reflètent dans l'eau sombre du fleuve. La place de la Concorde, au pied des Champs Élysées, m'éblouit avec le grand obélisque et la vue qu'elle m'offre sur la tour Eiffel qui scintille au loin. Guillaume prend ensuite des petites rues qui nous mènent au Panthéon, au cœur de ce Quartier latin que j'aime tant. Il s'arrête devant un bar qu'il aime bien. On gare la Vespa en riant, je me sens de bien meilleure humeur.

Après avoir commandé deux cocktails, je me lance et je lui raconte mon histoire avec Delmonte, depuis le début jusqu'au texto de ce soir, et ce pourquoi j'ai mis fin à notre petit flirt.

« Écoute, Emma, je suis très touché que tu te sois confiée à moi. Ça me fout un peu un coup d'être passé d'amant potentiel à confident, mais je vais m'en remettre ! Je comprends tout maintenant. Désolé si j'ai jugé ton milliardaire cliché, au fait…

– Tu n'as pas tout à fait tort, tu sais…

– Mais tu l'as dans la peau.

– Comme tu dis.

– Alors, au nom de notre amitié toute neuve, je vais ravaler une fois de plus mon amour-propre et te donner un conseil. Fonce !

– Hein ?

– Tu devrais arrêter de te prendre la tête comme tu le fais. D'après ce que tu me racontes, il y a quelque chose entre vous, c'est indéniable, alors vas-y. Après tout, tu n'as pas grand-chose à perdre… !

– Mais qu'est-ce que je peux faire ? Il m'a bien fait comprendre que la relation qu'il a avec moi est sympa mais sans plus… Et moi, je vois bien que je suis attachée à lui. Alors…

– Tu sais, tu devrais aller à ce déjeuner. Je sais qu'il est très riche, plus âgé que nous, et qu'il t'impressionne, mais enfin quand même, il reste un homme comme toi et moi. Même s'il est bien caché, il doit avoir un cœur. Enfin théoriquement. Tu devrais tenter le coup.

– Si c'est toi qui le dis…

– Oui, j'en reviens pas. On pourrait parler d'autre chose maintenant ? »

Nous recommandons des mojitos en bavardant de choses et d'autres. Je trouve en Guillaume un ami qui me fait beaucoup de bien. Si seulement j'avais pu tomber amoureuse de lui ! Tout serait si simple !

Le bar est très sympa, la musique parfaite, et nous dansons un peu avant de rentrer à minuit passé. Devant la porte de mon immeuble, on se fait la bise le plus naturellement du monde, et je prends l'ascenseur, ravie de ce nouvel ami dans ma vie. Mais que faire de ses conseils ? Dois-je vraiment aller à ce déjeuner avec Charles ? J'y pense encore en me brossant les dents et en me coiffant longuement les cheveux. J'envoie un rapide mail à mon père pour lui faire part de l'excellente soirée que j'ai passée à l'Opéra grâce à lui. Puis je vais me coucher, très heureuse, en me disant qu'après tout, c'est vrai, je n'ai rien à perdre à avoir cette entrevue avec Charles Delmonte. Avec le beau, le magnifique, le si sexy Charles Delmonte, j'ajoute, pour moi-même, dans un demi-sommeil dans lequel je plonge déjà en souriant.

39

SUR SON TERRITOIRE

Le lendemain, la journée passée à la fac me semble très longue, surtout que nous ne nous adressons plus la parole avec Manon, et que Guillaume n'est pas là. Je rentre chez moi épuisée et je m'endors presque tout de suite.
C'est le lendemain, vendredi midi, que Charles m'avait invité à déjeuner. Je n'ai pas cours ce jour-là, se pourrait-il qu'il s'en soit souvenu ? Je décide de finalement suivre le conseil de Guillaume et d'aller quand même au rendez-vous qu'il m'a donné. Le nom du lieu me dit quelque chose, et en regardant sur Google, je me rends compte qu'il m'a donné rendez-vous à l'endroit où se trouvent ses bureaux.

En me réveillant, le vendredi, je sais que je vais y aller. Je prends soin de choisir une tenue simple mais assez chic : un jean noir enduit, mon haut en soie que j'adore, et des ballerines noires. Ma petite veste en cuir noir vient compléter le tout : avec elle je me sens confiante, et j'en ai drôlement besoin. Je me demande ce qu'aurait mis Manon. Une robe rouge, des talons, ce genre de trucs. Je ne suis vraiment pas à la hauteur de cet homme. Je suis sûre d'avoir vu ses yeux briller quand Manon lui racontait je ne sais quoi, l'autre jour quand il m'apportait ma lettre. Dans le métro, je doute. Après tout, j'ai refusé, simplement et poliment, mais tout de même, je ne vois pas très bien pourquoi Charles, qui est tellement occupé, n'aurait pas prévu autre chose. Et s'il n'était pas là ? Et s'il était avec une autre fille ? Je ne peux plus reculer, je me trouve dans la rue indiquée dans le premier texto.

Au bout d'une petite impasse pavée, je pousse un portail qui donne sur une grande cour intérieure. Le bruit de la ville, pourtant toute proche, s'estompe dès que l'on pénètre dans la cour qui est magnifiquement fleurie. J'avise la plaque indiquant le nom de la société de Delmonte. J'ouvre la porte, et j'entre dans un immense loft d'artiste à la décoration épurée. C'est magnifique. Je suis subjuguée, tout semble de bon goût, et c'est si grand, si spacieux, si richement meublé. Une femme s'avance vers moi. Une femme, que dis-je, une somptueuse créature, à la crinière blonde et ondulée, qui me demande avec qui j'ai rendez-vous.

« Euuh, Chh-chhh, Monsieur Delmonte », je balbutie, d'une petite voix tremblante.

Je la regarde se diriger, avec sa démarche de gazelle, derrière un comptoir où elle décroche un téléphone. Avec un délicieux accent dont je ne reconnais pas l'origine, elle murmure presque :

« Charles, une jeune fille est là pour vous. »

Ça y est, je me sens bête, avec mes ballerines toutes simples et mon sac un peu fatigué. Je fais semblant d'envoyer des textos pour me donner une contenance. Comment va réagir Charles en me trouvant ici ? Si je le dérange ? Moi qui ai refusé, il ne va pas comprendre pourquoi je suis là. Et puis j'aurais dû mettre une robe, ou au moins une jupe. Il travaille avec des filles tellement belles…

Je n'ai pas le temps de cogiter plus longtemps, j'entends des pas dans le grand escalier central. C'est Charles qui descend, princier. Son visage me paraît fermé, et quand il s'approche, ça se confirme : il a l'air très énervé. Non, il est très énervé, c'est sûr. Plus il s'approche de moi plus je me sens défaillir. Mais, quand il arrive très près, à ma grande surprise il me sourit et me lance :

« On va déjeuner ? Je t'invite ! »

Je n'en reviens pas. À deux pas de la petite impasse, il me fait entrer dans un restaurant italien très simple où il semble avoir ses habitudes vu la manière dont le patron le salue. Comme c'est étrange, cette simplicité dans nos rapports. Je suis bien et j'essaie de me laisser aller à ce sentiment, d'arrêter de vouloir tout contrôler. Nous mangeons divinement, en parlant à bâtons rompus. Au moment de commander les desserts, il s'excuse pour passer un coup de téléphone.

« Elena, c'est Charles Delmonte. Pourriez-vous passer prendre mon costume au pressing, s'il vous plaît ? J'en ai besoin pour ce soir. Merci. »

Il aura suffi de cette simple phrase pour réveiller ma suffragette. C'est vrai, tout se passait si bien !

« Tu ne peux pas y aller toi-même chercher ton costume ? » je demande sur un ton agressif.

Il a l'air plus surpris que coupable.

« Bien sûr que si.
– Mais ?
– Je n'ai ni le temps, ni l'envie.
– Du coup c'est une de tes employées qui s'y colle.
– Euh… oui, plus ou moins. Je ne vois pas ce qu'il y a de mal à ça.
– Il y a que c'est une femme, que tu l'appelles par son prénom alors que de toute évidence elle t'appelle monsieur Delmonte et que j'imagine que ce n'est pas son métier. Mais bon, c'est une femme, alors elle peut bien aller au pressing, n'est-ce pas ?
– Si tu savais comme tu es à côté de la plaque, Emma ! Et comme tu es amusante quand tu montes sur tes grands chevaux ! »

Il rit à gorge déployée. Je le regarde ahurie.

« Elena, c'est effectivement son prénom, tient un service de conciergerie. Elle bosse pour tout un tas de personnes dont un paquet de Charles, c'est pour ça que je précise Delmonte quand je l'ai au téléphone. Son boulot, c'est de faciliter la vie à des gens comme moi. Des hommes et des femmes, Emma. Elle réserve des tables dans des restaurants, cherche un appartement pour toi, trouve quelqu'un pour promener ton chien… Elle emploie une dizaine de personnes, des hommes et des femmes. Il est fort probable que c'est un homme qui ira chercher mon costume. Quant à la raison pour laquelle je ne le fais pas moi-même, c'est que ça m'embête et comme tu l'auras remarqué je suis riche. Je peux donc payer des personnes pour faire les choses qui m'ennuient. C'est un luxe que j'apprécie et dans la mesure où ça donne du travail à quelqu'un je ne vois pas où est le mal. »

Je suis toute rouge, je regarde par terre, honteuse.

« Pardon… je ne savais pas. »

Il rit de nouveau. Je suis pardonnée. Nous reprenons notre discussion. Charles me pose des questions sur l'université, sur ma vie aux États-Unis. Il me parle de son métier, me propose de me montrer des tableaux qu'il est en train de vendre et qui se trouvent au loft. J'accepte avec grand plaisir en mangeant des cerises amarena absolument délicieuses. Ce déjeuner me rappelle les quelques heures passées en Italie avec lui, et je retrouve le sentiment de plénitude et de bonheur qui m'avait envahi alors. D'un coup, Charles regarde sa montre.

« Il est déjà quinze heures ? Vite, allons-y, jeune fille. »

La manière dont il prononce « jeune fille » me fait chaud partout. Prononcé de sa voix chaude, c'est comme la promesse d'un délicieux moment à venir.

40

BRANLE-BAS DE COMBAT

De retour au loft, nous montons ensemble le grand escalier métallique. À l'étage, une galerie est aménagée. La très grande hauteur sous plafond, les murs blanc immaculé, les baies vitrées donnant sur la cour fleurie, tout cela donne une impression d'espace incroyable. Aux murs sont accrochées des œuvres que Delmonte me présente en me donnant le nom de leurs auteurs et quelques mots sur son avis d'expert. C'est passionnant, et je suis ravie de passer ce moment avec lui, pendant lequel il me semble se dévoiler un peu.

Nous traversons une nouvelle pièce baignée de lumière où sont exposées des œuvres plastiques.

« Tu reconnais la patte ? m'interroge-t-il devant un monticule brun qui de plus près s'avère un homme nu en position fœtale.

– Les sœurs Petrovska ?

– Gagné ! C'est cette première œuvre qui m'a fait les découvrir. Tu n'as pas l'air d'apprécier, je me trompe ?

– Non, enfin, je trouve ces sculptures dérangeantes…
– Ça prouve qu'elles sont réussies. Tiens, regarde ça, c'est un mobile d'une jeune artiste parisienne.
– C'est pour un enfant de géant ?
– Comme tu dis. Effectivement, il a une taille deux cent quatre vingts fois supérieure à celle d'un mobile ordinaire.
– Pourquoi ce nombre ?
– C'est le nombre de jours qu'a duré la grossesse de l'artiste. Et tout ce qui compose le mobile est lié à cette période. Là tu vois, ce sont des résultats d'analyse, là, des sachets de médicaments, là, je t'avoue, je ne sais pas…
– Je crois que tu ne veux pas savoir ! » dis-je sur un ton mystérieux.

Et nous pouffons comme deux adolescents. Je suis bien.

« Tiens, ça c'est un monochrome d'un artiste japonais que j'adore.
– Oh, c'est magnifique.
– Emma ! C'est une toile vierge qui traîne ! »

On rit de nouveau, puis, dans un pan de mur, il ouvre une porte que je n'avais même pas vue tant elle se confond à merveille dans le mur.

« Et voilà mon bureau », déclare Delmonte, en me cédant le passage.

Derrière moi, j'entends qu'il referme la porte, et je frissonne malgré moi. La pièce est spacieuse. Les murs sont blancs, mais l'ensemble du bureau est plus chaleureux que le reste de la galerie, grâce à la présence d'un magnifique tapis persan sous le bureau en verre, et d'une immense bibliothèque remplie de livres d'art sur un des quatre murs.

Mes ballerines s'enfoncent presque dans les fibres chatoyantes du tapis quand je m'approche du bureau. Dans ma nuque, je sens un souffle, son souffle. Le cœur battant, je sens les lèvres de Charles courir le long de ma nuque puis ses doigts impatients déboutonner le plus délicatement du monde les boutons de mon haut en soie. Une fois mon haut ouvert, ses lèvres continuent leur exploration le long de mon épaule droite puis le long de mon épaule gauche. Je n'ose plus bouger, je frissonne de tout mon être et je sens la chaleur envahir à la fois mes pommettes et mon bas-ventre. D'un coup, ses deux mains sont sur mes seins qu'il soutient tout en pinçant les deux tétons. Ce geste m'arrache un cri de plaisir, je plaque mon dos contre son ventre et mes fesses rencontrent une bosse dans son pantalon qui est sans équivoque. Charles marmonne des paroles incompréhensibles en humant mes cheveux. Je prends appui sur le bureau tout proche, je sens sa main s'approcher de mes cuisses et de mon sexe et un frémissement me parcourt quand il me fait basculer sur le bureau, mes seins s'écrasant contre la planche de verre. Je sens ses doigts entrer doucement en moi tandis que sa bouche parsème le bas de mon dos de baisers brûlants. Au moment où je n'en peux plus, mon impatience formant un nuage de buée au niveau de ma bouche sur le bureau de verre, il me retourne avec douceur.

« J'aimerais te voir », me murmure-t-il, en s'enfonçant en moi.

Il ne me faut que quelques minutes pour jouir, et deux secondes supplémentaires pour qu'il me rejoigne au nirvana. Son corps haletant plaqué sur le mien, je me sens tomber dans une douce langueur. Mais Charles se redresse très vite, et se rhabille à la vitesse de l'éclair. J'ai à peine le temps de me recoiffer rapidement qu'il est déjà au téléphone dans un coin du bureau.

« Voilà, je viens de te commander un taxi. Je suis désolé mais j'ai un dîner ce soir, je ne peux pas te raccompagner. »

Puis il ajoute, en s'approchant de moi et en m'effleurant la joue de ses lèvres :

« Il sera là dans cinq minutes », avant de sortir sans un bruit.

De retour à ma petite chambre, je suis divisée. Le baiser furtif de Charles, pourtant chaste par rapport à nos ébats qui l'avaient précédé, m'a bouleversée plus que je ne l'aurais pensé. Mais d'un autre côté, la vitesse avec laquelle il a filé me questionne.

Plus tard, je m'endors tout de même heureuse en rêvant de ses beaux yeux verts. Le lendemain, j'enfile un jean et un petit pull noir et je file à la fac où je retrouve Manon pour notre exposé. On ne s'est pas revues depuis notre brouille et je me rends compte qu'elle me manque. On essaye de s'accorder comme on peut, mais l'exposé est vraiment raté et le prof nous le fait remarquer en formulant plusieurs critiques. Loin de nous décontenancer, ça nous fait exploser de rire quand d'un coup nos regards se croisent. Je retrouve la Manon que j'ai aimée, et c'est bras dessus bras dessous que l'on va boire un café à la cafet'. On trinque avec nos gobelets en plastique jaune *« à nos retrouvailles »* crie Manon, complètement surexcitée. C'est à ce moment-là que Mathieu arrive, essoufflé.

« Ah, les filles, vous êtes là, je vous cherchais partout ! Alors, cet exposé ? Enfin vous me raconterez une autre fois, j'ai quelque chose à vous dire ! Mais vous vous reparlez, au fait ?

– Qu'est-ce qu'il y a ? hurlons-nous comme un seul homme.

– Alice ! Voilà ce qu'il y a !

– Alice quoi ? C'est qui ?

– Alice Delmonte, ça te dit rien ?

– Ah oui, elle s'est réveillée, je sais. Mais d'où tu sais ça, toi ? »

41

NOUVELLE DONNE

« D'abord un café.

– Accouche !

– Bon, vous voyez Luce ?

– La fille à qui tu donnes des cours de latin ? Je vois pas le rapport. »

Manon est encore plus intriguée que moi.

« Sa mère tient un restaurant dans le Marais et parfois, comme hier soir, c'est là-bas que je lui donne le cours. Comme ça, sa mère peut garder un œil sur elle...

– Viens-en au fait !

– Donc tout à l'heure, on était sur une version, un texte magnifique de Pline l'ancien...

– Mathieu !

– Bref, Luce n'était pas dedans. Elle n'arrêtait pas de regarder derrière moi, passionnée.

– À un moment, je me suis retourné moi aussi pour voir

ce qui la captivait autant. C'était un couple de trentenaires. Genre acteur mannequin... Pas étonnant qu'elle foire ses études si elle préfère les pseudos stars à Pline!

– Mathieu!

– Oui, bon, j'essaie d'être pédagogue et je fais semblant de m'intéresser. Du coup je tente un: « *Des stars de la téléréalité?* » Et là, je vous jure, elle m'a regardé avec un mépris, j'ai jamais vu ça. Elle m'a dit avec un petit air pincé que je ne lui connaissais pas: « *Putain, mais c'est Charles Delmonte, LE mec qui compte dans l'art contemporain aujourd'hui!* »

Mon sang n'a fait qu'un tour. Ton Charles Delmonte! Bon j'avoue, il est pas mal. J'ai voulu en savoir plus, évidemment. Je lui ai demandé si elle connaissait la femme avec lui.

« Et alors? »

Nous sommes suspendues à ses lèvres. Lui a décidé de ménager son suspens et est allé rechercher un café. Je fulmine. Enfin, sûr de son effet et de son auditoire, il reprend.

« Bon, là, Luce était plus dans son élément. Vachement plus au fait que pour le latin, j'ai remarqué. Bref, elle m'apprend que c'est Alice, sa femme. J'y crois moyen et j'en profite pour montrer que moi aussi je maîtrise mon Delmonte en disant que c'est impossible vu qu'elle est dans le coma.

– Ah oui, j'ai oublié de vous dire...

– Précisément... Mais Luce m'a mis au jus. Donc Alice s'est

réveillée il y a un mois. Et donc là, elle déjeunait avec son mari, les yeux dans les yeux comme si de rien n'était. »

Les yeux dans les yeux, comme si de rien n'était…

J'ai explosé de rage dans la cafet' de la fac, et, sous le coup de l'émotion, j'ai explosé en sanglots. Comment a-t-il pu me faire ça ? C'était donc ça, son « dîner » d'hier ? Et moi qui commence à tomber amoureuse pour de bon, alors que clairement il s'en fiche complètement de moi. Mes amis m'ont consolée comme ils ont pu, Manon m'a payé un second café et m'a accompagnée aux toilettes pour que je me remaquille pendant que Mathieu, qui se sentait coupable d'avoir pris cette histoire un peu à la légère, décidait d'un nouveau plan pour mener l'enquête. Mais je n'avais plus envie de jouer aux petits détectives comme on l'avait déjà fait. J'ai voulu en avoir le cœur net.

Devant la porte de chez Charles, je fais moins la maligne. Manon et Mathieu ont décidé d'aller au cinéma le temps que je lui parle, puisque tel était mon souhait : lui parler directement. Je toque trois petits coups secs sur la lourde porte en bois, et à ma grande surprise, Charles ouvre la porte. Je me trouve un peu bête mais maintenant que je suis là, allez, il faut que je lui dise. Ma voix tremble un peu mais je lui lance un *« alors, ton dîner d'hier ? »* et puis, comme dans les films, j'ajoute *« ne te fatigue pas, je sais déjà tout »*. Charles me regarde froidement, et je perçois même, l'espace d'un très court instant, un peu de chagrin dans ses yeux.

« Écoute Emma, je ne sais pas ce que c'est que cette mascarade, mais je n'ai aucun compte à te rendre. »

Il ferme la porte alors que, la bouche ouverte, je m'apprêtais à répondre. J'éclate en sanglots, pour la deuxième fois de la journée. Quelle idiote, mais quelle idiote ! Comment ai-je pu penser un instant qu'il était intéressé par moi ? Il ne m'aime pas c'est clair maintenant. J'envoie un texto résumant la situation à mes amis puis je coupe mon portable et je file pleurer dans ma chambre, enroulée dans ma couette comme un gros maki.

Je m'endors, épuisée, dans mes larmes et je dors d'une traite pendant dix heures. À mon réveil, j'ai les yeux gonflés et un peu mal à la tête, mais je me sens un peu mieux. J'allume mon ordinateur, en espérant travailler un peu pour mon mémoire. Un mail m'informe que ma petite bande de fac a prévu de sortir ce soir. Ça me fait très plaisir d'être invitée à faire la fête, je me dis que ça va me changer les idées. J'essaye de rédiger mes idées pour l'introduction de la thèse mais cette histoire d'ex-femme de Charles ne sort pas de ma tête. Exaspérée contre moi-même, je décide d'envoyer un texto à Élisabeth, la meilleure amie de Charles, que j'ai vue plusieurs fois. Elle me donne rendez-vous dans un petit café entre nos deux immeubles. Quand je la vois, je comprends qu'elle est de meilleure humeur que la dernière fois que l'on s'est vues en tête-à-tête. Elle me fait même un sourire qui accompagne le signe de tête rituel qu'elle fait lorsqu'elle se trouve en ma présence. Je commande un café serré pour parvenir à me réveiller tout à fait,

Élisabeth prend un jus d'abricot. Elle me regarde sans animosité alors je me lance.

« Je me trouve bête, tu sais, Élisabeth, mais quand tu m'as appris que Charles était marié, ce que j'ai surtout retenu d'Alice, c'était que c'était un légume. Alors quand j'ai appris qu'elle était à Paris, j'ai cru devenir folle.

– Un légume ? Un beau légume alors… »

Elle sourit un instant à cette image avant de reprendre plus grave. Elle semble embêtée.

« Ça s'est passé si vite. Charles est bouleversé, enfin, qui ne le serait pas ? On l'a appelé il y a quelque temps pour lui apprendre qu'Alice était sortie de sa léthargie d'un coup. »

Je me souviens de ce coup de téléphone. J'étais nue dans le sous-sol de la bibliothèque. Une vraie douche froide.

Elle poursuit.

« Ça n'arrive jamais… Il a dû accourir à son chevet. Et puis il l'a accompagnée faire des examens plus poussés à l'unité de neurologie de la Salpêtrière. Apparemment, elle aurait changé de personnalité. Charles ne sait plus du tout où il en est, tu comprends, ça faisait des années qu'il s'appliquait à faire le deuil de son histoire avec Alice, et la revoilà d'entre les morts. Je ne sais pas comment il va gérer ça. C'est tellement énorme. »

C'est sous le choc que je sors du café, sous le choc que je passe chez moi prendre une douche et regarder des épisodes d'une série amusante habituellement mais qui ne parvient pas à m'arracher un sourire. C'est pas vrai, mais c'est pas vrai ! Quelle histoire de dingue. Je ne pense qu'à moi depuis le début, je m'en rends compte. C'est la première fois que je fais preuve d'empathie. En même temps, il m'est impossible de savoir ce qu'il ressent exactement. Ce qui est sûr, c'est que c'est intense. Et probablement pas si agréable. Il doit y avoir de la culpabilité là-dedans : celle d'avoir été un peu responsable de son état et puis aussi celle d'avoir pu continuer à vivre, d'avoir vécu comme si elle était morte… Quels que soient ses sentiments à mon égard, ils doivent à l'heure qu'il est être forcément passés au second plan. Je m'habille au radar, je mets ma mini jupe rouge et mon petit pull noir fétiche. Je rejoins les copains à l'Internationale où je bois plusieurs cocktails en racontant les dernières nouvelles aux M&Ms (Manon et Mathieu). Je danse longtemps avec mes amis puis avec Guillaume, qui est présent aussi. Il me vole un baiser alors que je commande un énième mojito.

42
VERS LOS ANGELES

Le baiser de Guillaume… Même si j'étais ivre, je ne suis pas prête de l'oublier. Manon me faisait de grands signes qui disaient *mais oui, vas-y* ! quand il m'a proposé qu'on partage un taxi pour rentrer mais je me suis finalement fait raccompagner par un ami qui n'avait pas bu. Dans les escaliers, j'ai du mal à trouver mon équilibre, j'ai le sentiment d'avancer très lentement. Je fais tomber mon trousseau de clés plusieurs fois. J'ai beaucoup trop bu, j'ai tellement mal à la tête. Au moment où je me redresse entre deux étages, ma tête cogne quelque chose de dur.

« Emma ? C'est toi ? Que fais-tu là en pleine nuit ? »

La voix chaude de Charles agit comme un électrochoc, et je me redresse d'un seul coup. Mais malheureusement, ma voix me trahit, très peu claire, pleine de tremblements.

« Tu as bu ? Tu as pris de la drogue ? Que se passe-t-il ? » sont les derniers mots que j'entends, et dans lesquels je perçois une pointe d'inquiétude mais beaucoup de fureur avant de m'abandonner dans les deux grands bras forts de Charles qui me porte jusqu'à… la douche.

Aaah, mais c'est pas possible, il est en train de m'enlever ma culotte. Je rêve, pitié que je me réveille, il FAUT que je me réveille !

Mais l'eau chaude qui coule dans mon dos est bien réelle, tout comme les frictions que fait Charles sur mon corps qu'il sèche comme il peut. Je m'endors dans les draps les plus doux du monde en me disant que je suis dans le lit de Charles Delmonte dont la femme s'est réveillée. Qu'est-ce qui va m'arriver ?

Une odeur de parfum masculin et frais vient me chatouiller les narines tandis que la lumière du jour que filtrent les rideaux blancs vient me chatouiller les yeux. J'ouvre les paupières et découvre Charles, au comble de l'élégance dans un costume Armani, qui fouille les tiroirs d'un secrétaire en acajou qui se trouve à droite du lit. Il a l'air pressé, et un peu énervé de ne pas trouver ce qu'il cherche. La voix rauque, j'essaye de dire bonjour, mais ce n'est qu'un son inaudible qui sort de ma bouche. Je toussote alors, pour lui montrer que je suis réveillée.

« Oh Emma, vous êtes réveillée ? »

Mon esprit pourtant embrumé note le retour du vouvoiement. Je me souviens de m'être déjà réveillée dans ce lit, il y a, semble-t-il, des dizaines d'années. Ce sont les mêmes draps gris lourds et chauds, ce sont les mêmes tentures rouges aux murs qui rendent l'endroit si sensuel. Je me prends à rêver de cette nuit-là, où nous avions fait l'amour avec Charles mais sa voix grave me tire de ma rêverie…

« Je suis très pressé, excusez-moi. Je pars à Los Angeles d'une minute à l'autre, mon jet m'attend mais je ne trouve plus mon passeport. Avez-vous bien dormi ? »

Il a dit cette dernière phrase en s'approchant du lit, et je sens mon corps frissonner. Je vérifie d'un coup d'œil : je suis entièrement nue sous les draps, c'est pour ça qu'ils me semblent si doux.

« Oui merci », je réponds en m'étirant.

En tournant la tête vers la lumière, j'aperçois un petit bout de tissu qui dépasse de sous le lit, à l'opposé de là où je suis couchée. Du tissu ? Je me mets à plat ventre pour essayer d'attraper la chose. À bien y regarder, ça ressemble plutôt à du carton. Ou… Ah mais…

« Hey mais le voilà, votre passeport ! » je jubile, en saisissant l'objet du bout des doigts.

Je n'ai pas le temps de me redresser que je sens un baiser chaud dans ma nuque. Charles s'est glissé derrière moi sur le lit.

« Excusez-moi, mais je ne peux pas résister à cette fesse nue qui dépasse de sous ma couette », me murmure-t-il en déposant une nuée de baisers de ma nuque à mes épaules, puis de mes épaules à mes omoplates, puis le long de ma colonne vertébrale, puis sur mes fesses, où il s'attarde longuement.

Je me tords déjà de plaisir, attendant la suite avec délectation. La suite vient sous la forme de ses doigts qui se glissent sous mes seins pour les caresser longuement, puis sous la forme de sa langue qui vient me titiller le lobe de l'oreille.

« Mmh, Emma, il murmure en enfonçant en moi deux doigts qui me rendent pantelante de désir.
– Oh, Charles, je réponds presque en criant, vous, vous, vous me rendez… »

Je n'ai pas le temps de finir ma phrase qu'il enfonce son sexe en moi, et qu'il commence un mouvement de va-et-vient, sans jamais lâcher de ses lèvres ma nuque ou mon oreille.

« Si c'est folle que vous alliez dire, sachez que vous aussi, vous me rendez fou, me confie-t-il entre deux râles de plaisir. Vous étiez tellement belle, nue dans mon lit, je n'ai pas pu résister longtemps. »

Ces mots me font un effet incroyable et je sens une vague de plaisir m'envahir et m'emporter. De grands soubresauts secouent mon corps et semblent se répercuter sur le corps de Charles. C'est si bon, cette concordance dans la jouissance, que j'hésite entre pleurer et rire.

Après un dernier baiser, il me laisse sur le palier, vêtue en tout et pour tout d'un grand T-shirt à lui. En grimpant les quelques marches qui me mènent à ma chambre de bonne, je l'imagine dans son jet pour LA. Je souris perdue dans mes pensées quand je marche sur quelque chose de froid. En baissant les yeux, je découvre sur mon paillasson un magnifique bouquet de treize roses rouges accompagné d'une carte. Et quand je l'entrouvre pour voir qui est le gentil envoyeur, les quelques mots que j'y lis me bouleversent à un point inimaginable.

VI
UNE NOUVELLE VOCATION

43

LE PRIX DU PLAISIR

« Puisse notre amitié continuer sur ces bases. »

Les roses sont vraiment magnifiques. Le petit mot n'est pas signé, mais je reconnais bien le style de Charles. Détachement, classe. Tout ce que j'aime en lui. Il faudrait sans doute que je le remercie. Cette fois-ci, pas de fausse note. Ne pas se livrer, ne surtout pas en faire trop. Montrer qu'on apprécie, mais qu'on aurait très bien pu s'en passer. Adopter une attitude détachée. Voilà, c'est ça. Il y a six mois, je lui aurais sans doute envoyé un e-mail dégoulinant du genre : *« Cette nuit fut la plus belle de toute mon existence. »* Mais j'ai mûri. Et même si c'est vrai, cette nuit était une fois de plus merveilleuse, je ne le lui dirai plus. Un simple *« Merci »* devrait suffire. Un SMS. Simple et efficace, voilà, c'est envoyé. Maintenant, je vais vivre ma vie comme la jeune femme épanouie que je suis. Ne pas attendre fébrilement son retour de Los Angeles. Du moins essayer. Commencer par aller travailler.

« Mademoiselle Maugham, je peux vous voir un instant ? »

L'homme poussiéreux m'a appelée par mon nom de famille. Il doit s'agir de quelque chose de grave. Peut-être ai-je mal rangé les actes du colloque sur le Tristan en prose, ou pire encore ? Je souris en imaginant la petite bourde qui va m'attirer la leçon de morale de mon triste supérieur. Qu'importe, j'ai l'impression que rien ne peut m'atteindre aujourd'hui. J'entre dans son bureau le sourire aux lèvres. Lui regarde fixement des papiers sur son bureau. Il parle sur le ton monocorde que je lui connais, mais avec un rictus d'énervement inédit.

« Mademoiselle Maugham, nous allons devoir nous passer de vos services. Je vous serais reconnaissant de ne pas me demander la raison de cette éviction. Nous avons eu connaissance de certaines de vos activités dans l'enceinte de la bibliothèque. Activités qui, de toute évidence, n'ont rien à voir avec celle pour laquelle nous vous employons et qui, par ailleurs, ont heurté la sensibilité d'un membre du personnel. Cette décision prendra effet dès la fin de cet entretien. »

Je suis écarlate. Bien sûr, je ne vais pas lui demander la *« raison de cette éviction »*. J'ai bien compris à quoi il faisait allusion.

Qui a bien pu nous voir ? Et pourquoi avoir attendu si longtemps pour me dénoncer ? Ce ne peut pas être

Guillaume, il ne ferait pas un plan pareil. Monique ? Chantal ? L'homme poussiéreux lui-même ?

Je ne sais comment faire cesser cet entretien gênant. Oui, bien sûr, renvoyez-moi ! Je ne protesterai pas, promis juré. Mais il faut signer des papiers, des tonnes de papiers. Ces formalités me donnent l'impression de durer des siècles. Je reste penchée sur le bureau en évitant soigneusement de croiser son regard. Un instant fugace, je songe que j'ai bien fait de mettre une culotte et je réprime un gloussement. Il n'a rien vu, heureusement. Je pars comme une voleuse sans dire au revoir à personne. Je marche comme un zombi jusqu'à la cafétéria où je m'assois finalement derrière une soupe brunâtre qui n'a de café que le nom.

Je me suis fait renvoyer. Moi, Emma Maugham, étudiante modèle, je me suis fait renvoyer de mon boulot à la bibliothèque. Parce que j'ai couché avec mon voisin dans le sous-sol pendant mes heures de travail. C'est surréaliste. Enfin, je veux dire, on m'aurait dit ça il y a six mois, j'aurais éclaté de rire. J'aurais peut-être même été choquée. Là, je suis juste surprise. Et très embêtée. Comment vais-je bien pouvoir payer mon loyer ? Mon délicieux propriétaire serait, je le sais, tout prêt à renoncer à cette somme symbolique, mais pas moi. Lui payer un loyer, c'est ma bouée de secours. C'est le truc qui me rappelle que nous ne sommes pas ensemble, que je ne suis, malgré tout, que sa locataire. Même si j'entretiens les sentiments les plus ambigus à son égard, il reste un étranger. Il me faut donc un nouveau boulot. Je pense que je suis grillée à la fac. Oh! mon Dieu! si ça se trouve, cet « incident » est consigné dans mon dossier. Tel que je connais l'homme poussiéreux, il aura utilisé une formule surannée et alambiquée qui marquera bien les esprits. Du genre : *« S'est livrée à des orgies dans l'enceinte de l'établissement »*. Je glousse cette fois-ci sans retenue et me laisse repenser à ce moment mémorable. Moi, nue dans la bibliothèque, brûlante de désir. Lui, mystérieux et puissant, apparu là comme par magie. Peut-être m'a-t-on entendue crier ? J'en frissonne encore...

« Je ne veux pas savoir à quoi tu penses, Emma. S'il te plaît, change d'idée. »

Manon. Elle est ce matin, comme souvent, stupéfiante. Ses cheveux sont aujourd'hui roux et lui dégoulinent sur les épaules comme une sauvageonne. Elle porte une robe vert émeraude très légère qu'on dirait en papier froissé. Si elle ne mesurait pas 2 mètres sur ses talons aiguilles, elle ressemblerait à un elfe sorti de la forêt. Elle s'effondre à ma table plus qu'elle ne s'assoit et quitte ses chaussures. Tout en retirant une à une ses fausses taches de rousseur, elle m'interroge.

« Charles Delmonte encore ?

– Euh... oui. Mais non. Je me suis fait virer de la bibliothèque. À l'instant.

– Pour quelle obscure raison ?

– Parce que j'ai couché avec Charles dans le sous-sol. Apparemment, on nous a vus.

– Très bien.

– Comment ça, très bien ?

– Non, je veux dire, il n'y a plus rien à attendre de ce côté-là. Tu t'es fait virer. Pour des motifs, semble-t-il, assez justes, tu as failli à ton travail et tu n'as pas respecté le code vestimentaire. Maintenant, tu peux passer à autre chose. Tu n'as pas de question à te poser, ni de ressentiment à entretenir.

– C'est sûr, vu sous cet angle... »

Manon est fascinante. Elle sait tout le temps ce qu'il faut faire et elle évolue dans la vie avec une facilité déconcertante. Elle ne serait pas arrivée, j'aurais peut-être passé la journée à me morfondre, à me repasser le film de cette journée dans la tête et à revivre la scène d'humiliation de mon renvoi encore et encore. Mais c'est elle qui a raison. C'est fait. C'était désagréable, n'en parlons plus. Et puis je ne regrette rien de ce qui s'est passé dans ce sous-sol.

Je lui envie cette assurance et ce pragmatisme. Moi, au contraire, j'ai toujours l'impression de ne pas être à ma place. Comme si j'étais coincée dans un monde dont je n'aurais pas le mode d'emploi. Quand je suis arrivée à Paris, j'étais loin d'être à l'aise. J'avais peur de mal faire. Au début, je pensais que le monde avait été conçu pour les gens comme Manon... Et puis j'ai réalisé en la fréquentant que c'était moi qui avais un problème. Je dois me détendre, être plus naturelle. Avec Charles, je suis naturelle, je crois. Enfin, je suis souvent mal à l'aise, mais je ne le cache pas. Je suis ouvertement godiche. Avec

Guillaume aussi, c'est assez simple. Plus simple peut-être parce qu'il n'y a pas cette barrière de milieu et d'argent. J'aime vraiment être avec lui.

« Parlons peu, j'ai à faire. Donc Guillaume. »

Je rêve ! Elle lit dans mes pensées maintenant ?

« Qu'est-ce qu'il y a ? Je n'ai pas le droit de te demander comment ça s'est fini hier après votre baiser langoureux ?

– Merde ! J'avais oublié !

– Un conseil, ne le lui dis pas comme ça, il ne s'en remettrait pas. Alors donc ?

– Non, rien, je suis rentrée avec Alexandre.

– Et t'as croisé Charles !

– Comment tu sais ?

– Ton regard libidineux dans le vague quand je suis entrée… je pense que ce n'était pas pour moi. Malgré mon look affriolant, tu l'auras sûrement remarqué.

– Mais oui ! C'est pour quoi cette robe ?

– Un shooting photo pour une amie jeune créatrice. Mais revenons à notre Delmonte, j'ai un partiel de grec ancien dans 10 minutes.

– Tu m'épates. Pour la robe. Et pour le grec. Et pour cette facilité à décrypter mes regards libidineux… Néanmoins, je dirais qu'on progresse. Avec mon charmant propriétaire, j'entends.

– Ah ? Il t'a laissé les clefs de chez lui ? Va te présenter ses parents ?

– Ses parents sont morts me semble-t-il et non, je n'ai pas ses clefs. Mais j'ai trouvé un bouquet de roses sur mon paillasson. Avec un petit mot. Charmant.

– Merde, faut que j'y aille. Mais c'est bizarre.

– Quoi ?

– Les fleurs, là. Ça ne colle pas, je trouve. J'y vais, on en reparle plus tard, OK ? »

« *Ça ne colle pas.* »

Elle vient de partir en courant me laissant un doute en cadeau. Qu'est-ce qui ne colle pas au juste ?

44

QUIPROQUO

Mon téléphone vient me sortir de ma réflexion. Un SMS. Charles ? Pas de numéro, c'est malin.

[Tu as l'air songeuse.]

Qu'est-ce qu'il veut dire par là ? Que j'ai l'air songeuse en général ? Qu'il me voit ? Il est bien venu me « rendre visite » à la bibliothèque, pourquoi pas à la cafétéria ? Je jette un coup d'œil circulaire et balaie du regard les rares *nerds* qui potassent devant leur café. Pas de Charles Delmonte.

[C'est à cause d'hier soir ?]

Je rougis en repensant à nos ébats. Sauf que ce n'était pas hier soir. C'était ce matin, au réveil. En fermant les yeux, j'arrive presque à ressentir le contact de ses lèvres sur mes fesses.

[Ouvre les yeux.]

Guillaume vient de prendre la place qu'occupait Manon il y a peu. Il me regarde, joyeux, son téléphone à la main.

« Tu as l'air surprise, t'avais pas deviné que c'était moi ?
– Si, si, bien sûr. »

Vite, chasser de mon esprit les souvenirs encore chauds de ce matin. C'était Guillaume. Tout s'explique. Hier soir. Le baiser. Nous nous sommes embrassés. Est-ce que ça veut dire pour lui qu'on est ensemble ? Qu'est-ce que j'ai encore fait ? J'attends qu'il entame la conversation.

« J'ai très envie de toi.
– Pardon ? »

Je viens de recracher l'intégralité de mon café sur la table. Je le regarde, atterrée. Il rit encore.

« C'est bon, Emma. J'ai bien compris que toi et moi, on ne sera jamais ensemble. N'empêche, tu es super sexy ce matin. Tes cheveux défaits, ton regard perdu et lascif… Tout en toi respire le sexe. Il fallait que je te le dise.
– Euh… merci ?
– Je t'en prie. Et puis, comme je te le disais dans mon petit mot, enfin à demi-mot, on peut être très proches sans être forcément ensemble… »

« Puisse notre amitié continuer sur ces bases. »

C'était lui, évidemment, c'est beaucoup plus clair maintenant !

Je suis sidérée de constater la facilité avec laquelle Guillaume est passé d'amoureux transi à potentiel *friend with benefits*. Mais je crois que je l'aime mieux comme ça, finalement. Gai, joueur. Il en est devenu encore plus sexy. Quand il m'a dit de but en blanc qu'il voulait coucher avec moi tout à l'heure, j'ai même ressenti comme un début de frisson. Mais ce n'est pas le moment de se disperser.

« Aussi tentante que puisse être ton offre, je n'ai pas le cœur à ça ce matin.

– Ah bon ? Tant pis ! Qu'est-ce qui te tracasse ?

– Je me suis fait virer.

– C'est pas vrai ? Tu as oublié de cataloguer le hors-série de l'été des *Cahiers Maurice Barrès* ?

– Oui, j'ai dû commettre une ignominie de la sorte. »

Nous rions comme des baleines, heureux de cette bonne blague de potache. Un instant, j'oublie les réels motifs de mon renvoi. Quand j'y repense, ils ont un goût de soufre que je ne leur connaissais pas encore. Ces instants intenses dans l'obscurité, j'en ai presque honte tout à coup. Une question de perspective, sans doute.

« Donc, te voilà sans le sou.

– Comme tu dis.

– Je suis sûr que ton proprio libidineux pourra t'avancer quelques mois de loyer, le temps que tu trouves quelque chose.

– Oui, sans doute, dis-je sans relever l'allusion. Sinon, t'as une idée ?

– Pas la moindre. T'as pensé au service ? Il y a bien un bar qui recrute ?

– J'ai essayé, je n'en garde pas un très bon souvenir. Tu pourras demander à Manon et Mathieu si ça t'intéresse…

– Une autre fois, sans doute, mais j'ai à faire. Un nouveau boulot.

– Tu quittes la bibliothèque ?

– Hélas, non ! Mais j'ai besoin de plus d'argent, j'ai peut-être trouvé quelque chose. Je dois voir une femme vers Pigalle… je te raconterai. »

Il doit « voir une femme », c'est bien mystérieux. J'en saurai sans doute plus la prochaine fois qu'on se verra. C'est tout de même dingue l'argent qu'il faut dépenser pour vivre à Paris… Je me demande où il trouve le temps de faire avancer sa thèse en cumulant les petits boulots.

Je décide de rentrer à pied comme la touriste que j'étais il y a quelque temps. Qu'est-ce qui me sépare de l'étudiante naïve que j'étais alors ? Est-ce que j'ai tellement changé ? J'ai beau mieux comprendre comment fonctionnent les choses, je ne peux empêcher mon cœur de sursauter chaque fois que je croise le regard de Charles. Mon cœur et tout mon corps. J'aime et je hais notre « relation ». C'est si facile et si compliqué… Je ne suis ni tout à fait la même ni tout à fait une autre ; je ne sais plus où j'ai lu ça. Je lance un regard empreint de tendresse au groupe de touristes qui photographient notre immeuble. « Notre » immeuble !

Manon, je crois que tu t'es trompée !

Je voudrais l'avoir devant moi pour qu'elle constate de ses yeux. Là, dans ma boîte à lettres : un trousseau de clefs ! Charles ne m'a pas envoyé de roses comme je le pensais ce matin, mais il m'a laissé ses clefs. C'est autrement plus riche de signification. Pas de mot, en revanche. Il a dû penser que le geste parlait de lui-même. Je suis émue, je prends ses clefs avec la solennité d'un garde suisse. Je ne vais pas tout de suite en profiter. Bien sûr, j'ai très envie de me promener chez Charles, de me faire un café et de le boire nonchalamment dans son lit mais je dois d'abord river son clou à ma charmante amie. Une photo du trousseau de clefs. Voilà. Je vais la lui envoyer sans texte, comme ça, avec en objet quelque chose du genre « Tu disais ? » Je savoure ma victoire en ouvrant ma boîte e-mail. Et comme un bonheur n'arrive jamais seul, j'ai un message de Charles ! Je l'ouvre tout de suite, je le garde pour plus tard ? Je l'ouvre !

« Délicieuse Emma. »

Ça commence bien !

« Désolé d'être parti précipitamment ce matin, l'avion n'attend pas, paraît-il... J'ai cavalièrement laissé mes clefs dans ta boîte à lettres, je m'en excuse. »

Pas de quoi, vraiment !

« Elles sont pour Élisabeth, il se pourrait qu'elle ait à passer et je n'ai pas eu le temps de lui laisser un trousseau comme je le fais d'ordinaire. »

Quel mufle ! Je n'ai même pas envie de continuer. Pour qui me prend-il ? La concierge ? D'ailleurs... ah oui, elle est en vacances. Ceci explique cela. Hop, ne pas se laisser abattre, j'aurais dû m'en douter. La nouvelle moi, mûre et équilibrée, s'en balance. D'ailleurs c'est plutôt positif comme démarche, ça prouve qu'il a confiance en moi, c'est déjà ça. Le sexe et la confiance. Bon. Continuons.

« Mon contact à Los Angeles n'a, je le crains, pas la même notion de l'art que moi. Ai déjeuné avec un adolescent peroxydé qui fait des totems avec des planches de surf et des canettes de soda. Il t'aurait fait rire, je crois. Je t'embrasse. À bientôt. Charles. »

Il m'embrasse. Il pense à moi pendant le travail. J'ai bien fait de ne pas m'arrêter à cette histoire de clefs. C'est drôle de l'imaginer mal à l'aise. Charles Delmonte rencontre des surfeurs en Californie, c'est vrai que l'image est amusante. J'essaie de me l'imaginer dans son costume Armani en plein soleil attablé devant un cocktail multicolore... Mince, téléphone. Guillaume.

« Alors ce plan boulot ? Ça s'est bien passé ?

– Quoi ? De quoi tu parles ?

– Ben, tout à l'heure tu m'as parlé d'une femme que tu devais rencontrer...

– Ah… euh. Non, c'était un faux plan. Mais j'ai quelque chose pour toi, en revanche. »

Il a l'air stressé. Ça n'a pas dû bien se passer avec « la femme ». Il poursuit :

« Euh… C'est un ami de ma mère. Il tient une agence immobilière. Un truc luxueux. Ils ont besoin de monde pour faire visiter des appartements et des villas.
– Chouette ! Mais toi, ça t'intéresse pas ? »

Silence. On a dû être coupés.

« Guillaume ?
– Pardon. Non, il faut être parfaitement bilingue. Bon, dis-moi tout de suite si tu prends, j'ai d'autres personnes en tête.
– Oui, oui, bien sûr !
– Je t'envoie l'adresse par texto. Tu y vas en donnant ton nom. Tu parles pas de ma mère, surtout. C'est un peu un plan secret. »

Il a raccroché sans un mot de plus. L'instant d'après, je reçois le texto. Dans le 16e arrondissement. Effectivement ça doit être huppé. Encore un endroit où je vais me sentir à l'aise, c'est sûr.

45

VOTRE FAMILLE VA-T-ELLE VOUS REJOINDRE ?

Quand je lui ai donné mon nom, elle a esquissé un rictus cynique avant de *« m'inviter à bien vouloir patienter »*. Le genre de regard qui veut dire : *« Je ne suis pas dupe, mais je reste pro »*. J'attends maintenant dans une espèce de salon privé. Il y a un percolateur, mais je peux être sûre que cette pimbêche de standardiste ne me proposera pas de café. Je la regarde minauder au téléphone à travers la porte vitrée. J'ai envie de la griffer. Je décide de compulser les magazines savamment disposés sur la table en bois précieux devant moi. Déco, design, châteaux… tout un univers. Celui de Charles.

« M. Lechevalier vous attend. »

Elle m'a fait peur, la peste ! Elle a tourné les talons aussitôt sa déclaration faite, si bien que je suis obligée de trottiner pour la suivre, mes affaires rassemblées contre moi.

« Asseyez-vous. »

M. Lechevalier n'a rien de l'employeur guindé que je m'étais imaginé. Il est souriant, cordial. Il me regarde avec la bienveillance d'un père.

« Emma. Vous permettez que je vous appelle par votre prénom ?

– Oui, bien sûr.

– Avez-vous déjà travaillé dans l'immobilier ?

– Non.

– Ne faites pas cette tête, cela n'est ni honteux ni gênant. Je suis d'avis de laisser sa chance à tout le monde et puisque vous m'avez été chaudement recommandée… La seule qualification que je demande c'est un anglais parfait, ça ne devrait pas trop vous poser problème.

– Non, dis-je en me détendant un peu.

– Très bien. Pour le reste, je vous demanderai d'être sympathique, ouverte et naturelle. Votre boulot va consister à faire visiter nos biens à nos potentiels clients. Valoriser le produit n'est pas ce qui compte le plus ici – vous le constaterez rapidement, les prestations parlent pour elles-mêmes – mais d'instaurer une relation de confiance. Écouter les commentaires, les doléances, entretenir la conversation pour pouvoir proposer LE produit qui saura satisfaire les exigences capricieuses de notre riche clientèle.

– Je vois. Et pour ce qui est des contrats, des papiers ?

– Laissez la paperasse, on s'en occupe ici. Concentrez-vous sur le relationnel, je veux quelqu'un en qui les gens puissent avoir confiance.

– J'ai compris. Est-ce qu'il y a un *dresscode* ?

– La petite robe noire que vous avez là est très bien. Sinon, un jean, un chemisier et une veste de tailleur feront l'affaire. Élégant mais pas clinquant, vous voyez l'esprit ?

– Je crois.

– Vous pouvez commencer maintenant ? J'ai vraiment besoin de quelqu'un.

– Euh… oui, bien sûr !

– On s'occupera de votre contrat demain. Voilà une liste des papiers à nous fournir. Le dossier du bien que vous allez faire visiter cet après-midi et les clefs. Vous avez une voiture ?

– Non…

– Ce n'est pas grave, je vais vous accompagner. Par la suite, si tout va bien, vous pourrez prendre un taxi, vous me ferez une note de frais. Ne faites pas cette tête de moineau effarouché, Diane vous expliquera tout ça. Hop ! Allez, au travail, votre premier rendez-vous est dans une heure. Je vous rejoins dans le hall dans cinq minutes. »

Je repasse devant Diane qui m'ignore ostensiblement. M. Lechevalier me rejoint bientôt et j'ai plaisir à constater que lui non plus n'est pas dans les petits papiers de la standardiste.

« Ne faites pas attention à Diane. Elle a l'air désagréable comme ça, mais c'est une chic fille. Quelqu'un a dû lui dire un jour que c'était plus professionnel d'être désagréable… Vous verrez, avec le temps, elle se détend… Nous y voilà ! Je vous avais dit que ce n'était pas loin ! »

Nous sommes devant un portail doré immense. Je l'ouvre avec une clef tellement grande qu'elle me semble sortie d'un cartoon. La maison est gigantesque. En réalité, il s'agit d'un hôtel particulier, mais mon nouveau patron m'apprend qu'il faut dire « bien » ou « produit » ; je note. Après avoir gravi quelques marches, probablement en marbre, nous pénétrons dans une entrée monumentale au centre de laquelle trône une petite console de verre.

« Posez vos affaires ici. Je vous montre les lieux. »

Nous avons mis trente minutes à faire le tour. Malgré ses astuces et conseils, j'ai vraiment peur de me perdre. Quatre chambres (« suites ») qui font chacune cinq fois mon studio, des fenêtres dont on ne peut atteindre le haut qu'avec une échelle de pompiers, des parquets en bois précieux qui dessinent d'élégantes arabesques. Les trois salles de bains sont du même acabit.

« Retenez bien les types de marbre, on vous le demandera peut-être.

– Pardon ?

– Dans le bien que nous visitons, par exemple, chaque salle de bains est garnie d'un marbre différent. Ici c'est du vert de mer.

– C'est joli.

– N'est-ce pas ? C'est surtout hors de prix. La garantie de la qualité de ce marbre, c'est la régularité des rainures qui rappellent les vagues de la mer. Voyez, ici, c'est parfait. Ça va vous sembler dément, mais je me souviens d'une femme qui avait fait entièrement détruire sa salle de bains à cause d'une rainure qui ne lui revenait pas.

– La vache !

– Comme vous dites, Emma. Je vous fais confiance pour surveiller votre langage en présence des clients, bien sûr.

– Bien sûr. Excusez-moi.

– Donc, la salle de bains du premier est en marbre de Cordoue, et celle que nous allons maintenant visiter est plus Art déco, je vous laisse découvrir. »

J'ai l'impression de pénétrer dans une caverne au trésor. On dirait que tout est en or : les murs, le lavabo… Je tends la main pour toucher.

« C'est de l'or ?

– En partie, oui. Le précédent propriétaire voulait une ambiance décadente. Un luxe obscène, en quelque sorte. Sur les murs c'est une mosaïque noir et or – recouverte à la feuille d'or plus exactement – c'est la reproduction d'une œuvre trouvée dans un lupanar de Pompéi… Par terre, c'est un béton ciré qu'on a recouvert de tapis d'Orient pure laine.

– Ce n'est pas très hygiénique ! D'autant qu'il n'y a pas de fenêtre…

– Je doute que cet endroit ait été conçu pour se laver… »

Une salle de bains destinée au sexe… Je rougis et décide aussitôt de ne plus intervenir pendant le reste de la visite. Je suis fascinée. Non par l'attrait réel de l'endroit, mais par les possibilités infinies qu'offre l'argent. Le reste de la maison est du même tonneau : salons, salles de réception… Nous

nous retrouvons bientôt sous le lourd lustre en cristal de l'entrée, qui nous menace comme une grappe de raisin géante.

« Je vous laisse. Vos clients vont arriver, voilà leurs dossiers. N'oubliez pas, écoutez-les, c'est le principal. Appelez-moi si vous avez un problème.

– C'est compris. Merci beaucoup. »

Il ne faut pas dix minutes pour qu'un taxi s'arrête devant la maison. Ce doit être mon premier client, Silvio Spontoni, un entrepreneur italien. Je l'attends sur le perron comme une châtelaine. Lui monte les marches quatre à quatre malgré la chaleur et me serre les deux mains avec effusion. Il est un peu engoncé dans son costume cintré, ce qui me le rend aussitôt sympathique. Je lui fais visiter la maison du mieux que je peux en essayant de me souvenir de ce qu'a dit Lechevalier.

« C'est du marbre de Cordoue…

– C'est magnifique, vraiment.

– Votre famille va-t-elle vous rejoindre à Paris ?

– Je n'ai pas de famille…

– Je suis désolée…

– Non, je veux dire, j'ai ma mère et mes frères et sœurs à Naples, mais je n'ai pas de femme ni d'enfant…

– Je vois.

– Vous pensez que c'est trop grand pour moi ?

– Je ne sais pas, c'est vous qui voyez…

– Vous avez raison. C'est ma secrétaire qui m'envoie ici. Elle pense que sous prétexte que je suis riche, je dois habiter dans un château. Vous me donnez quel âge, sincèrement ?

– C'est gênant, je ne sais pas… Quarante ans ?

– J'ai 30 ans, mademoiselle Maugham.

– C'est le costume…

– Sans doute.

– Ce bien est un peu classique à votre goût, je me trompe ?

– Un peu, oui.

– Et le quartier ?

– C'est chic.

– Dois-je comprendre… mort ? » dis-je en tentant un sourire complice.

Il sourit, j'ai tapé dans le mille. Je l'invite à s'asseoir sur un des trois canapés du salon principal et nous causons de ses besoins. Je crois que j'ai le truc. Je raccompagne mon client à la porte monumentale en lui promettant une bonne surprise la prochaine fois. Je n'ai pas le temps de me réjouir de ce premier succès que la porte sonne. Sans doute Mme Duval, dont le dossier suit. J'ouvre et tombe nez à nez avec Guillaume.

« Mais qu'est-ce que tu fais là ?

– Ça se passe bien ton premier jour ?

– Super, mais tu devrais filer, j'attends une Mme Duval.

– Elle est là, je voulais te la présenter moi-même. C'est ma tante. »

Il y a effectivement une femme sur un coin du perron, elle semble absorbée par la contemplation d'une plante. Elle est si mince et si silencieuse que je ne l'ai pas remarquée. Toujours sans le moindre mot, elle s'approche de nous et me tend une main blanche.

« Bonjour. »

Je l'ai à peine entendue. Ses yeux verts presque délavés semblent regarder au-delà de moi, comme si elle ne me voyait pas vraiment. Malgré sa présence presque fantomatique, elle est très belle. De courtes boucles brunes viennent caresser son visage de porcelaine, ce qui lui donne un caractère doux et enfantin. Je me rends compte que je la fixe, mais elle ne semble pas l'avoir remarqué.

« Bon ben, je vais vous laisser… »

Oh ! non, j'aurais tant aimé qu'il reste. Malgré l'attirance bizarre que j'ai pour sa tante, elle me fait quand même un peu peur, je dois l'avouer.

« Suivez-moi, madame Duval. »

Elle m'emboîte le pas sans un mot. J'ai l'impression de parler dans le vide tandis que nous arpentons les pièces immenses de la maison. Je décide de tenter la même approche qu'avec l'Italien.

« Votre famille va-t-elle vous rejoindre ?
– Non. »

Elle a dit ça dans une expiration lasse, comme si ce mot allait lui coûter la vie. Je ne sais pas trop quoi penser. Nous continuons la visite en silence. Peut-être cette technique va-t-elle la faire sortir de son mutisme ? Apparemment, non. Arrivées à la salle de bains dorée, je la surprends en train d'esquisser un sourire.

« Vous aimez ?
– Non. »

Prends ça dans les dents. Ça m'apprendra. Je ne sais plus quoi faire. Elle fixe intensément la fresque en mosaïque.

« Mais c'est le genre de choses qui aurait plu à mon mari. »

Qui aurait plu ? Qu'est-ce que ça veut dire au juste ? Que son mari n'est plus son mari ? Qu'il est mort ?

Elle ne semble pas disposée à m'en dire plus. Je tente une autre approche.

« Vous êtes de Paris ?
– Oui, mais je suis restée absente très longtemps.
– À l'étranger ?
– Voilà. »

C'est le plus gros échange que nous aurons aujourd'hui. Nous sommes revenues au point de départ et je ne sais toujours pas ce qu'elle pense de cette maison. Je vais y aller à l'économie de mots, comme elle.

« Alors ?
– Pas assez de vert.
– Vous voudriez habiter à côté d'un parc ?
– Oui. »

C'est son dernier mot. Cet effort fait, elle me tend une main que je suis presque surprise de trouver chaude, puis tourne les talons avant de s'évanouir dans la rue comme un fantôme. Je m'effondre sur une banquette. Il faudra que je parle à Guillaume de sa tante. Mais on sonne.

Je ne peux m'empêcher de sourire en ouvrant la porte. Mme Dumont, c'est son nom, me ressemble – enfin, en plus riche. Elle a la même corpulence que moi, la même taille, la même couleur de cheveux. Mais elle a clairement 3 000 euros de plus que moi sur le dos et sans doute dix fois plus en bijoux. Nous pourrions être amies, je le sens. Je lui tends la main en souriant.

« Madame Dumont, Emma Maugham, enchantée.
– Je vous en prie, appelez-moi Aline, on a le même âge.
– Très bien Aline. Vous êtes prête à commencer la visite ?
– C'est parti ! »

Je n'ai pas besoin de pousser ma nouvelle cliente pour qu'elle me raconte sa vie.

« Votre famille va-t-elle vous rejoindre ?
– Ah ça non ! Je suis en pleine séparation !
– Je suis désolée.
– Ah, mais ne le soyez pas ! C'est pour mon plus grand bien.

Mon mari est très riche. C'est lui qui va payer tout ça… C'est le prix de sa culpabilité en quelque sorte.
– Ah. Mais ça ne va pas être un peu grand pour vous toute seule ?
– Je veux qu'il paie cher, très cher. Et puis je suis jeune, j'ai bien l'intention d'organiser quelques fêtes mémorables. Je veux rattraper le temps perdu. »

Nous continuons la visite. Aline, quand elle ne parle pas de son mari, est très amusante. Elle m'apprend qu'elle travaille, beaucoup apparemment, dans une agence de pub. Elle a deux cents idées à la minute, je n'arrive pas à la suivre. Et puis on arrive dans la salle de bains dorée.

« Voilà qui aurait plu à mon mari. »

Je souris en pensant que c'est le seul point commun de ces deux femmes si différentes… Je pense que ça plairait aussi à Charles…

« Un collectionneur ?
– De filles, oui !
– Pardon…
– Non, c'est moi… Quand je suis à l'aise, j'ai tendance à me lâcher. Parlons d'autre chose. »

La visite se finit joyeusement. Aline « aime bien ». Elle se voit tout à fait dans un hôtel particulier.

« Celui-là, dit-elle, a la solennité qui lui manque. L'ennui c'est que c'est un peu loin de tout. »

Je lui promets de lui faire visiter d'autres biens. Au moment de nous séparer, nous nous faisons la bise, presque naturellement.

Je rentre à l'agence, satisfaite de mon travail. Prête à débriefer. Diane me fait entrer dans le bureau de M. Lechevalier. Il est au téléphone, il a l'air paniqué. Il raccroche et me désigne un ordinateur dans un coin de la pièce.

« Dans cet ordinateur, il y a tous nos biens classés dans une base de données très performante. Diane vous montrera comment ça fonctionne. Si vous avez réussi à cerner vos clients aujourd'hui, vous devez avoir une idée plus précise de ce qu'ils recherchent. Je vais devoir m'absenter. Je vous laisse la boutique. À vous et à Diane.

– Mais je…

– Ma femme accouche. Je vous appellerai. »

Il est parti sans un mot de plus. Je suis seule dans son bureau. Tout est allé beaucoup trop vite : ce matin je me faisais virer de la bibliothèque et ce soir j'ai les clefs d'une agence immobilière.

46

WORKING GIRL

J'ai passé la soirée avec Diane au bureau. Lechevalier avait raison, c'est une chic fille finalement. Quand elle s'est rendu compte qu'on devait gérer l'agence toutes les deux, elle s'est tout de suite radoucie. Elle a commandé des sushis et du Coca et nous nous sommes mises au travail. En fait, l'agence du 16e est une nouvelle succursale d'une plus grosse située à Neuilly, dans la banlieue riche de Paris. Lechevalier a confié les rênes à son neveu et ouvert cette plus petite agence pour se rapprocher de sa jeune épouse qui travaille dans le coin.

« Peu de biens, peu de clients… ça lui permet de déjeuner avec elle tous les midis, et maintenant de pouponner !

– Il a quel âge ?

– Lui ? Oh ! la cinquantaine bien tassée. Mais c'est un vrai romantique. Je ne l'ai jamais vu avec une femme, jusqu'à ce qu'il croise Marie-Cécile. Et quand je dis « croise », je parle au sens propre. Il l'a vue traverser la rue et il n'a plus jamais été le même.

– C’est mignon ! Et elle ?

– Elle enseigne le catéchisme dans une école privée, pas loin. Une vraie dévote ! Elle doit avoir dans les 25 ans. Il lui a fait la cour dans les règles de l’art et elle a finalement accepté de l’épouser. Il est fou d’elle et donc, il doit être papa à l’heure qu’il est.

– Belle histoire… »

Nous nous taisons, le temps de rêver à cet amour dont nous ne voudrions néanmoins pour rien au monde.

Diane est mariée, mais malheureuse, de toute évidence. Un commercial. Il vend des assurances-vie. Elle ne parle pas beaucoup de lui.

« Et toi ?

– Personne… enfin, je ne sais pas trop. »

Un texto arrive qui vient brouiller mes déclarations.

[C’était un plaisir.]

C’est Charles. Il répond à mon SMS de ce matin. Je le remerciais pour des fleurs qu’il ne m’a pas envoyées. Du coup, de quoi pense-t-il que je le remerciais ? Du sexe ? Je me suis encore ridiculisée… Je lui réponds aussitôt.

[Vous rentrez bientôt ?]
[Je vous manque ?]
[Pas du tout. La curiosité me ronge.]
[C’est un bien vilain défaut.]

Ce n'est qu'un échange de SMS mais il m'a mis le feu aux joues. Et au ventre. Quand reviendra-t-il ?

Heureusement j'ai du boulot, ça va m'occuper l'esprit. Par bonheur, la base de données de l'agence est extrêmement bien faite. Je trouve de nouveaux biens pour mes clients très rapidement. Quelques coups de téléphone pour fixer les rendez-vous du lendemain et je peux rentrer chez moi.

Il fait doux, je décide d'y aller à pied. Les rues ne sont pas beaucoup plus fréquentées à cette saison, c'est même pire. En août, quand le soleil tape et que le vent a disparu, ces grandes avenues austères doivent avoir quelque chose de post-apocalyptique. Sur le chemin, j'ai dû croiser trois femmes âgées à la recherche d'un pâtissier ouvert et un groupe de touristes que je crois avoir reconnu. Ils n'ont sans doute pas compris comment fonctionne le métro.

Je n'aurais pas dû me moquer des petites vieilles. Mes placards sont vides, je n'ai rien à manger. Je suis résolue à me joindre à leur quête désespérée quand le téléphone sonne. Charles. Déjà.

« Tu vas bien ?
– J'ai vécu une journée incroyable !
– Tu as rencontré un sculpteur sur mollets ?
– Hein ?
– Ah non, c'est moi, pardon.
– C'est pas vrai ?
– Si, mais c'était surtout pour entendre ton rire. Je n'ai

pas souhaité en savoir d'avantage sur cet artiste. Et donc, cette journée incroyable ? »

Je lui raconte par le menu mon renvoi, mes errements à la cafétéria et ce plan inespéré. Il écoute attentivement. C'est étrange, il est à des milliers de kilomètres et pourtant, j'ai l'impression que nous n'avons jamais été si proches.

« On dirait que tu t'en sors bien. Tu es sûre que tu veux faire de la recherche finalement ?
– Bien sûr ! »

J'ai dit *« Bien sûr ! »* par réflexe. En vérité, ça fait longtemps que je ne me suis pas repenchée sur mon mémoire. D'un côté, c'est vrai que j'aime cette image de moi, universitaire perdue dans un travail abscons et d'un intérêt très limité. D'un autre, ça fait longtemps que je n'ai pas été satisfaite d'une journée de travail comme aujourd'hui. Je crois que j'aime le contact. Charles me cerne bien. Mais il se fait tard, je dois sortir maintenant si je veux être sûre de trouver un commerce ouvert. Au téléphone, Charles a dû entendre le bruit des clefs.

« Tu sors ?
– Oui, mes placards sont vides.
– Je vois. Mais tu as toujours les clefs de chez moi, non ?
– Oui.
– Je dois avoir deux ou trois choses à se mettre sous la dent, ne t'embête pas. Dans la cuisine, au-dessus du percolateur, il y a mon placard de survie. Tu y trouveras de quoi

tenir le coup. Et j'ai toujours de quoi se rafraîchir au réfrigérateur.

– Merci !

– Je dois y aller. À bientôt, Emma.

– Bientôt ?

– Oui.

– À bientôt. »

Je ne me le fais pas dire deux fois, et c'est excitée comme une collégienne que je m'introduis chez mon voisin. J'ai envie de tout toucher, de m'asseoir sur tous les sièges. Le placard de survie contient des crackers, une boîte de caviar et une autre de sardines millésimées. Je n'ai jamais mangé de caviar. J'attendrai son retour, quelque chose me dit que ce n'est pas le genre de chose qu'on avale à la va-vite quand on a faim. Je décide d'ouvrir les sardines que je mange avec mes crackers en faisant le tour du propriétaire. J'ai trouvé une petite bouteille de champagne au frais. Je n'ai pas hésité longtemps avant de l'ouvrir, la tentation était trop grande. Après tout, j'ai décroché un nouveau boulot, non ? Je m'installe dans un charmant fauteuil crapaud dans la bibliothèque. Je suis si bien, je pourrais m'endormir. D'ailleurs, rien ne m'empêche de dormir ici. S'il m'a conseillé de piocher dans ses provisions, je pense qu'il ne verra pas d'inconvénient à ce que je dorme dans son lit.

Il est encore défait, c'est comme s'il m'appelait. Je me couche nue dans ses draps si doux. Il ne manque qu'une chose à mon bonheur.

J'ai si bien dormi que j'en ai oublié l'heure. Cette fois-ci, je ne me pose aucune question et j'investis la salle de bains de Charles sans aucun complexe. Je resterais des heures sous le pommeau géant de cette douche à l'italienne… mais j'ai du travail.

J'arrive au bureau le sourire aux lèvres, Diane m'accueille en me désignant le salon d'attente des yeux.

« Quelqu'un pour toi.

– Pour moi ?

– Emma Maugham, c'est bien toi ?

– Euh… oui. C'est qui ?

– Un mec mignon, il n'a pas voulu me donner son nom. »

Un mec mignon. Charles est-il toujours à Los Angeles ? À moins que… Non, c'est Guillaume ! Avec des croissants.

« Je te dérange ?

– Non, enfin oui. Je sais pas si ça se fait trop d'avoir des amis au bureau…

– Ça n'a pas l'air de déranger ta copine. »

Ma « copine » nous fait un signe complice derrière la porte vitrée et m'invite à investir le bureau de Lechevalier. Carrément ? Bon, OK, d'autant que j'ai à parler à Guillaume.

« Alors, ça te plaît ?

– Ben oui. Même beaucoup, étonnamment.

– Mmm. Je me demande bien ce que tu pourrais faire pour me remercier…

– T'inviter à dîner ?
– On peut commencer par ça, d'accord. Ce soir ?
– Ce soir. C'est d'accord. Et donc ta tante…
– Quoi ? »

Il vient de changer de ton, tout à coup il semble sur la défensive.

« Non, rien, elle est drôlement belle.
– Ah oui, peut-être, sûrement. »

Il a fait un geste de la main comme pour balayer la discussion. Je ne sais pas quels sont ses rapports avec sa famille, mais le sujet a l'air délicat.

« Ta tante, tu connais un peu ses goûts ?
– Non. On arrête de parler de ma tante, cinq minutes ? »

Il passe sa main dans mes cheveux, mais je me lève aussitôt. J'ai rendez-vous. Avec sa tante. Je suis obligée de le congédier.

« À ce soir ?
– À ce soir.
– Passe me prendre vers 20 heures. »

Il ne m'a pas laissée répondre. Je dois passer le prendre ? Je suis ébranlée, je suis supposée travailler sur le féminisme et je suis choquée par une telle démarche. Bravo Emma.

47

UNE ODEUR DE SOUFRE

Je suis seule et puis l'instant d'après, elle a surgi comme une apparition. Elle me regarde intensément de ses yeux clairs avant d'articuler un « *Bonjour* » que je pourrais aussi bien avoir rêvé.

« Suivez-moi, je crois que ce produit va vous plaire.
– Oui. »

Nous pénétrons dans l'immeuble. « *De standing* » dit mon dossier, et c'est vrai que ça brille. L'ensemble doit dater des années 1970, mais il a l'air d'avoir reçu la visite de plusieurs architectes depuis. Nous pénétrons dans l'ascenseur immense. Direction le toit. J'ai plus hâte qu'elle de visiter cet endroit, je crois. C'est un penthouse, une maison perchée sur un immeuble. Septième étage, nous sommes arrivées. Sauf que la porte de l'ascenseur ne s'ouvre pas. J'appuie de nouveau, gênée, sur le bouton. Rien ne se passe. Je souris bêtement à ma cliente en lui assurant que « *C'est bien la première fois* ». Elle me regarde, étonnée. Puis elle me dit d'un ton autoritaire et un peu méprisant :

« Il faut ouvrir avec la clef.
– Hein ?
– La clef de l'appartement, là, il y a une serrure. »

Il y a une serrure dans l'ascenseur. Je crois que je n'avais jamais vu cela que dans les films. J'ouvre docilement. Mme Duval, après cette intervention, est redevenue discrète, presque transparente. Peut-être est-elle stressée par les ascenseurs… Je découvre avec elle l'appartement, ses trois salons avec vue sur la tour Eiffel, sa salle de bains ultra-moderne et ses trois chambres. Les « prestations » sont évidemment ultra-luxueuses mais l'attrait principal est ailleurs. Un mur entier du salon principal s'ouvre sur une terrasse monumentale de 310 m^2 aménagée par un paysagiste. Un éden de verdure en face de la tour Eiffel. J'en reste sans voix. Ma cliente voulait du vert, elle est servie.

« C'est magnifique, n'est-ce pas ? Qu'est-ce que vous en dites ?
– Non.
– Je ne comprends pas, vous vouliez du vert, non ?
– Oui. Mais c'est trop moderne. Mon mari ne va pas aimer », dit-elle en rentrant dans le salon.

Elle s'assoit sur le canapé. On dirait qu'elle boude.

« *Mon mari* ». Donc il n'est pas mort. J'avais sans doute mal compris.

« Vous êtes mariée ?

– Non. Enfin, techniquement oui. C'est compliqué. »

Elle est comme fiévreuse tout à coup, elle a saisi mon avant-bras et le maintient serré dans sa petite main nerveuse.

« Nous n'étions plus ensemble. Et puis nous nous sommes revus. Je ne sais pas ce qui va se passer. Je ne sais pas de quoi j'ai envie. »

Ça dépasse mes compétences, mais j'ai envie de l'aider malgré tout. Je lui promets une autre visite dans l'après-midi. Et puis j'essaie de lui parler de Guillaume pour la détendre un peu.

« Votre neveu peut vous aider aussi, vous avez de la chance de l'avoir. Je suis sûre qu'il est de très bon conseil.

– Guillaume, oui, il est très serviable et sexy. Il y a quelque chose entre vous, je me trompe ? »

Elle a dit ça avec l'avidité curieuse d'une adolescente, je ne peux m'empêcher de sourire.

« Nous sommes amis, c'est tout.

– C'est dommage, vous feriez un très beau couple. »

Et puis elle se tait. Nous nous donnons rendez-vous pour l'après-midi même. Je profite de la courte pause qui m'est offerte pour flâner dans le jardin extraordinaire. J'ai peur de commencer à prendre goût au luxe.

Mon prochain rendez-vous est au cœur du 17e, un arrondissement certes riche, mais qui me semble un poil plus animé que le 16e. L'idéal pour Aline, je pense. Je l'attends devant l'immeuble. Elle arrive, pimpante, au bras d'un jeune homme qui semble être son frère. Après l'avoir vu fourrer sa langue dans sa bouche en guise d'au revoir, j'élimine tout de suite cette possibilité. Tandis que nous visitons les pièces de cet appartement somme toute très classique, je décide de la questionner.

« Le jeune homme que j'ai croisé, c'est ?
– Luc, je crois. Il est mignon, hein ?
– Oui. Très. Vous êtes ensemble depuis longtemps ?
– Emma ! C'est un gigolo !
– Non ! Vous ne...
– Officiellement, non. Dans les faits, je l'ai rencontré en boîte hier soir, nous avons couché ensemble et quand il a découvert que j'avais quelque argent de côté, il a commencé à se faire pousser des sentiments. Vous ne vous imaginez pas ce que les jeunes sont capables de faire pour de l'argent.
– Les jeunes ! Rappelez-moi votre âge ?
– Vingt-cinq ans, mais j'ai l'impression d'en avoir cent. Avec ce petit, je retrouve mes 20 ans. »

Entre deux éclats de rire, je réussis quand même à lui faire visiter l'appartement. Le parquet et le marbre la laissent indifférente mais le Jacuzzi dans la chambre semble retenir son attention.

« Je le prends.

– L'appartement ? Vous ne voulez pas en voir d'autres ?

– Non, il est très bien. Très grand, bien placé. Et puis j'aime ce gadget. J'apprendrais bien à nager au petit.

– Luc ?

– Oui, quel que soit son nom. »

Ma première transaction ! Je ne suis pas peu fière. J'envoie aussitôt une photo du précontrat à Charles. Bip Bip ! Déjà une réponse !

[La prochaine fois que vous m'envoyez une photo au milieu de la nuit, tâchez de vous y trouver nue. CD.]

Mince, j'avais oublié le décalage horaire…

Dans le taxi qui m'emmène à mon prochain rendez-vous, je repense aux propos d'Aline. « *Vous ne vous imaginez pas ce que les jeunes sont capables de faire pour de l'argent.* » Est-ce qu'elle parlait d'elle avec son mari ? Moi-même est-ce que j'ai commencé à coucher avec Charles parce qu'il était riche ? Je ne crois pas. Je ne veux pas. Et Guillaume ? Jusqu'où serait-il capable d'aller pour payer son loyer ?

J'adore le Marais. Ses vieilles pierres, l'esprit de liberté qui y règne. Je pense que c'est le quartier idéal pour mon entrepreneur italien. J'ai déniché un appartement merveilleux. Un « petit » cocon de 200 m² sous les toits avec une terrasse en zinc. Poutres apparentes, cheminées, tommettes. Manon se damnerait pour y passer une nuit. Silvio a l'air lui aussi d'apprécier.

« Mademoiselle Maugham, vous savez toucher au cœur. J'adore ce quartier, j'adore cet appartement.

– Je le savais !

– Malheureusement pour moi, je ne suis plus étudiant !

– Comment ça ?

– Il est parfait pour un étudiant cet appartement ! Idéal pour se faire des pâtes au milieu de la nuit, ramener ses conquêtes d'un soir… Mais pas pour recevoir des investisseurs encravatés.

– Je vois. »

Je ravale ma fierté. 200 m², je ne sais pas quel genre d'étudiants il fréquente… On ne peut pas gagner à tous les coups. Je vais continuer mes recherches.

Je passe le reste de la journée avec la tante de Guillaume à visiter des hôtels particuliers du 16e. Je suis blasée à présent, j'ai l'impression qu'ils se ressemblent tous avec leurs lustres en cristal, leurs moulures et leurs marbres. Et puis, ces grands espaces vides me désolent, c'est comme un écho à ma solitude et à celle de ma cliente. Je la sens lasse, rien ne lui plaît, rien ne l'emballe. Elle est ailleurs.

« Vous savez, je crois que j'éprouve encore des sentiments pour lui. »

Ah, on parle maintenant ? Très bien.

« Votre mari ?

– Oui.

– Il est comment ?

– Très homme. Un peu rustre à mon goût, mais ce quelque chose d'animal en lui me le rend aussi très attachant. C'est difficile à dire.

– Et lui ? Vous savez quels sentiments il a à votre égard ?

– Maintenant, non. Au début de notre mariage, il était comme fou. Il me faisait l'amour partout, tout le temps. Sous un porche, dans un taxi, dans une église même. »

Je suis bouche bée. Comment en est-on arrivées là ? Pourquoi me parle-t-elle soudainement de sexe ? Je suis gênée. Et fascinée aussi. J'imagine cette fragile poupée de porcelaine malmenée entre les mains puissantes d'un homme animal. Charles, rentre vite, je deviens folle ! Je tente de changer de sujet.

« Voilà, voilà. Qu'est-ce que vous en dites ?

– Non. Toujours pas.

– Mais nous approchons de ce que vous aimez, non ?

– Oui, oui, c'est très bien. J'attends une sorte de révélation.

– Peut-être avez-vous besoin de savoir ce que vous allez faire avec votre mari pour pouvoir vous projeter ?

– Qui sait ? Vous voyez Guillaume ce soir ?
– Ah oui, effectivement.
– Je suis sûre que vous allez bien vous amuser. »

Je suis sûre, moi, qu'elle a dit ça avec un sous-entendu sexuel. C'est vraiment étrange. Cette femme à la fois si discrète et si indécente. J'ai peine à croire qu'elle soit vraiment de la même famille que Guillaume. Je repense aux propos d'Aline, mais je n'ose affronter l'idée qui sourd en moi.

48

FAUSSES CONFIDENCES

Quand je suis arrivée chez Guillaume à 20 heures, il m'a fait asseoir sur son clic-clac, m'a collé une bière bon marché dans la main et m'a sommée de patienter pendant qu'il prenait une douche. Je suis donc assise sur son lit-bureau-fauteuil-salle de réception. Une palette récupérée chez le caviste du coin tient lieu de table et sans doute de bureau. Si je tends le bras, je touche la porte du petit cabinet de toilette dans lequel je l'entends chantonner. J'étouffe ici. Je ferais bien quelques pas, mais il n'y a pas la place. Je décide de m'intéresser à ce qui recouvre la table. Factures, livres empruntés à la bibliothèque, rien de bien fascinant. J'ouvre le bouquin auquel il a déjà consacré deux ans de sa vie – il faudra que je le lise, un jour – et laisse tomber une enveloppe entrouverte. Elle est pleine de billets de banque. Je ne me souviens pas que la bibliothèque payait en liquide… C'est louche. Mais je dois me faire des idées. C'est sûr.

La porte s'ouvre brusquement et Guillaume apparaît une serviette sur les reins. Il est bien foutu, sa tante a raison. La situation est très gênante, j'avale une gorgée de bière. L'air est saturé de buée. Guillaume est obligé de m'enjamber pour aller chercher ses habits. La situation l'amuse beaucoup, j'ai l'impression. Je ne me formalise pas. Mais j'ai chaud. Et puis, je l'imagine nu. En train de coucher avec une femme plus âgée que lui. J'avale ma salive. Il faut qu'on sorte d'ici.

« On y va ?
– Tu ne te sens pas bien dans mon appartement de standing ?
– Si, super. Mais dépêche-toi, j'ai faim ! »

Je l'emmène dans une cantine chinoise, pas trop loin de chez lui. Comme c'est moi qui invite, il a décidé de tester tout ce qui lui fait envie et notre table est bientôt recouverte de mets divers et de bières. On rit beaucoup. Il est charmant. Vraiment. Quand l'heure est à la confidence, je tente une question qui me préoccupe.

« Tu serais prêt à tout pour de l'argent ?
– Non, bien sûr que non ! Qu'est-ce que tu vas t'imaginer ? »

Il a sursauté. Il a parlé comme s'il se défendait, trop fort et trop vite.

« Non, c'est juste une question que je me pose en général. Sur la fascination de l'argent. Son pouvoir et ce qu'il fait faire aux gens. Consciemment et inconsciemment d'ailleurs.

– Il n'y a pas que la fascination, il y a le besoin.

– Tu serais prêt à coucher ?

– Oui, sans doute. Mais je ne l'ai encore jamais fait. »

Je suis choquée, ça doit se voir. Il poursuit, sombre :

« Tu sais, coucher avec quelqu'un, ce n'est pas grand-chose. On peut être amené à faire bien pire quand on est acculé. »

Cette discussion à cœur ouvert nous laisse tous les deux rêveurs. Je le raccompagne sans dire un mot. Il a l'air si triste et si perdu devant sa porte d'immeuble que je pose mes lèvres sur les siennes doucement. C'est bon, je ferme les yeux en me demandant où tout cela va nous mener. Mais nous sommes interrompus par un coup de téléphone. Le portable de Guillaume. Une voix de femme. Il dit quelques mots, comme « oui », « d'accord », « très bien ». Je décide d'en profiter pour partir, je ne suis pas prête à passer la nuit avec lui. Pas encore ?

En arrivant devant mon immeuble, je croise le même groupe de touristes, en faction devant la porte. Ça commence à devenir louche.

« Vous cherchez quelque chose messieurs ?

– M. Charles Delmonte.

– Il est en voyage.
– Quand revient-il ?
– Aucune idée.
– Où habite-t-il ?
– Au dernier étage. »

J'ai dit ça sans réfléchir, je le regrette aussitôt. Ces touristes sont bizarres décidément. Je ne sais si c'est leur corpulence de tueur ou leur accent russe, mais j'en conçois une angoisse immédiate. Après avoir attendu qu'ils traversent la route, je m'engouffre dans l'immeuble et cours me réfugier dans ma petite chambre. Je me fais sans doute trop d'idées. Sur tout. Sur Guillaume, sur sa tante et même sur ces innocents touristes. Mon goût du romanesque, dirait Manon. Je décide de l'appeler pour la mettre au courant des derniers événements et profiter de son sens aigu des réalités.

« Ta Mme Duval est folle à interner. Tu devrais coucher avec Guillaume qui, soit dit en passant, n'est pas un gigolo. Quant à tes touristes, je te l'accorde, ils font sans doute partie de la mafia.
– Merci de ton analyse, j'avais bien besoin de ça.
– Et le beau Charles Delmonte ?
– Nous correspondons.
– Très bien. Tu sais quand il rentre ?
– Aucune idée.
– On se voit demain ?
– Avec plaisir, je ne travaille pas !
– Encore heureux, c'est dimanche ! Pique-nique au

parc Monceau ? Vers midi ?
– Super ! »

Je passe un délicieux dimanche de repos entourée de mes amis. Je rentre joyeuse et légère et un message de Charles vient me conforter dans cette humeur.

[Je rentre sous peu. J'aimerais beaucoup profiter de votre expertise en matière d'immobilier. Je t'appelle. CD.]

Je fonds. J'adore ce mélange de détachement et de tendresse, de « vous » et de « tu ». Je décide de passer une dernière nuit incognito dans son lit en me jurant de me lever à l'aube pour effacer toute trace de mon passage. Ma nuit est agitée, sa présence me hante, son odeur encore forte suffit à me bouleverser et à mettre le feu à mon corps. Je m'éveille au petit matin encore brûlante d'un désir inassouvi. Je ne vais cesser de penser à lui, j'en ai peur. Un coup de sonnette vient m'interrompre dans ma rêverie. Qui est-ce ? Charles déjà ? Ce serait trop beau. Quelqu'un d'autre sait-il que je suis là ? Ce ne peut être qu'Élisabeth malheureusement. Je vais ouvrir, excitée malgré tout. C'est un jeune homme, assez comparable au Luc d'Aline.

« Bonjour. M. Delmonte m'a dit de passer prendre une statue pour lui.
– Hein ? Mais quand ? Et vous êtes qui d'abord ?
– Eliott, le nouveau stagiaire, salut. Et vous devez être

sa copine. Il n'arrête pas de parler de vous.

– C'est vrai ?

– Et je dois dire, il n'avait pas tort… »

Je souris. Je ne crois pas un mot de ce qu'il vient de dire, Charles n'a rien d'une midinette. Mais je peux lire le désir du jeune homme dans ses yeux. Qu'est-ce que c'est encore que cette blague ?

« C'est gentil, mais je ne suis pas du tout au courant de cette démarche. Ça ne peut pas attendre ce soir qu'il soit rentré ?

– Justement non. La statue doit rejoindre un chargement qui part dans une heure. Une biennale à Rome, M. Delmonte a dû vous en parler.

– Bien sûr. Mais c'est très ennuyeux, vous voyez, je n'ai jamais entendu parler de vous…

– Laissez tomber, je comprends complètement, je ferais sans doute pareil si j'étais à votre place. On va attendre son retour puisqu'on ne peut pas le joindre pendant qu'il est dans l'avion. Et puis tant pis, on affrétera un nouveau camion. Si on en trouve un. Désolé de vous avoir dérangée, madame.

– Non, ben écoutez Eliott, prenez-la.

– Vous êtes sûre ?

– Oui, oui. Allez-y.

– Vous me sauvez la vie ! »

Je regrette instantanément ce que je viens de dire, mais c'est fait. Eliott prend la statue des sœurs Petrovska qui trône dans l'entrée et disparaît avec dans l'ascenseur. Pas le temps de réfléchir plus aux conséquences, j'ai rendez-vous avec Mme Duval. Dehors, il pleut. Je rejoins rapidement notre lieu de rendez-vous. Elle est en retard. Téléphone. C'est elle.

« Emma, je vais avoir quelques minutes de retard, vous pouvez vous abriter quelque part ?

– Attendez une seconde. Oui. Il y a un fast-food sur la place. Vous m'y rejoignez ?

– Oui, très bien. À tout à l'heure. »

Je commande un café et un muffin et me dirige vers la place que j'ai repérée quand une main me saisit le bras. J'hallucine, François du Tertre.

« Qu'est-ce que vous faites là ?

– La même chose que vous, belle enfant, je me cache des éléments. Vous savez qui a dit *« La vie oscille comme un pendule de droite à gauche de la souffrance à l'ennui »* ?

– Ronald McDonald ? »

Il rit de toutes ses dents et je me surprends à le trouver sympathique.

« Vous avez pris de l'assurance, Emma. Vous n'êtes plus l'étudiante un peu gourde que vous étiez il y a quelques mois. Vous n'en êtes que plus désirable. »

Cette scène est délicieusement absurde, j'aimerais la faire durer plus longtemps mais je distingue Mme Duval à l'entrée. La pauvre, elle n'a jamais dû mettre un pied dans ce genre d'endroit.

« Je vais devoir écourter cette rencontre, on m'attend », dis-je en désignant ma cliente.

Du Tertre a pâli.

« Emma, je ne sais pas ce que vous essayez de vous prouver, mais vous jouez un jeu dangereux.

– Comment ça ?

– Ne jouez pas avec Alice. Vous n'en sortiriez pas gagnante.

– Alice ? Vous faites fausse route, elle s'appelle Mme Duval, c'est ma cliente, je travaille dans l'immobilier maintenant.

– Alice Duval, oui. La femme de Charles Delmonte. Elle n'a jamais voulu porter son nom. »

Je reste sans voix tandis que je défais un à un ses doigts toujours serrés autour de mon bras.

« Si ce que vous dites est vrai, il me semble que vous êtes mal placé…

– Faites attention, Emma. Les méchants ne sont pas forcément ceux que tout accuse. »

Je rejoins ma cliente et nous sortons sous la pluie. Elle n'a pas de parapluie non plus. Nous marchons toutes les deux sans un mot, trempées. L'appartement la laisse indifférente, j'en ai l'habitude. Ça me laisse le temps de mettre mes idées en ordre. C'est la femme de Charles, la femme mystérieuse dans le coma. Mais que vient faire Guillaume dans cette histoire ? Est-ce vraiment sa tante ? Moi qui croyais qu'elle le payait pour coucher avec... Et puis, sait-elle qui je suis ?

Je la regarde évoluer dans la semi-obscurité de ces pièces vides et je repense à ses mots crus. L'homme animal, c'est Charles. Je pense à ses caresses sur sa peau blanche, sur ma peau aussi... Leurs ébats dans des lieux incongrus, son désir qu'elle dit insatiable. J'ai chaud. Malgré la tempête qui se déchaîne maintenant, j'ouvre la fenêtre. De l'air !

49

AVIS DE TEMPÊTE

« Vous savez Emma. Je crois que vous avez raison. »

Alice est à côté de moi, à la fenêtre. Le vent balaie nos cheveux et la pluie nous gifle violemment les joues. J'ai l'impression qu'elle pleure. Elle a l'air sincèrement triste. Je suis mal à l'aise.

« Oui ? À quel sujet ?

– Je dois déterminer ce que je veux faire avec mon mari avant de choisir un appartement.

– Je vois. Oui, bien sûr, c'est plus sage. »

Qu'est-ce qu'on fait maintenant ? Je lui dis qui je suis ? Que je couche avec son mari, mais que je ne savais pas que c'était sa femme ? Est-ce qu'il y a une clause de mon contrat qui m'interdit de coucher avec les ex des clientes ? Ou je la dissuade ? La convaincs de commencer une nouvelle vie sans Charles ?

« Pardonnez-moi un instant, je dois consulter ma messagerie. »

Je n'ai pas entendu mon téléphone sonner sous la pluie. Pourvu que ce ne soit pas Charles… C'est lui ! Je m'éloigne rapidement.

« Emma. Une certaine Diane a eu l'extrême obligeance de me donner l'adresse où vous officiez. Je vous rejoins. J'attends bien sûr une visite dans les règles de l'art. À tout de suite. »

Il est à Paris. Enfin ! Réagir. Vite. Charles arrive. Il ne doit surtout pas tomber sur sa femme. Vite.

« Madame Duval, vous devons filer. J'ai un problème familial. C'est très urgent.
– Rien de trop grave, j'espère.
– Je ne sais pas encore, venez. Dépêchons-nous. »

Nous sommes rapidement sur le perron. La pluie tombe toujours dru et malgré l'heure – il n'est que 18 heures – il fait quasiment nuit. Nous nous séparons en silence, elle pour attraper le taxi qui vient de s'arrêter, moi pour plonger dans la bouche de métro. Vite, m'éloigner, mettre le plus de distance possible entre elle et moi. Arrivée chez moi, j'essaie de joindre Charles sur son portable. Mince, répondeur.

« Désolée. Je viens seulement d'avoir ton message. Je suis rentrée. Je t'attends. »

Je m'assois sur mon lit, soulagée. J'ai échappé au pire. Enfin, je crois. Est-il possible que Charles ait croisé sa femme ? Le taxi qui s'est arrêté a déposé quelqu'un, un homme… et si c'était lui ? Je reste prostrée en attendant le dénouement de l'histoire. Ça n'est plus de mon ressort à présent. On frappe à la porte, je sursaute. J'ouvre d'une main tremblante, c'est lui. D'un regard il me fait comprendre ce que je veux savoir. Il ne sait rien. Il a envie de moi. Simplement. Il me tend la main avec un sourire complice.

« Mademoiselle Maugham, ça vous amuse de me faire courir dans tout Paris ?

– Vous devez être monsieur Delmonte. Enchantée. Je suis désolée pour ce fâcheux malentendu. Je vous en prie, entrez. »

Il ne m'a pas lâché la main. Sa chaleur irradie dans tout mon corps. Ses yeux me font la promesse d'une nuit sans sommeil. Je lâche prise, bien décidée à oublier les tourments d'Alice Duval pour la nuit.

Je ferme les yeux un instant, persuadée que ses lèvres chaudes vont se coller aux miennes, mais Charles relâche son étreinte. Il fait quelques pas nonchalants. Il admire des moulures imaginaires au plafond.

« C'est joli ici. Vous me faites visiter ?

– Je… oui, bien sûr. Ici vous avez le salon-salle de réception-chambre-bureau avec son Velux.

– Vraiment charmant. Comment ça s'ouvre ? »

Je me retourne pour ouvrir la petite lucarne. Je sens son corps derrière le mien, si proche. Je respire difficilement. Ses mains viennent se poser sur mes seins très doucement. Je frissonne.

« Mon Dieu, Emma, vous êtes trempée. Attendez, je vais vous aider. »

Lentement, il défait un à un les boutons de mon chemisier et le fait glisser à terre. Bientôt ma jupe le rejoint.

« Et cette porte-là, elle mène où ?
– C'est le cabinet de toilette-spa.
– Montrez-moi ça.
– C'est petit, je doute que nous y tenions tous les deux.
– Essayons, voulez-vous ? »

Effectivement, c'est trop petit, je suis obligée de me mettre sous la douche pour que nous puissions nous y tenir tous les deux.

« Elle fonctionne cette douche ?
– Bien sûr, qu'est-ce que vous croyez ?
– Je veux voir. Je ne tiens pas à me faire avoir, vous comprenez.
– Bien sûr. On n'est jamais trop prudent. »

J'allume les robinets tandis qu'il défait ses chaussures tout en me fixant. L'eau chaude me dégouline sur le corps. Il entre à son tour dans la douche, en costume.

« Mettez-vous à l'aise », dis-je en lui ôtant sa veste.

Nous sommes trempés tous les deux. Sa chemise blanche mouillée fait ressortir son torse puissant. Ses yeux me fascinent.

« Déshabille-toi. »

J'enlève mon soutien-gorge et ma culotte, mes yeux toujours noyés dans les siens.

« C'est très joli. J'aime beaucoup ce que je vois.
– Vraim… »

Je n'ai pas eu le temps de finir ma phrase. Sa bouche a fondu sur la mienne avec l'avidité d'un fauve assoiffé. Je ne peux m'empêcher de penser aux mots d'Alice. À cette énergie animale qu'elle semble mépriser et qui m'excite au plus haut point. Nos langues s'enlacent avec violence tandis que ses mains me pétrissent les fesses.

« Emma. J'ai tellement envie de vous.
– Prends-moi. »

D'un geste, il m'a retournée et a placé mes mains sur le mur ruisselant de la douche. Sa bouche s'est abattue sur mon cou et ses dents s'attaquent à présent à mon oreille. Toute à ses caresses, je ne l'ai pas entendu se déshabiller. Et soudain, il me pénètre. Son geste est sûr, maîtrisé, il n'a aucun doute sur la force de mon désir. J'arque le dos pour le sentir encore plus profond en moi. Il s'arrête et je sens nos rythmes cardiaques battre à l'unisson. Ses doigts pincent mes tétons tandis qu'il commence son va-et-vient envoûtant. J'attends ce moment depuis si longtemps que je sens que je ne vais pas résister longtemps à l'orgasme. Je gémis en me cambrant le plus possible. Je sens son souffle chaud dans mon cou. Je vais perdre pied. Mais il se retire soudain.

« Vous savez, je crois que je dois visiter d'autres biens avant de me décider. Vous n'avez rien d'autre à me montrer ? »

Je mets quelques secondes à reprendre mes esprits. J'avais oublié notre petit jeu de rôle.

« Euh… non, désolée.
– Vraiment ? Et ce trousseau de clefs que je vois sur la table ?
– C'est un bien d'exception, je ne sais pas si vous pouvez vous le permettre.
– Montrez toujours. J'ai quelques économies. Et j'ai de sérieux garants.
– Soit. Suivez-moi. »

Nous sortons de la douche. Nus. J'hésite un instant puis je saisis les clefs et ouvre la porte d'entrée. Inutile de s'habiller, nous ne croiserons vraisemblablement personne. J'ouvre sa porte et le fais entrer dans la première pièce baignée de cette lumière grise caractéristique. D'un geste sûr, j'allume la petite lampe Art déco sur le bar.

« C'est un meublé ?
– Oui, dis-je en me dirigeant sur la méridienne qui alimente la plupart de mes fantasmes.
– C'est très joli, ce meuble.
– Oui, c'est une méridienne recouverte d'un velours rouge. C'est hors de prix et extrêmement doux. On peut y faire toutes sortes de choses… »

Je joins le geste à la parole et m'allonge dessus lascivement. Je plie les jambes et fais danser mes pieds au-dessus de mes fesses. Je minaude en tortillant une mèche de cheveux autour de mon doigt. Il marche dans le salon comme s'il visitait effectivement son appartement. Son sexe dressé ne laisse aucun doute sur ses intentions, mais il ne semble pas décidé à assouvir nos désirs. Il s'approche de moi et me caresse du regard. Ma respiration est encore courte. Et puis il tourne les talons brusquement.

« Il y a une bibliothèque quelque part ? »

Je suis debout en quelques secondes.

« Bien sûr, suivez-moi, je vous prie. »

Je suis passée devant lui. Je marche en accentuant volontairement ma cambrure.

« Très joli.
– Merci.
– Je peux ?

– Pardon ?

– M'asseoir sur ce fauteuil ? C'est un fauteuil crapaud, n'est-ce pas ?

– Euh… oui, effectivement. Il date euh… d'une époque antérieure et est lui aussi extrêmement cher. »

Il s'est assis en riant et a saisi un livre qu'il feint de consulter attentivement. Il aime jouer. Je décide de lui faire l'article, histoire de tester sa patience. Il est imperturbable. Je suis maintenant debout devant lui. Mes seins à hauteur de sa bouche. Il lit, son sexe toujours dressé comme une provocation. Doucement, je me mets à genoux et approche ma bouche à quelques centimètres. Toujours rien. Ma langue veut le goûter. Par petits coups d'abord. Je sens son souffle s'accélérer légèrement. Et puis je décide de le prendre tout entier dans ma bouche. Il semble tout à coup moins intéressé par son livre et tandis que je commence un va-et-vient en le serrant entre mes lèvres, je sens son pouls s'accélérer. Ses hanches me répondent d'abord timidement puis plus franchement. Sans cesser ma caresse, je lui prends le livre des mains et les place sur ma tête. Je sens ses doigts se crisper de plaisir dans mes cheveux et mon désir se fait de plus en plus impérieux. Son bassin se meut avec toute la violence de son désir et sa verge cogne contre mon palais. Il se retire tout à coup. Nous sommes tous les deux debout, l'un contre l'autre.

« Allons visiter la cuisine, je brûle de la voir.

– Bien volontiers. »

Je le suis docilement.

« Il est solide ce bar ?
– Je le crois. Pourquoi ? »

Il m'a soulevée avec une facilité déconcertante et assise sur le bar. D'un geste, il a écarté mes cuisses. Il me regarde longuement.

« Vous êtes très belle », dit-il en s'approchant doucement.

Je sais très bien ce qu'il va faire et je le regarde s'avancer en frémissant déjà. Libérée de toute pudeur, j'écarte les cuisses comme pour l'inviter. Sa langue est à un millimètre de mon intimité, mais il a cessé sa progression. C'est un supplice insoutenable. Son souffle que je sens par intermittence me rend folle. Soudain, il prend mes mains et les place derrière sa tête comme je l'ai fait moi-même tout à l'heure. J'appuie légèrement et sa langue trouve facilement le chemin de mon plaisir. Je gémis, déjà prête à jouir et mes cuisses sont prises d'un léger tremblement. Il cesse un instant pour placer mes jambes autour de son cou. J'ai la tête en arrière, les yeux fermés, entièrement livrée à ses lèvres et sa langue experte. Il s'est arrêté soudainement.

« Ouvre les yeux.
– Pardon ?
– Je veux que tu regardes.
– Bien. »

Je me relève légèrement et je vois sa tête prisonnière de mes cuisses. Son nez, sa langue et mon corps qui répond en rythme. Cette vision décuple mon plaisir, je suis au bord de l'orgasme ; je réussis à articuler :

« Arrête, s'il te plaît.
– Tu n'aimes pas ?
– Au contraire, je vais jouir.
– C'est bien mon but, figure-toi. »

Il reprend sa caresse ensorcelante et je m'abandonne entièrement au plaisir. Je regarde mon corps réagir à ses coups de langue et le plaisir imprimer en moi son rythme fou. Je me vois perdre pied, mon bassin se soulever malgré moi et mes cuisses s'écarter comme jamais. Je jouis longtemps.

Quand j'ai retrouvé mon calme, il me soulève à nouveau du bar et me pose devant lui. Ses lèvres se posent tendrement sur les miennes. Ma langue cherche la sienne et la trouve rapidement. Il me serre fort dans ses bras.

« J'ai faim, pas vous ?
– Si, très. »

Il est passé derrière le bar et a ouvert le réfrigérateur.

« Tiens, vous n'avez pas touché au caviar ?
– Je n'ai pas osé…
– C'est le moment où jamais. Allez vous installer sur le lit, je nous prépare un encas. »

Je m'exécute sagement. Je m'assois en tailleur. J'ai l'impression que mon corps résonne encore du plaisir que je viens de ressentir. Je ferme les yeux un instant.

« Une coupe de champagne ? »

Le voilà. Il me tend une coupe et un cracker recouvert de caviar. C'est bon.

Nous n'échangeons pas un mot pendant cette courte pause. Lui assis au bord du lit et moi à quelques centimètres en tailleur.

Il est presque dos à moi et je regarde ses muscles se dessiner. Je me mets à genoux pour les embrasser doucement et son contact fait tout de suite renaître en moi le désir que j'avais cru durablement assouvi un instant plus tôt. J'ai envie de goûter chaque centimètre de sa peau salée. Je m'attarde sur ses dorsaux avant de remonter vers son cou, son oreille. Ses cheveux sentent bon.

Tout à coup, il saisit mon visage par-derrière et m'embrasse furieusement en me mordant légèrement la lèvre inférieure. Je ne peux plus respirer, mais je pourrais très bien mourir sous une telle étreinte. Il se retourne et nous sommes maintenant agenouillés l'un contre l'autre. Mes mains parcourent son dos, s'attardent sur ses fesses tandis qu'il fond sur mon cou, l'étouffant de baisers et de morsures. Une main indiscrète me caresse les fesses et je sens bientôt deux doigts s'enfoncer en moi. Encore !

« Viens sur moi. »

Il s'est rassis et je viens m'empaler sur lui. Je n'ai jamais rien ressenti de tel. Je sens son sexe durcir encore en moi. Je me laisse envahir par la sensation avant de bouger lentement mon bassin de bas en haut. Il me regarde dans les yeux et son regard m'électrise. J'accélère et nos souffles se font courts. Je laisse tomber ma tête en arrière, mais une main puissante vient lui intimer l'ordre de se tenir. Il veut que je regarde de nouveau. Il veut que je nous regarde jouir. Le plaisir est à quelques secondes, tout prêt à nous submerger, il nous guette comme une bête sauvage. Le rythme est soutenu, je ne peux retenir mes cris. Soudain le regard de Charles vacille légèrement. La digue a cédé, la jouissance vient nous submerger tous les deux avec une force inouïe. Nous restons dans cette position de longues minutes. C'est comme si aucun de nous deux n'osait bouger. Jouir jusqu'au dernier spasme, retenir la moindre parcelle de plaisir

50

L'HEURE DES EXPLICATIONS

Je frissonne. Malgré le rayon de soleil qui me chauffe la joue, j'ai un peu froid. Je suis seule dans le grand lit de Charles. Une fois de plus. Mais il n'est pas loin, je l'entends qui fredonne dans la cuisine en faisant du café. Je tire le drap de lin sur moi en soupirant d'aise. J'aime ces moments où mon corps apaisé et comme endolori se réveille centimètre par centimètre. Il a mis de la musique, du jazz manouche, je crois. J'ai faim. Charles glisse un œil curieux dans la chambre. Je lui souris.

« Bien dormi ?

– Bien, mais pas assez…

– C'est un reproche ?

– Je ne me permettrais pas !

– J'espère bien. Vous savez, je crois que je vais le prendre cet appartement. Il me plaît bien. Il est très fonctionnel.

– Il offre de belles prestations, en effet.

– Ton professionnalisme m'impressionne.

– N'est-ce pas ?
– Un café ?
– Volontiers. »

Il va falloir qu'on parle, je pense. Pas de notre relation, non, j'ai bien retenu la leçon. De sa femme. De sa femme et moi plutôt. Comment elle est entrée dans ma vie…

Je ne vois pas comment aborder ça sans tout gâcher. Hier soir, ce matin, tout semble si parfait.

Sans compter que je ne sais toujours pas ce que Guillaume vient faire dans cette histoirc. Est-cllc vraiment sa tante ? Quel genre de relation entretiennent-ils tous les deux ? Et Guillaume et moi ? Qu'est-ce que nous sommes l'un pour l'autre ?

Si je lui en parle, comment va-t-il réagir ? Il faut que je lui dise. C'est par moi qu'il doit l'apprendre.

« Tu connais Florence ?
– Qui ?
– Florence. La ville en Italie.
– Pardon. Oui. Enfin de nom et de réputation.
– J'y vais la semaine prochaine, je dois y rencontrer des artistes. J'espère être plus chanceux qu'à Los Angeles.
– Ah oui. Sans doute.
– Ton café.
– Merci. »

Silence. Est-ce qu'il va m'inviter ? Il ne me parle quand même pas juste de son emploi du temps fascinant pour me faire la conversation ? S'il te plaît, s'il te plaît, s'il te plaît !

« Tu viens avec moi ? J'ai une suite charmante qui donne sur le Duomo. En tant que spécialiste de l'immobilier, je pense que ça pourrait t'intéresser. »

Alléluia ! Ne pas sauter de joie. Rester détachée. Je nous vois déjà dans un grand lit blanc immense avec une vue à couper le souffle. Faire l'amour des heures, déguster des glaces. Boire du chianti au lit.

« Oui, sans doute. Ça pourrait être intéressant effectivement.

– Parfait. Nous partons mardi. Tâche de t'arranger avec ton employeur. »

Mince ! C'est vrai que je travaille maintenant. En parlant de ça, quelle heure peut-il bien être ? Tandis que je fouille dans mon sac à la recherche de mon téléphone, j'entends Charles aller et venir dans la grande pièce.

« Emma ?

– Charles ?

– Tu ne m'aurais pas emprunté quelque chose par hasard ?

– Quoi donc ?

– Un mètre soixante environ, marron, en forme de vierge...

– Hein ?

– Statue, sœurs Petrovska... ça ne te dit rien ?

– Tu as la mémoire courte. Eliott, assistant stagiaire... ça ne te dit rien ?

– Non. »

Oh! mon Dieu! Il a l'air sérieux. Je sens qu'avant l'explication douloureuse au sujet d'Alice va avoir lieu celle sur le vol d'œuvre d'art duquel je dois m'être rendue complice.

Il est au seuil de la pièce, une serviette à la taille. Beau à tomber. J'ai instantanément envie de lui, mais je sens que l'heure n'est plus aux batifolages.

« Qu'est-ce que c'est que cette histoire d'Eliott ?

– Je... Un jeune homme s'est présenté ici comme ton assistant. Il m'a dit qu'il devait prendre la sculpture. Je l'ai cru. Il ne fallait pas ?

– Putain ! »

C'est la première fois que je l'entends jurer. Il a l'air grave.

« Mais tu n'as rien ? Il ne t'a rien fait ? Il était comment ? Baraqué ? Russe ?

– Non, un jeune sympa, tout ce qu'il y a de plus normal. Mais oui, j'ai vu des Russes rôder dans le coin récemment. Ils te cherchaient. Qui sont ces gens ? Que te veulent-ils ?

– Tu vas me promettre de ne plus jamais ouvrir aux inconnus, Emma.

– Oui papa !

– Je ne plaisante pas.

– OK, d'accord. Mais tu m'expliques ?

– Je... c'est une longue histoire, c'est compliqué. Merde, on sonne. Ne bouge pas d'ici. »

Je suis pétrifiée. Qu'est-ce que c'est que cette histoire ? Pourquoi ne m'en veut-il pas plus que ça ? Oserais-je lui avouer que le dénommé Eliott m'a eue à la flatterie ?

Je regarde l'heure sur mon portable que je viens enfin de retrouver. 11 heures, ce n'est pas très professionnel tout ça ! Un texto. Sans doute Diane qui m'engueule.

[Je suis à sa porte. Je dois savoir, vous aviez raison. Ce qu'il y a entre nous. Merci de vos conseils. A. Duval.]

Où est la sortie de secours ?

VII
PRISE AU PIÈGE !

51

LA MANTE RELIGIEUSE

Je relis en tremblant les quelques mots du SMS :

[Je suis à sa porte. Je dois savoir, vous aviez raison. Ce qu'il y a entre nous. Merci de vos conseils. A. Duval.]

Sauf que si vous, Alice Duval, êtes à la porte de chez votre mari prête à le reconquérir, je suis moi, Emma, dans son lit ! Lui, à la cuisine, vient d'entendre la sonnette. Moi, les cheveux ébouriffés et le teint rose, complètement paniquée, je suis en train de compter les pas de Charles marchant vers la porte d'entrée pour ouvrir à qui vient de sonner. Le temps s'est arrêté et je n'entends que mon cœur battre à en éclater mes tympans. Mes doigts tremblent et mon téléphone portable glisse de ma main, entre mes seins et sur mon ventre pour se perdre dans les draps.

Pas le temps de partir à sa recherche, il faut trouver une solution. Je regarde à gauche et à droite une sortie de secours, mais ce n'est pas dans une chambre à coucher que je vais voir un panneau vert « exit » lumineux ! Je me lève, et je me rappelle alors que je suis complètement nue. Mes vêtements doivent probablement égayer toutes les pièces de l'appartement. D'un geste automatique, ma main gauche attrape mon épaule droite pour cacher ma poitrine avec mon coude, et ma main droite descend recouvrir mon sexe.

En une fraction de seconde, cet accès de pudeur m'irrite. Je sens que j'ai changé depuis quelque temps. Je ne suis plus embarrassée par mon corps de femme ; j'assume pleinement qui je suis et le fait que, oui, je suis nue, et je peux affronter le monde en cette tenue !

Le bruit de la porte d'entrée me ranime comme un électrochoc. Affronter le monde ? Dans ma tête peut-être, mais Alice, la femme de Charles, en chair et en os à cinq mètres de moi, sûrement pas ! Je me glisse contre le mur, sous un tableau orientaliste, et me plaque contre le papier peint. J'observe la scène à travers l'interstice de la porte de la chambre. On ne me voit pas, OK. C'est déjà quelque chose de gagné. J'observe Charles de dos. La serviette autour de la taille, les muscles de ses épaules se dessinent dans la lumière. Ce n'est absolument pas à propos, mais je sens que j'ai envie de lui, là, maintenant. Super le timing ! Il m'affole complètement.

Je ne les entends que mal. Alice est à moitié cachée par le magnifique corps de son mari. Charles a l'air estomaqué par sa présence. Très gêné aussi, mais je n'arrive pas à déterminer si c'est par ma présence ou par celle d'Alice… Je perçois quelques bribes :

« Toi ici, mais pourquoi… comment ?
– Je crois que nous nous devons une explication. »

Les yeux d'Alice brûlent d'intensité. Je comprends comment Charles a pu tomber éperdument amoureux de cette femme. Et je crois que je mesure mon attachement à Charles à l'intensité de la brûlure de jalousie que je ressens à l'instant. Un sentiment nouveau pour moi ; quelque chose que mon cœur n'avait encore jamais éprouvé…

Alice se penche vers Charles pour lui susurrer quelques mots à l'oreille. Je vois ses cheveux caresser la joue de Charles d'avant en arrière.

Que peut-elle bien lui dire ?!

Et là je vois ses mains s'approcher de la taille de Charles.

Mais enfin, recule ! Bouge ! Charles, que t'arrive-t-il ? Pourquoi ne fais-tu rien ?

Mon cerveau hurle mais mes lèvres sont figées, mes yeux glacés. Je me rends compte que je suis en train de serrer de colère, dans mon poing, une petite statuette qui était posée sur la commode. Une petite statuette d'un bel homme, nu, sexe dressé… à l'image de Charles en ce moment ?

Soudain, Alice défait d'un geste la serviette de Charles. Il est nu, face à elle. Je le vois de dos, ses fesses saillantes, fermes et musclées. Alice regarde Charles de haut en bas avec un regard conquérant. Elle pose doucement le bout de son index contre sa poitrine et se met à le pousser légèrement. Il semble hypnotisé. Je comprends vite qu'elle le dirige vers la chambre où je me trouve justement ! Comme une sorcière vaudou, Alice semble avoir envoûté Charles. Il recule pas à pas et leur discussion s'étiole, les mots se font rares. Ils ne sont plus qu'à quelques centimètres de la porte de la chambre.

Vite, sortir de là ! La panique commence à me gagner. De peur, je lâche la statuette que je tenais en main, elle va se briser à terre, je tente de la rattraper d'un geste du pied, mais je n'arrive qu'à lui donner un coup qui envoie la figurine voler de l'autre côté de la chambre. Pourvu qu'elle ne fasse pas trop de bruit !

La statuette rebondit contre le mur en face, retombe, et heurte le sol avec un bruit sourd. Regard vers Alice et Charles. Ils semblent n'avoir rien entendu, tout ensorcelés qu'ils sont.

Ouf !

Je recule rapidement le long du mur. Je sens le papier peint froid frotter contre mon corps nu. La chambre est grande et je n'avais jamais vraiment prêté attention à sa configuration – c'était en général direction le lit et c'est tout.

Mon pied sent derrière moi l'ouverture du dressing et, d'un pas leste, je m'y engouffre à reculons. La porte de la chambre s'ouvre doucement, et j'aperçois les silhouettes d'Alice et Charles passant l'encadrement. Je cherche d'un regard autour de moi ce qui pourrait m'aider à me cacher ici – vêtement ou autre. Je vois alors que je ne suis pas dans le dressing mais plutôt dans un interstice entre celui-ci et un placard. Un petit interstice que je n'avais jamais remarqué ; un petit interstice en tout cas bien pratique pour moi en ce moment car il me permet d'être à l'abri des regards, et… d'observer la scène. Mais est-ce que j'ai vraiment envie d'assister à ce qui va a priori se passer dans cette chambre dans les cinq minutes à venir, dans ce lit, là, devant moi, tout juste quelques heures après que Charles et moi avons… Non ! Sortez-moi de là, c'est un cauchemar !

Alice et Charles sont à trois mètres de moi et lui s'est figé. Alice commence à déboutonner son gilet, et je vois son soutien-gorge couleur prune briller sur sa peau blanche. Mais Charles a l'air de retrouver ses esprits : il secoue doucement la tête et prend la parole. Lentement d'abord, puis de plus en plus vivement. Je n'entends ni ne vois tout, mais je crois comprendre grossièrement ce qui se trame.

« Attends Alice, je crois qu'il y a méprise. »

Alice finit de déboutonner son gilet noir.

« Comment, Charles ? La seule méprise qu'il y ait eue c'est celle qui nous a séparés si longtemps. »

Alice retire son gilet, une manche après l'autre, en faisant délicatement glisser le tissu sur sa peau.

« Alice, je ne suis pas sûr de vouloir ceci.
– Ce n'est pas l'impression que tu me donnes, Charles… »

Alice regarde alors sa nudité virile et imposante.

« Alice, nous devons parler. De toi, de moi, de nous. De tout ceci. De notre histoire et de ce que nous vivons et ressentons, chacun…
– Chacun ? Que veux-tu dire, Charles, il n'y a pas de « chacun », il n'y a que nous deux. Enfin Charles, je te connais si bien, je vois dans tes yeux…
– Que vois-tu dans mes yeux, Alice ? »

Alice est en soutien-gorge. Je ne peux m'empêcher de trouver cette femme très belle. Son caractère triste et effacé a fait place à une âme bouillonnante. Ses yeux sont de braise et je vois sa poitrine se soulever et s'abaisser au rythme d'une respiration profonde et soutenue. Elle se met à descendre lentement la fermeture Éclair du côté de sa jupe. Je sens Charles en proie à une lutte intérieure.

Mais va-t'en Charles ! Dis-lui de partir ! Elle n'a rien à faire ici, cette bonne femme ! C'est toi et moi, et c'est tout ! Charles !

« Alice, je crois qu'il est peut-être maintenant temps de faire un point sérieux sur notre relation.

– Justement, Charles, je suis là pour ça. Et je crois que c'est exactement ce que nous sommes en train de faire. »

Alice fait glisser d'un geste sa jupe à terre. Je la vois en lingerie, ardente, et si femme. Tout simplement offerte à Charles. Il n'a qu'à se baisser pour cueillir cette fleur incandescente.

Je me sens d'un coup si jeune et ingénue, si fillette, moi, nue comme une gamine, à quelques pas de cette femme exhalant la sensualité et la féminité dans sa magnifique lingerie prune et dentelle. Sa culotte lui dessine les hanches si parfaitement et son décolleté est si généreux…

Charles, ne te laisse pas manipuler par cette mante religieuse !

Alice avance doucement d'un pas sensuel vers Charles. Elle passe ses mains derrière son dos et dégrafe d'un coup son soutien-gorge. Elle est si proche de Charles qu'en tombant, la lingerie caresse son torse viril pour finir à ses pieds. Je vois les lèvres d'Alice bouger ; que lui chuchote-t-elle ? Charles n'a pas l'air de réagir ; ses yeux parfois si ardents m'ont l'air froid et glacé.

Est-ce que je me fais des idées ? Est-il en train de se laisser prendre dans la toile d'araignée de cette femme noire et insondable ? Pense-t-il à moi ? Que se dit-il ? Que je suis partie ? Il sait très bien que j'étais dans la chambre lorsqu'Alice a sonné. Ou alors est-il pervers ? Veut-il faire exprès de me rendre jalouse ? De me rendre dingue ? Il ne veut quand même pas que j'assiste à leurs ébats ?

Je ne sais plus quoi penser. Soudain, j'ai l'impression de ne plus connaître cet homme. Comme si tout le chemin parcouru s'était effacé d'un coup de balai passé par Alice.

Je ferme les yeux et reprends mon souffle. J'ai la tête qui tourne. Ne pas s'évanouir. Ne pas faire de bruit. Ils ne doivent pas savoir que je suis là, à pouvoir les voir et les entendre. J'imagine alors la scène : moi évanouie, nue et ridicule, Charles essayant de me réveiller, Alice au second plan arborant un air moqueur et triomphant disant : *« Alors, Charles, c'est ça ta petite minette du moment ? Celle qui distrait tes week-ends ? »*

Non !

Vite, reprendre mes esprits. Je recule d'un pas vers le fond du mini cagibi dans lequel je me trouve, et je repose ma tête et mon dos contre le mur. J'inspire profondément pour souffler un mince filet d'air à travers mes lèvres serrées. Je bascule ma tête en arrière, et lève les yeux vers le plafond où j'aperçois, peints, des symboles bariolés auxquels je ne comprends rien. Derrière mon dos, je sens avec mes paumes que le mur n'est pas froid. De manière surprenante, il semble légèrement bouger sous mon poids, comme cédant de quelques millimètres. Machinalement, j'appuie un peu plus fort avec les mains. Un petit clic se fait entendre. Soudain, un éclair de lumière ! Je bascule complètement.

J'essaie de me rattraper à ce que je peux. Tout se passe en une fraction de seconde. Je suis tombée à la renverse, et me retrouve fesses par terre, jambes pliées en X, coudes au sol. Il me faut deux secondes pour comprendre ce qui m'arrive. La cloison s'est ouverte et je suis passée de l'autre côté, dans une autre chambre. Une fausse cloison ? Un passage secret ? Qu'est-ce que c'est que ces histoires ? Que vais-je découvrir encore ?

Mais je reconnais ce parquet, ces meubles et ce lit… C'est chez moi, c'est ma studette !

52

EXPLOSION

Qu'est-ce que cela veut dire ? Un passage secret entre l'appartement de Charles et le mien ? Et il ne m'a rien dit ? Mais que se passe-t-il, Charles se fiche de moi ? Et parfois il passe chez moi sans me le dire, c'est ça ? Quand je ne suis pas là ? Je sens la colère bouillonner en moi. Mes joues sont en feu. J'ai l'impression que mon crâne va imploser.

Trop de choses se bousculent dans mon esprit. Je ne veux plus rien savoir, juste me poser quelques minutes sans penser à rien, tête vide, tête calmée. Encore au sol, je me remets sur les genoux et pousse sur mes bras. Mes cheveux en plein visage, je ne vois rien. Je passe mes deux mains dans les cheveux, de chaque côté du crâne, d'avant en arrière. Je suis maintenant relevée, avec face à moi le miroir de ma penderie. Ah oui, je suis nue ! Tous ces événements m'ont refroidie. Vite, enfiler quelque chose. J'ouvre la porte de la penderie et attrape ma robe portefeuille noire à pois blancs. Un bras, l'autre bras ; un pan, un nœud ; l'autre pan, un autre nœud. Une torsade de cheveux, une baguette pour les faire tenir. Un coup d'œil dans le miroir. Oui, je suis belle. Oui, je dégage de la sensualité. Oui, je suis femme aussi. Non mais ! Qui veut prétendre le contraire ?

Étape numéro deux : le café. Une petite capsule violette dans la machine, le bouton, et le bruit de grognement habituel qui me rappelle les matins ordinaires. Quelques gorgées de liquide brûlant et je commence enfin à émerger de ce brouillard cauchemardesque. Ce regain de lucidité me fait lever les yeux vers la cloison par laquelle je suis passée cinq minutes plus tôt. Tout s'est refermé. Pas une trace de ce passage, à l'image de ma vie, là ce matin ? Comme si mon existence venait de basculer, et qu'un chapitre s'était refermé pour toujours ?

Un peu d'air, vite ! Je me dirige vers la fenêtre. Je l'ouvre en grand et profite de la chaleur du soleil radieux qui me caresse le visage. Ah les bruits de la ville, un peu de vie pour me réveiller ! Mon regard navigue de fenêtre en fenêtre le long des immeubles. J'entraperçois tant de vies simples et heureuses dans tous ces appartements... Pourquoi n'est-ce pas pour moi ? Mon regard glisse vers la rue, tout en bas. Des hommes et des femmes, comme des fourmis, grouillant dans tous les sens. Mais mon regard est happé par quelqu'un. Cette femme, là... Habillée tout de noir, faisant résonner ses talons sur le trottoir, c'est... Oui c'est elle !

Alice, en train de courir, là, en bas de l'immeuble. Une immense voiture noire arrive à toute allure du bout de la rue. Crissement de pneus assourdissant, et le véhicule pile au niveau d'Alice. La portière s'ouvre, Alice s'y engouffre. Claquement de portière. Les vitres sont parfaitement opaques. Coup d'accélérateur hurlant, et la voiture gronde jusqu'à l'angle où elle tourne pour disparaître en un instant dans le labyrinthe de la ville.

Mais, donc, si Alice est partie si vite, c'est qu'il ne s'est rien passé avec Charles ? Mon cœur s'emballe. Qu'a-t-il donc fait ? L'a-t-il jetée dehors ? S'est-elle moquée de lui en le laissant en plan ? M'ont-ils entendue passer à travers la cloison ? Le bruit les a-t-il interrompus au milieu de leur affaire ?

Le calme est revenu plus bas dans la rue. Mais de nouveau, au coin, apparaît une autre voiture noire. Quasiment identique à la première, celle-ci prend son temps, et semble glisser hors du temps le long de la chaussée. Calmement, elle s'arrête pile en bas de l'immeuble. En sortent trois individus habillés de noir, avec lunettes de soleil. L'automobile reprend son trajet pour disparaître à son tour, en silence, à l'angle de la rue. Les trois hommes scrutent l'immeuble de haut en bas, et semblent parler tout bas à leur col de chemise, pensant visiblement passer inaperçus. Pour la discrétion, c'est raté ! Autant demander à Lady Gaga de passer incognito ! Alors, même s'ils n'ont pas l'air commode, ils me font doucement sourire avec leur faux air de Blues Brothers coincés.

Soudain, je vois l'un des trois hommes regarder vers ma fenêtre, la main droite en visière au-dessus des yeux. Je me baisse à toute vitesse, comme prise en faute. Il est loin, mais je crois bien que nos regards se sont croisés.

Et puis alors ? Je suis chez moi, non ?

Qu'est-ce que je me sens bête de me sentir coupable pour un rien. Il n'empêche que je reste accroupie, et que je referme la fenêtre en poussant les deux pans par en dessous, bras tendus. Je me relève pour me diriger vers la porte. Deux pas, et je sens un petit courant d'air dans le cou et une voix que je reconnais immédiatement. Charles ! Il est arrivé par le passage dans le mur. Je vois derrière lui la cloison qui se referme sans bruit et sans trace.

« Alors Emma, on a peur des fenêtres ouvertes ? »

Sa voix est posée et suave.

« Pardon ? Tu viens me parler avec ta jolie voix douce ? Comment oses-tu faire comme si de rien n'était ? Tu te rends compte de ce qui vient d'arriver ?
– Emma, voyons, je ne t'ai jamais vue aussi en colère. Tout va bien, je suis là. Viens, partons. Je t'emmène. Allons à Florence. Posons les choses. »

Charles reste calme et tendre. Il s'approche de moi. Il commence même à me prendre les hanches. Il glisse sa main entre les pans de ma robe. Mon corps semble répondre mais ma tête et mon cœur ne veulent pas. Sa main vient de se rendre compte que je ne porte pas de culotte, et descend doucement ; mon corps frémit. Mais d'un coup sec je dégage son poignet.

« Tu continues ? Je suis ta chose ? Celle que tu ramasses quand la première n'est plus là ? Et d'ailleurs Charles, comment sais-tu pour la fenêtre ouverte ? »

En disant ces mots, mon cerveau tilte. Je me précipite vers la cloison maintenant refermée. J'ai un pressentiment bizarre. Je palpe le mur avec les doigts, tout en regardant de près les petites aspérités du mur. Soudain, mon cœur se fige. Je me rends compte qu'à hauteur d'yeux, niché dans le relief de la cloison, un petit trou, un minuscule rond, permet de regarder au travers. En clair, il permet d'espionner.

« Charles ? Qu'est-ce que c'est que ça ? Tu peux m'espionner dans ma studette depuis ta chambre ? Et tu fais ça avec beaucoup de tes locataires ? Tu ne loues peut-être qu'à de jeunes étudiantes plutôt mignonnes et influençables ? Pour ensuite les amener dans ton lit ? Alors comme ça, tu sais tout de mes allées et venues ? Et puis ensuite tu fais semblant de rien pour te fiche de moi ? Et ce passage secret ? Tu venais fouiller chez moi peut-être ? Fouiner dans mes vêtements ? Dans ma lingerie ? Espèce de pervers ! Espèce de pervers ! Espèce de pervers ! »

Je sens que la colère m'emporte, que j'ai juste envie de faire du mal, que je me venge aussi de l'incident avec Alice ; et je sais que mes mots dépassent ma pensée. Je ne crois pas réellement Charles capable de tout ça, mais alors quelle explication donner ? Je me rends compte que moi, la petite Emma, je suis en train de crier au visage de M. Charles Delmonte, devant qui je me sens minuscule. Et j'ai l'impression que mes hurlements ne font qu'éloigner Charles de moi, que je suis en train de rendre, moi seule, irréparable la cassure de ce matin.

« Et Alice ? Pourquoi l'as-tu laissée t'approcher et te manipuler comme ça ? »

Je vois bien que Charles n'essaie même pas de parler pour se défendre. Non pas qu'il n'ait rien à dire, mais il voit que je suis devenue incontrôlable et irraisonnable. Mais je n'arrête pas, je suis comme en transe.

« Enfin, Charles, je crois que c'est le moment pour toi de me dire une fois pour toutes ce que je représente pour toi. Je suis quoi ? Est-ce que tu m'aimes Charles ? Est-ce que tu m'aimes ? Il n'y a que deux réponses possibles à cette question, Charles, et dans les deux cas tu me dois une explication. »

Charles ne desserre pas les lèvres. Je vois dans ses yeux une expression triste et résignée. Je sais qu'il ne parle jamais de ses sentiments, mais Charles ! Là, j'en ai besoin, je t'en supplie. Mais il ne dit pas un mot et secoue lentement la tête. Il recule lentement en me regardant droit dans les yeux.

« Charles ! »

Il se retourne, ouvre la porte et sort. Je suis glacée. Mes jambes tremblent. Le silence de la pièce résonne encore des cris. Je me sens comme ivre. Mon crâne me fait mal. Direction cuisine, un Doliprane dans un grand verre d'eau.

Bon, je vais appeler Manon. Histoire de me remonter le moral et d'aller de l'avant. Je crois que je dois poser et réfléchir au trop-plein d'événements, et puis Manon, c'est une combattante ! Elle sait toujours tout, et surtout comment se sortir de toutes les situations. Comment ça peut exister des filles comme ça ? Il y a une formation ? Un bac pro « nana guerrière » ? Un brevet « situations de crise » ? En tout cas, elle les a tous remportés haut la main, ça c'est sûr ! Ces petites pensées me font sourire. Ben voilà ! Rien que d'évoquer Manon, ça me soulage un peu. Je suis contente de l'avoir rencontrée, cette fille-là.

Bon, mon portable maintenant. Ah ! Ces satanés machins disparaissent toujours quand on en a besoin. Par contre, il y a toujours un type pour le faire sonner au pire moment. Objet du démon ! Bref, bizarre tout de même, ce n'est pas si grand chez moi. Voyons, refaisons un peu le déroulé des événements… Mais merde, je suis bête ou quoi ? Mon portable est resté dans le lit de Charles, caché dans les draps ! Qu'est-ce que je suis censée faire maintenant ? Juste sonner à sa porte ? *« Bonjour, monsieur Delmonte, je viens récupérer mon portable et ma petite culotte. »* Non, ça ne le fait pas. Mince ! Charles… À l'évocation de son nom, je me sens submergée d'émotion. J'ai les larmes qui me montent aux yeux.

Je souffle un grand coup. Il va bien falloir l'affronter un jour. Et il faut battre le fer tant qu'il est chaud. Je me dirige vers la porte de ma studette, et je sors aussi silencieusement que possible. Je vais vers la porte de Charles, l'estomac complètement noué et les jambes flageolantes. Alors que je m'approche de son appartement, il me revient à l'esprit que je ne porte toujours pas de culotte. Je dois avouer que bizarrement, ne pas porter de culotte me donne un peu d'assurance supplémentaire, je ne sais pas pourquoi. Alors que l'Emma d'il y a quelques mois aurait été mortifiée de honte de devoir faire une chose pareille… À quelles métamorphoses n'est-on pas sujette au cours de la vie !

Et quand il me verra, que dira Charles ? Qu'est-ce que ses yeux vont dire ? Et son corps ? Va-t-il se confondre en excuses ? Se jeter sur moi pour m'embrasser, passer sa main entre les pans de ma robe et entre mes jambes offertes ? Me dire qu'il m'aime ?

Plus qu'un mètre avant d'avoir à sonner chez mon M. Delmonte. Je lève le doigt vers le bouton, prête à appuyer, quand j'entends un cliquetis, et la porte d'entrée s'ouvre devant moi. Je retiens ma respiration. Charles ?

Non. C'est la concierge. Visage fermé, comme d'habitude, elle tient une petite pile de vêtements bien pliés. Elle me les tend. Dis-donc, ce n'est pas l'amabilité qui la fera crever, elle.

« Tenez mademoiselle Maugham. M. Delmonte m'a donné ceci pour vous. »

Je reconnais mes habits de la veille, pliés avec soin. Je ressens tout de même une pointe de honte parce que je vois bien qu'elle n'est pas dupe pour un sou.

« Ah, et j'allais oublier ceci également. »

Elle me tend mon téléphone portable. Je n'ai même pas le temps de grommeler un merci inaudible que la porte s'est déjà refermée devant moi. Je suis maintenant seule dans le couloir sombre et froid, avec ma petite pile de vêtements à la main. Ridicule.

J'appuie sur le bouton de mon portable. Je vois que j'ai reçu un SMS. Écrit en gros « Guillaume Bibli » et les premiers mots du message :

[Coucou mignonne, je pense à toi comme…]

Je regarde l'heure du message : c'était il y a plus d'une heure. Aucune chance que Charles ne l'ait pas vu. J'ai juste envie de hurler de colère et d'énervement. Je prends mon portable et je le jette violemment contre le mur. Gros bruit, il tombe à terre. Merde, quelle idiote de faire un truc pareil ! Je me précipite pour le ramasser : pas une rayure. Même ça, je n'en suis pas capable. Quelle nulle je fais. Casser un bout de plastique, je ne sais pas le faire, mais par contre briser une relation amoureuse...

53

NUAGES SUR LA VILLE

Lendemain gris et pluvieux. Le réveil hurle pour que je me lève. J'appuie sur le bouton « snooze » au moins trois fois avant de me persuader que vivre éveillée est finalement mieux que vivre assoupie. Hier, le soleil me déprimait parce que je voyais les autres heureux, mais là, la pluie me rend parfaitement fermée et détestable. Je n'ai pas envie de sortir du lit même si je sais que le travail m'attend.

Je pense à Charles. À ses yeux, à sa bouche. Je me refais mille fois nos conversations dans la tête. Et si les choses s'étaient passées différemment. S'il m'avait dit qu'il m'aimait, qu'il me suivrait jusqu'au bout du monde. Qu'il s'excusait de sa réaction avec Alice. On se serait jetés dans les bras l'un de l'autre. On se serait embrassés de façon torride. On aurait fait l'amour immédiatement après ses excuses. Là, sur le sol. Lui, puissant et viril, ses muscles luisant dans la pénombre. Moi, abandonnée dans ses bras, comme une proie face à un prédateur, ne pensant plus à rien ; ne pensant plus qu'à lui… Sans m'en rendre compte, ces pensées m'envahissent. Je commence à m'entortiller dans les draps. Doucement d'abord, puis de plus en plus fort. Mes mains font ce que Charles ferait : elles se mettent à courir sur mon corps, caressant les bras, le cou, le visage, puis le ventre, les seins. Mes mains descendent le long des hanches puis sur les cuisses. Doucement, lentement. Mes yeux mi-clos, mon esprit dans mes rêves. Mes doigts vont d'avant en arrière. Je sens mes ongles griffer doucettement ma peau. Mes mains remontent le long des cuisses, entre mes jambes. Mon corps commence à chauffer ; je m'entortille de plus en plus dans les draps, dans la couverture. Je laisse échapper quelques gémissements. Mes doigts remontent dans mon entrecuisse, je sens que je vais arriver à… Ça commence à… Je vais…

Bip ! Bip ! Bip ! Bip ! Bip ! Bip !

Ah ! Satané réveil ! 8 h 50 ! Bordel, je dois être à l'agence à 9 h 30, et la seule manière pour moi d'être à l'heure serait la téléportation ! Vite, je me jette hors des draps, et dois abandonner toute velléité de terminer mon doux rêve comme je l'aimerais. Je cours autant qu'il est possible dans 25 mètres carrés ; j'allume en vitesse la cafetière pour qu'elle chauffe. Hop ! Dans la douche. Pas le temps de laisser la chaudière paresseuse se mettre en route. Une douche glacée, ça réveille. Et ça fait hurler ! Un coup de gel douche aussi rapide qu'un toast au grille-pain, et rinçage express.

J'ai encore la chair de poule de la douche froide quand je cours vers la cuisine – petite capsule violette dans la machine à café – et que je me retrouve devant ma penderie, toute nue. Nue comme hier, mais pas le temps de m'apitoyer sur mon sort de la même manière. Sans y réfléchir à deux fois, je veux être sexy et désirable aujourd'hui. Comme une revanche. Non pas que je pense croiser Charles aujourd'hui – il a dû déjà partir en jet pour la biennale de Venise ou le festival de Trifouillis-les-Oies, enfin bref, loin, vite et pour travailler.

Non, je veux être belle pour moi. Pour montrer au monde qu'Emma Maugham est une femme magnifique sur laquelle tous les yeux devraient se tourner !

J'enfile ma jolie culotte vert pomme aux liserés noirs. Le soutien-gorge assorti, sans bretelles, celui qui met tant en valeur ma poitrine. Celui que j'appelle mon « soutien-gorge gros seins ». Je peux donc mettre ma robe bustier : la petite robe si échancrée que j'ose rarement la mettre. Un coup d'œil dans le miroir : n'est-ce pas un poil exagéré pour une journée de travail ordinaire ?

Si, un poil. Et bien tant mieux !

Vite, mes escarpins, un coup de brosse devant la glace, et le maquillage, ça sera pour le métro. Cul sec pour la tasse de café, ça brûle et ça réveille. J'ouvre la porte, dernier regard : c'est vrai, il pleut ! J'enfile mon trench-coat par-dessus ma robe légère et je saute sur le palier.

Je crois que je n'ai jamais fait aussi rapide. Brevet « situations de crise », avec mention, s'il vous plaît ! Et ce coup de fouet me fait un peu oublier mes mésaventures avec Charles. En arrivant dans la rue et en courant vers la bouche de métro, j'entends mes escarpins claquer sous le cliquetis de la pluie battante. Le trottoir semble trembler sous les gouttes de pluie et dans l'affolement matinal habituel de l'heure de pointe. Là, je croise un homme bien habillé courant sous l'averse, se protégeant la tête avec son attaché-case. Je ne sais pas s'il court vers une signature de contrat avec des Chinois, mais en tout cas je le vois du coin de l'œil qui s'arrête un instant pour me regarder passer, et dans l'agitation je pense déceler un sourire. Je rougis un peu, mais je dois avouer que ce n'est pas déplaisant !

Je descends quatre à quatre les escaliers du métro. Et, une nouvelle fois, deux, trois hommes se retournent sur moi. Je n'ai pas mal fait d'avoir des envies de séduction aujourd'hui ! Bon, sauf le petit vieux avec son regard libidineux, là, mais bon, on ne peut pas faire un sans-faute du premier coup.

Métro bondé. Odeur de chien mouillé dans le wagon. Maquillage express, et encore quelques regards masculins entendus. Alors ma belle, la journée ne commence pas si mal, n'est-ce pas ?

À ce moment-là, sonnerie de SMS sur mon téléphone : c'est Guillaume.

Mais il me harcèle ou quoi ?

[Hello Emma, 1 verre ce midi ? Kfé ou plus, C toi qui vois…]

Mais qu'est-ce qu'il sous-entend ? Bon, on verra plus tard.

Je pousse la porte de l'agence. Je suis littéralement trempée. Autant m'être baignée tout habillée à Aquaboulevard. Mes cheveux font de grosses cordes, et je crois que rien que de les essorer, je remplirais la baignoire-spa de Charles ! Enfin à l'abri, je souffle un peu. Diane, toujours en avance, est déjà au boulot, assise derrière son iMac.

« Coucou Emma ! Alors, je vois que tu n'as pas encore la technique pour passer entre les gouttes.

– Hello Diane, je suis contente de te voir. Je ne sais pas si j'arriverai à travailler sans un petit café pour réchauffer le corps et l'atmosphère. Tu m'accompagnes ?

– Plutôt deux fois qu'une ! »

Je me dirige vers le fond de l'agence où siège la machine à café. J'entends un éclat de rire derrière moi.

« Emma, hi hi hi, dis-moi, hi hi hi…

– Mais qu'y a-t-il ? »

Je vois Diane soudainement prise d'un fou rire.

« Diane ? Quoi ? Tu hoquettes tellement que je ne comprends rien.
– Mais enfin Emma, hi hi hi, j'en peux plus. Emma, enfin, hi hi hi…
– Diane, quoi ? Exprime-toi, mince ! C'est quoi ces gestes ?
– Emma, retourne-toi, hi hi hi… »

Je me retourne, et je vois effectivement de quoi elle veut parler : ma robe et mon trench-coat, tous deux pris dans ma culotte. En clair, je viens de me balader dans la moitié de Paris et dans le métro avec une fesse à l'air. C'est sûr que, vu la pluie, trempée dedans ou dehors, on ne sent pas vraiment la différence…

Plutôt que de m'énerver, je vois Diane qui s'esclaffe et je ne peux m'empêcher de la rejoindre dans son fou rire. On se marre comme des baleines, pliées en deux à ne plus pouvoir bouger.

« Eh bien, ça travaille dur à ce que je vois ! »

M. Lechevalier arrive et semble apprécier la bonne humeur ambiante. Puis, d'un coup :

« Emma, direction le Quartier latin, immédiatement, pour une visite importante.
– Bonjour, monsieur Lechevalier. Je prends mon café et j'y cours.
– Je crois que vous ne saisissez pas la signification du mot « immédiatement », mademoiselle Maugham. »

Cette remise en place plutôt sèche me calme immédiatement. Diane me lance un regard compatissant du coin de l'œil. Et c'est reparti sous le déluge ! Ce n'est pas le jour pour ce genre de boulot.

« Un instant Emma.
– Monsieur Lechevalier ?
– Vous êtes bien consciente que vous ne pouvez pas vous présenter à un rendez-vous professionnel de notre agence comme ça ? »

Je rougis aussitôt.

Mince ! J'ai encore ma culotte à l'air ? La honte ! Mais non pourtant…

Ah ! Ma petite robe échancrée – pas très pro tout ça… Je balbutie :

« Je suis désolée, monsieur Lechevalier, je vais de suite aller acheter un chandail.
– De quoi parlez-vous Emma ? Ce n'est pas ça qui vous séchera. Vous ne pouvez tout simplement pas vous présenter face à nos clients complètement détrempée comme ça. J'appelle un taxi de suite, profitez de l'attente pour faire un petit quelque chose à vos cheveux au salon de coiffure d'à côté. Ils nous connaissent bien, ils vous prendront en urgence. Vous avez quinze minutes. À tout de suite !
– Je me dépêche, monsieur Lechevalier, dis-je, plutôt soulagée par la tournure des événements.

– Ah, j'oubliais…
– Oui, monsieur ?
– Quand vous venez en métro le matin, veillez à arborer une tenue présentable. Vous êtes aussi l'image de notre agence.
– Oui… oui, monsieur Lechevalier… »

Je sens la chaleur de la honte m'envahir alors que je bredouille.

J'agrippe en vitesse un parapluie noir oublié par un client, et je sors sous les chutes du Niagara. Je longe la façade de l'immeuble, et m'engouffre dans le commerce voisin, l'ultra-chic salon de coiffure Étienne Rodrigues.

J'ouvre la bouche pour expliquer ma venue, mais avant qu'un mot n'en sorte, la jolie demoiselle en face de moi me fait signe de la suivre. Je la suis en silence, dans les couloirs. J'ai l'impression d'être entrée dans un monastère grand luxe. Tout est feutré, calme et cossu. À peine quelques bruits de sèche-cheveux au loin qui ronronnent doucement. Je passe entre plusieurs tentures d'étoffe épaisse en trottinant pour essayer de rattraper ma guide. Je tente plusieurs fois un « Mademoiselle ? » ni assuré ni sonore pour essayer de lui expliquer que je ne suis pas une cliente habituelle. Surtout que je n'ai ni le temps ni le portefeuille pour une de leurs prestations usuelles !

« Asseyez-vous ici, mademoiselle Maugham.
– Me… merci… mais comment connaissez-vous…

– Ne bougez pas, mademoiselle, me coupe-t-elle, je sais que vous êtes pressée. »

Son regard compatissant pour mes cheveux me donne l'impression que j'ai une serpillière espagnole posée sur la tête.

« Euh…
– Quelqu'un arrive tout de suite, mademoiselle Maugham. »

Et elle disparaît en un instant. La seconde suivante, un magnifique jeune homme la remplace. Grand et svelte, les pommettes saillantes, je vois dans le miroir comment son pantalon enserre ses fesses. La frustration causée par mes ennuis avec Charles m'agite et me donne des idées pas très catholiques !

Mais enfin, Charles le mérite bien, les hommes sont des mufles, c'est bien connu, non ?

Mon inconnu se présente avec un large sourire :

« Bonjour Emma, je suis Hans. Je vais m'occuper de vous pendant les prochaines minutes. Nous allons faire de vous une vraie beauté. Même si dans votre cas, il n'y a pas grand-chose à faire. »

D'habitude, ce genre de flatterie me fait plutôt lever les yeux au ciel. Mais là, je dois avouer que ça fait un poil plaisir à mon ego. Je souris et je rosis, et avant de pouvoir dire quoi que ce soit, Hans plonge les mains dans ma serpillière. Je sens ses doigts fermes et agiles caresser mon crâne. Doucement et solidement, faisant quelques spirales, séparant quelques mèches. Je sens la partie charnue de ses doigts faire des allers-retours tout autour de mes cheveux. Je le soupçonne d'en faire même un peu plus que nécessaire. Je ferme les yeux et me laisse aller. Encore dix minutes devant moi, profitons-en au maximum.

Les gestes sûrs de Hans commencent à me faire voyager. Je sens une chaleur se diffuser dans mon cuir chevelu et dans mes joues, et aussi un petit frisson descendre le long du dos. Je me laisse emporter et j'ai l'impression que Hans se rend compte de mes réactions et s'affaire de plus belle. Ses mains expertes s'animent et s'enflamment. Complètement dans mon monde, mon cou oscille légèrement de gauche à droite, et je laisse échapper un petit grognement de plaisir.

À ce moment-là, je sens une petite vibration dans mon corps.

Mais qu'est-ce que c'est que ce salon de coiffure ?

Ah non, c'est mon portable qui vibre dans ma poche. Qui peut bien m'appeler à cette heure ? Non, ce n'est pas le moment ! Il n'est pas question que je réponde maintenant. Tiens, et si c'est Charles, ça lui fera les pieds ! Qui que ce soit, il attendra que je sois dans le taxi pour que je rappelle.

La voix chaude et rauque de Hans me tire de mes rêveries :

« Alors, Emma, heureuse ?
– Pardon ? Vous voulez dire ?
– Heureuse de votre coupe ?
– Ma coupe ? »

Un coup d'œil dans la glace : c'est à couper le souffle ! Je commence à comprendre qu'on puisse prendre goût à la vie fortunée. Entre les biens que je fais visiter et les doigts de fée de Hans du salon Étienne Rodrigues, il va falloir faire attention à ne pas m'habituer à tout ça !

« Oui Hans, c'est parfait, merci beaucoup.
– Au vu du peu de temps, j'ai dû abréger. J'espère que je ne vous ai pas brusquée. Vous devez être déçue, ça a été si court. Nous prendrons plus de temps la prochaine fois pour tâcher de vous faire passer un moment des plus agréables. »

Je n'arrive pas à savoir si Hans fait exprès de me faire des allusions osées ou si c'est moi qui entends tout à travers un filtre, mais pas le temps d'y réfléchir, le taxi doit m'attendre devant le salon.

Je trottine de nouveau derrière mon guide à travers les couloirs aux bruits étouffés. Arrivée à l'entrée : salutation excessivement polie et déférente, porte ouverte, porte fermée ; et je suis sur le trottoir, protégée du déluge par mon parapluie noir. Le taxi est justement là, prêt à accueillir les jeunes femmes en détresse ; je monte et me recroqueville un peu sur les larges sièges en cuir beige, en profitant de la douce tiédeur du chauffage.

Il peut décidément s'en passer des choses en quinze minutes chrono !

Je profite du trajet pour sortir mon téléphone portable : c'est Guillaume qui a essayé de me joindre. Je me dis que j'ai suffisamment retardé le moment de lui répondre. Je reprends sa fiche contact et j'appuie sur « appeler ».

Pas le temps d'une seule sonnerie, et il répond déjà.

« Allô, Emma.
– Bonjour Guillaume, comment ça va ?
– Alors tu m'évites ? Je t'ai envoyé plusieurs messages.
– Oui je sais, mais j'ai été dernièrement un peu occupée, on va dire.
– Oui mais un petit coup de fil c'est deux minutes, dit-il en me grondant gentiment.
– Eh bien justement, voilà, j'ai deux minutes alors je t'appelle. »

Il a un petit rire.

« Bon, Emma, je viens te chercher à l'agence à 12h45. Sois ponctuelle, je n'aime pas attendre. »

Non mais pour qui il se prend à m'imposer quelque chose ? Qu'est-ce qu'il lui arrive ? Il est plus doux et tendre que ça d'habitude…

« Pardon Guillaume, mais choper un rendez-vous avec une fille, ça marche mieux quand on est poli.

– Ah bon, je croyais que tu aimais être dirigée et contrôlée par un homme fort, qui prend les devants… »

Mais ça veut dire quoi ? C'est moi qui imagine des sous-entendus, là ? Il me parle de Charles ou j'invente ?

« Guillaume, ne fais pas semblant de savoir flirter avec les filles, il faut un peu plus de bouteille pour ça. »

Et vlan ! Prends-toi ça dans les dents !

Mais je regrette aussitôt d'avoir fait ma pimbêche. Il ne mérite pas ça.

« Je serai là à 12 h 45 pour t'emmener, Emma. Je te verrai avec plaisir. À tout à l'heure. »

Non mais quel mufle ! C'est pas vrai, jeunes, vieux, riches ou pas, les hommes sont vraiment tous les mêmes, c'est pas possible !

Je vois défiler les rues de Paris à travers la fenêtre du taxi. La pluie continue de plus belle, et les trottoirs sont vides. Même les terrasses de café sont désertes. J'ai l'impression d'avancer dans une ville fantôme, et ça me donne comme un petit coup de blues. Mais c'est vrai que descendre vers le Quartier latin et passer devant des bâtiments incroyables m'émerveillent : Paris est vraiment la plus belle ville du monde ! Je me dis que s'il faut que j'en conclue quelque chose, c'est que j'ai quand même bien fait de venir m'installer ici, dans ce pays, dans cette capitale… pour toujours ?

Par contre, si la voiture est bien pratique pour s'abriter de la pluie, je ne suis pas à l'abri des embouteillages. Nous sommes maintenant arrêtés au sein d'un troupeau de taxis, à attendre patiemment que le trafic se fluidifie. J'ai la tête posée contre la vitre. Mon regard divague vers le véhicule bloqué juste à côté de nous. Un taxi tout comme le nôtre, large et cossu, et parfaitement anonyme. Les vitres des voitures balayées par la pluie sont presque opaques, et il faut se concentrer pour arriver à en distinguer les occupants. À l'avant, un type à l'air patibulaire mâchouillant un cure-dents et portant de grosses Ray-Ban aux montures dorées. Ah bah, il a de la chance de le voir le soleil, lui ! Et en plus Il porte un marcel ! C'est pas possible, il y a un microclimat dans son taxi, c'est ça ? Flash info, le réchauffement de la planète a commencé dans les taxis parisiens ! Mon regard pensif glisse vers l'arrière du véhicule. Une femme brune, tournée de l'autre côté, portable à l'oreille, ordinateur sur les genoux. Le taxi : le bureau secondaire de tous les hommes et femmes d'affaires. Je laisse échapper un petit soupir. La femme se retourne pour parler au chauffeur.

Mais c'est…

Vite, j'essuie la buée en faisant des cercles avec ma manche.

C'est Alice !

Je me baisse d'un coup pour ne pas me faire repérer.

Ce n'est pas possible, on est liées par le destin, c'est ça ? Condamnées à se croiser tous les deux jours ? Je n'avais pas signé pour ça en rencontrant Charles ! En tout cas, elle ne m'a pas vue, c'est déjà ça. Je l'espionne du coin de l'œil. Elle n'a pas l'air très contente, et s'énerve visiblement au téléphone. Je dois avouer que je jubile un peu de la voir de mauvaise humeur. Je n'aime pas me sentir un peu peste comme ça, mais de ma petite cachette je lui envoie toutes les mauvaises ondes possibles ! Ah, elle râle encore plus fort, et s'emporte au téléphone… Et voilà même que le chauffeur se fait tancer ! Il en a même perdu son cure-dents, le pauvre ! Je ne peux m'empêcher d'avoir un petit rire. Ça s'agite beaucoup là-dedans, et ça contraste avec le calme douillet de mon véhicule. Tout à coup, une pensée me refroidit : j'espère que ce n'est pas avec elle que j'ai rendez-vous ce matin pour la visite ! La mésaventure chez Charles m'a fait oublier que pour moi, Alice était avant tout une cliente.

Vite, je reprends mon dossier avec les fiches du bien et les papiers du rendez-vous pour ce matin. Mais je ne trouve rien ! Mon dossier est vide ! Ce n'est pas possible ! Il va falloir que j'appelle l'agence. Mince, pourvu que je tombe sur Diane et pas sur M. Lechevalier. Encore une bourde ou un oubli. Ça ne fait vraiment pas sérieux, et j'ai réellement besoin de ce travail ! Je prends mon téléphone, et j'appelle l'agence.

« Ah c'est vous, mademoiselle Maugham. »

Mince ! C'est mon patron !

Il continue :

« Je me demandais quand vous alliez vous rendre compte que vous avez oublié le dossier sur votre bureau. J'en conclus donc que vous venez à l'instant de vous mettre au travail. Sachez, mademoiselle Maugham, que même si vous faites du bon boulot, vous n'êtes pas payée à passer du temps chez le coiffeur et à vous promener en taxi. »

Mais enfin, c'est lui qui m'a envoyée au salon de coiffure, il exagère !

Mais je fais profil bas :

« Oui, monsieur Lechevalier. »

Je reprends, et dans une tentative pour me racheter :

« D'ailleurs, j'ai justement devant moi l'une de nos clientes, Mme Alice Duval.

– Ah, Mme Duval. Elle m'a pourtant dit hier qu'elle venait de trouver ce qu'elle cherchait. Elle nous a également remerciés pour nos services. Elle a d'ailleurs fait une petite remarque sur vous, Emma. Je vous en parlerai plus tard. »

Ah la garce ! Qu'est-ce qu'elle a bien pu lui dire ?

« Emma, passez-lui mes amitiés et demandez-lui si le bien qu'elle a trouvé lui convient toujours.
– Euh… Oui, oui, bien sûr…
– Je reste en ligne, je vous attends.
– Oui, euh… ne quittez pas… »

Nom de Dieu, qu'est-ce qui m'a pris de mentir comme ça ? Comment vais-je faire pour me sortir de là ?

Je mets ma main sur le micro de mon portable et commence à regarder frénétiquement de tous les côtés, comme si la banquette arrière pouvait me donner un coup de main.

Me voyant un peu agitée, le chauffeur me demande gentiment :

« Tout va bien, mademoiselle ? Puis-je vous aider pour quoi que ce soit ?
– Merci, monsieur, mais ça va aller, juste un patron un peu coincé ! »

Je lui fais un clin d'œil, histoire de casser la conversation en douceur. Je reprends alors le combiné :

« Mme Duval vous souhaite…
– Ne vous fichez pas de moi ! me coupe-t-il d'un ton cassant. C'est moi le patron coincé ? »

Mince, j'avais la main sur le mauvais côté du téléphone ! Il entendait tout !

« Monsieur Lechevalier, enfin, je… »

Et là, je vois Alice, dans l'autre taxi, à travers les vitres, face à moi, me fixer directement dans les yeux !

« Une seconde, monsieur Lechevalier, je vous reprends tout de suite. »

Alice me fait signe de descendre la vitre. Je m'exécute en vitesse à contrecœur, mais avec le sourire le plus candide et hypocrite dont je sois capable.

Je crie pour me faire entendre malgré la pluie :

« Madame Duval ! Comment allez-vous ? Quelle surprise de vous croiser ici. Quelle pluie, n'est-ce pas ? M. Lechevalier me disait justement que vous aviez arrêté vos recherches ?
– Effectivement, Emma, effectivement. Après de longues années de doute, je suis enfin fixée. Ça n'a pas été simple, mais je suis sûre de moi maintenant.
– Vous m'en voyez ravie, madame Duval. M. Lechevalier vous passe d'ailleurs ses amitiés. De toute façon, je reste toujours à votre entière disposition.

– Bien sûr, Emma, je le sais, dit-elle d'un sourire entendu et peu aimable.
– Vous avez toujours mon numéro ?
– Je saurai comment vous retrouver, ne vous en faites, pas, Emma. »

Cette femme me fout des frissons dans le dos…

Elle reprend :

« À très bientôt, Emma, je n'en doute pas. »

Je n'ai pas le temps de lui répondre que son taxi profite d'un courant de circulation pour se faufiler dans la fourmilière de véhicules devant nous.

Je reprends le combiné :

« Monsieur Lechevalier, Mme Duval est…
– Oui, très satisfaite, j'ai bien entendu depuis votre téléphone ! Dites-moi, comment faites-vous pour obtenir tant de louanges de la part de nos clients alors que vous traitez ce travail autant par-dessus la jambe ?
– Monsieur Lechev…
– Laissez, Emma. Mme Duval n'a pas arrêté de dire du bien de vous et de votre professionnalisme, et les clients se donnent le mot que nous avons une excellente collaboratrice. Malgré votre insolence et votre léger laisser-aller, je vous aime bien, mademoiselle Maugham. Soyez juste un peu plus rigoureuse, et vous aurez tout bon.

– Euh… Oui, monsieur Lechevalier, merci, monsieur Lechevalier. J'y veillerai, monsieur Lechevalier.
– Je vous envoie sur votre téléphone les informations concernant la visite de ce matin. Faites de votre mieux. À tout à l'heure à l'agence. »

Clic ! Il a raccroché.

Eh bien, je n'aurais jamais cru un retournement de situation aussi positif ! En attendant, il ne va pas falloir que je fasse n'importe quoi, on m'attend au tournant !

54

GUILLAUME LE CONQUÉRANT

La matinée de visites a été plutôt morose. Une duchesse Chose qui visite des hôtels particuliers juste parce qu'elle s'ennuie et qu'il faut bien promener son chien ; un PDG qui passe la visite pendu à son portable à hurler après ses employés en me faisant des grands oui ou non de la tête chaque fois que l'on découvre une nouvelle pièce. Il ne m'a même pas dit au revoir dis-donc.

Les hommes sont vraiment tous des mufles !

Même les biens m'ont un peu déçue. J'en viens à me lasser un poil de toutes ces marbreries, ces vieilles boiseries, ces prestations « *ex-tra-or-di-naaaaires* » comme dit la duchesse. Ces excentricités des propriétaires comme la baignoire-spa pour chien, l'ascenseur à demi-étage pour profiter de la vue, La chambre à coucher-cave à vin, l'ascenseur horizontal pour ne pas se fatiguer... Enfin bref, ramenez-moi dans ma studette ! Non, bon, allez, peut-être pas ma studette, mais disons plutôt dans l'appartement de Charles. Celui-là, au moins, n'est pas de mauvais goût, encombré de prestations kitschissimes à faire s'évanouir une princesse de Galles.

Et puis surtout il y a Charles dedans.

Bon, vite, mettre de côté ces pensées déprimantes. Je dois de toute façon repasser à l'agence pour prendre des clefs pour les visites de l'après-midi.

Je bondis du taxi devant la vitrine. Même pas le temps d'ouvrir mon parapluie ni de me mouiller, je saute dans l'entrée, et je suis bien ravie de revoir Diane. Enfin un visage amical et rassurant. D'un geste, elle me montre la salle d'attente ; quelqu'un est assis, de dos, sur le fauteuil de style Napoléon III. Oh non, pas une visite de dernière minute ! C'est censé être ma pause déjeuner.

Bon, work is work !

Je me dirige vers le visiteur, main tendue :

« Monsieur, bonjour. Emma Maugham, tout à votre serv...
– « *Tout à mon service* », c'est vrai ? Quelle bonne nouvelle, mademoiselle Maugham ! »

Guillaume ! Je l'avais complètement oublié celui-là !

« Guillaume, qu'est-ce que tu fais là ?

– Alors, on est moins polie maintenant que tu sais que je ne vais pas acheter un hôtel particulier ? Tu as bien changé, Emma, depuis que tu fréquentes du beau monde…

– Pas de mauvais esprit, Guillaume. J'avais complètement oublié notre rendez-vous… que je n'avais jamais accepté d'ailleurs !

– Suis-moi.

– Enfin… »

Je dois avouer qu'il n'a pas complètement tort, il est effectivement beaucoup plus sexy maintenant qu'il prend un peu d'initiatives. Je le suis, même si je reste un peu réservée quant à la suite des événements. Je salue Diane, et lui souhaite un bon appétit. Guillaume me prend par la main, et me mène vers l'extérieur.

Ce n'est pas possible, vraiment pas de bol aujourd'hui ; j'ai l'impression que le destin veut absolument me voir trempée jusqu'aux os ! Je remonte le col de mon trench-coat le plus haut possible en regardant mes pauvres escarpins ! Mais bizarrement, un pied dehors et je ne sens aucune goutte… Je me retourne, et un type en uniforme, souriant, tient par-dessus nos têtes un immense parapluie sous lequel le bruit des gouttes crépite en tonnerre. Un coup d'œil à gauche, Guillaume me tient le bras et me fait un petit sourire entendu. Le type en uniforme nous suit, tout en nous protégeant, jusqu'à une longue voiture noire. Il nous ouvre la porte et nous y pénétrons.

Alors que je m'installe, je lance un *« Merci ! »* à notre chaperon, qui me répond par un *« Je vous en prrrie, madamoizelle. »* avec un accent russe à couper au couteau. Le type s'installe d'ailleurs directement au volant, dans sa cabine séparée, et nous laisse à notre intimité, Guillaume et moi. C'est peu dire, je ne suis pas très à l'aise. Qu'est-ce que c'est que ce cirque ? Comment Guillaume a-t-il pu s'offrir tout ce luxe ? Il a gratté les trois TV au Millionnaire ou quoi ?

Devant mon air un peu dubitatif, Guillaume se retourne et sort deux flûtes à champagne ainsi qu'une bouteille à cordon rouge. Il paraît changé. Je ne reconnais plus le Guillaume doux et complice que je connaissais. Voilà maintenant un sourire carnassier se dessiner sur son visage.

« Guillaume, qu'est-ce que c'est que tout ce cinéma ? »

Visiblement déçu que je ne sois pas réceptive à tout ce bling-bling, il force encore le trait :

« Et tu n'as encore rien vu, ma chérie. »

Ma chérie ? Non mais, il se prend pour James Bond ou quoi ?

Il n'empêche, lors d'une journée de travail un peu déprimante, sous un déluge de tous les dieux, prendre une pause déjeuner avec apéro au champagne dans une voiture confort cinq étoiles… Je ne dis pas non !

Guillaume semble décidé à me sortir le grand jeu. Il veut visiblement m'en mettre plein la vue, et a l'air de vouloir « jouer son Charles ». Son attitude me replonge mentalement dans mes difficultés avec mon M. Delmonte. Même si j'ai essayé de me changer les idées ces derniers temps, je sens que les événements récents me rongent.

Guillaume est-il au courant de quelque chose ? Se permet-il tout cela parce qu'il sait ce qu'il s'est passé ? Alice lui aurait-elle fait part des événements de l'autre jour ? Je n'imagine pas très bien Alice parler de ses histoires de cœur à son neveu. Surtout s'il s'agit d'un échec. Était-ce d'ailleurs réellement un échec pour Alice ? Finalement, si Charles n'a pas voulu être clair avec moi, cela veut-il dire qu'Alice est toujours présente dans son cœur ?

Toutes ces pensées tourbillonnent dans mon esprit, et j'ai du mal à faire le point. Apparemment Guillaume s'est aperçu que j'étais ailleurs parce que d'un coup je me rends compte qu'il est en train de me faire des coucous de la main à 20 centimètres de mon visage, comme s'il voulait vérifier que j'étais encore vivante.

« Emma ! Emma ! Où es-tu ? Où es-tu ? Tu me vois ? Alors, on trinque ou pas ?

– Euh… Oui, oui. »

Tout compte fait, je ne sais pas si j'ai vraiment envie de trinquer avec Guillaume. Dans quel but ? Que va-t-il se passer ? Il a visiblement une idée en tête, et je ne crois pas qu'il s'agisse uniquement d'une petite coupe de champagne !

Encore un peu groggy par mes pensées, je sens la voiture ralentir, puis s'arrêter.

« Ah ! Nous y voici, fait Guillaume.
– Tu veux finir mon champagne ?
– Mais enfin, tu ne veux pas gâcher une si bonne bouteille ?
– Ben justement, si tu la bois, elle ne sera pas gâchée ! »

Ah, ben si, là je le retrouve un peu mon ancien Guillaume : monsieur Pingre !

Alors qu'on se lève chacun de la banquette pour sortir de la voiture, je prends un malin plaisir à faire semblant d'avoir un accès de maladresse, et je renverse mon verre sur Guillaume, en plein dans le col. Hop ! C'est froid et ça coule le long du dos.

« Ah ! Mais qu'est-ce que tu fais ? Ça va pas ?
– Oh, pardon, excuse-moi ! Boire en voiture, tu sais, c'est jamais très pratique. Et puis en plus ça ne tache pas le champagne. Tu pourras le rendre en parfait état ton costard de location. »

Bien entendu, j'arbore pour l'occasion un sourire parfaitement candide et innocent. Typiquement le genre de sourire insupportable et exaspérant venant d'une apprentie-peste comme moi !

Je sens Guillaume en train de fulminer, mais il se calme d'un coup. Un chasseur doit user de beaucoup de patience et de modestie pour ferrer sa proie, et Guillaume n'a pas l'habitude de jouer les chasseurs de haut vol !

« Viens, Emma. »

Notre chauffeur-chaperon est déjà en train de nous protéger avec son large parapluie-bunker. Je suis Guillaume, de moins en moins convaincue par la suite des événements. Je lève les yeux et vois un bâtiment magnifique. Voici le restaurant Comte Jalibert. Celui de l'hôtel du même nom. C'est sûr, c'est impressionnant. Je ne peux m'empêcher de lâcher un petit sifflement. Guillaume s'en rend compte et arbore un air de fierté.

Petit coq, va !

Nous pénétrons dans l'entrée. Enfin, je ne pense pas que le mot soit bien choisi. Nous pouvons carrément dire le hall de gare ! Il doit y avoir quinze mètres de hauteur sous plafond, et tout en haut une magnifique verrière aux poutres métalliques style Eiffel. Sur la droite, en face de nous, je vois carrément un arbre ! Un chêne de dix mètres de haut, taillé superbement, en plein intérieur. Décidément, non, je ne suis pas complètement lassée par les biens d'exception ! D'immenses ventilateurs horizontaux style colonial accrochés au plafond tranchent complètement dans la déco, alors qu'en bas, le meuble de réception est en inox, tout en longueur, d'une forme aérodynamique, presque futuriste. Je ne suis pas sûre d'aimer, mais ça ne me laisse pas indifférente. Guillaume me regarde du coin de l'œil. Il a l'air plutôt content de son petit effet.

Ça va, Guillaume, cool dow, c'est pas toi qu'il l'a fait, ce resto !

Nous sommes aussitôt pris en charge par un autre chaperon. Bye-bye mister Chauffeur, hello mister Serveur ! Guillaume arbore un air de plus en plus prétentieux. Attention mister Chasseur, patience et modestie !

« Réservation à quel nom, monsieur ?
– M. et Mme Renon, s'il vous plaît. »

M. et Mme ? Je sais, Guillaume, tu veux jouer les hommes pleins d'initiatives, mais là tu vas un peu trop loin, mon coco !

Je ne veux pas faire un esclandre tout de suite, aussi, j'attends que l'on nous ait placés. Belle table romantique, à l'abri du bruit et du passage. Excellent choix. Nous nous installons. Menu dans les mains, mister Serveur qui s'en va. OK, je peux déballer mon sac.

« Dis-donc, Guillaume, tu ne crois pas que tu en fais un peu trop ?

– Rien n'est trop beau pour toi, Emma.

– Arrête de faire ton joli cœur comme ça, Guillaume. Ça ne te ressemble pas. Moi je t'apprécie tel que tu es. Simple, amical, complice. N'essaie pas de faire ta grenouille plus grosse que le bœuf.

– Je suis plus que ça, Emma. Je suis un bœuf. Je peux être ton bœuf. »

Mais il se rend compte des idioties qu'il est prêt à sortir ? Il est un « bœuf » ?

« Guillaume, tu es gentil, mais… »

Il me coupe d'un geste et sort un paquet cadeau.

Non, il ne veut quand même pas… Il ne va pas me faire le coup de la bague ? Dans le restaurant, comme dans les films ?

« Merci Guillaume, mais je ne pense pas que…

– Ouvre-le, Emma. »

Je lâche un petit soupir, mais par politesse, je le prends dans la main. C'est plus gros qu'une bague en tout cas : ouf, premier soulagement. Je défais le ruban et soulève le couvercle de la belle boîte satinée, puis je déplie les pans de papier de soie.

Quoi ? Je ne suis pas bien sûre de ce que je vois dans la boîte, mais je cligne des yeux pour me convaincre de ne pas être en train de rêver. Je sors le cadeau.

« Un string ??
– Il y a le haut aussi. Mais il est facultatif si tu veux. C'est joli n'est-ce pas ? »

Je reste complètement abasourdie par tant de culot et de muflerie. Je n'arrive pas à articuler un mot.

« Tu sais, Emma, c'est effectivement un restaurant ici, mais un hôtel aussi. Ils ont une suite magnifique au dernier étage dans laquelle le dessert prend toute sa saveur. »

Quand on est sans voix, on a les gestes. Je me lève doucement, string à la main et sourire naïf aux lèvres. Je me rapproche de Guillaume. Il jubile, ce chasseur, de m'avoir attrapée et de m'avoir tout à lui… Ah, oui, vraiment ? Délicatement je passe mon doigt le long de sa joue. Il sourit. Puis tranquillement, j'écarte l'élastique du string, le retourne, et le lui enfonce sur la tête. Sympathique petit bonnet d'été. Tiens, l'élastique lui fait remonter les narines. Wouah, sexy et élégant mon Guillaume, non ? Sans m'arrêter, je prends la bouteille de champagne sur la table et lui renverse la totalité sur le crâne.

« Oh ! pardon, Guillaume, je pensais que c'était un maillot de bain. »

Je prends mon air de pimbêche, les yeux ronds et la main devant ma bouche en cœur. Je lui fais un petit bisou sur les lèvres, puis, tristement :

« C'est tellement dommage, Guillaume, tellement dommage… »

Hop, direction l'entrée, la rue, et… de l'air, enfin !

Mais qu'est-ce qui m'a pris de l'accompagner jusqu'au restaurant ? Je devais bien me douter dès le départ que ça allait mal tourner, non ? Quelle cruche je fais parfois !

Les hommes sont vraiment tous des mufles !

Malheureusement, ce qui va me manquer le plus maintenant, c'est mon déjeuner ! Je n'ai rien avalé, à part une goutte de champagne, et je dois retourner au travail. Au moins, ce sera bien plus sympathique cet après-midi : je dois faire visiter un bien à mon cher M. Spontoni. Ce genre de personne fait partie des bons côtés du boulot : gentil, amusant, bref re-po-sant !

55

ET ANTI-MUFLE !

Je me trouve devant un grand bâtiment en brique rouge et verrières, dans le 10e arrondissement. C'est une ancienne usine réhabilitée et, vue de l'extérieur, l'architecte n'a pas fait les choses à moitié. C'est absolument immense ; je me demande bien comment on peut habiter seul dans un truc pareil. Ou alors on a beaucoup d'amis, dans le genre de ceux qui s'incrustent tous les soirs pour faire la fête jusqu'au bout de la nuit. Et effectivement, M. Spontoni est peut-être bien ce genre de personne, à avoir ce genre d'amis.

« Monsieur Spontoni ! Quel plaisir de vous revoir. J'espère que vous avez fait bon voyage.

– Madame Maugham ! Plaisir partagé. Mais comment savez-vous que je reviens tout juste d'Italie ? Un petit don caché de médium ?

– D'Italie je ne savais pas, mais vous m'aviez dit que vous reviendriez en France spécialement pour notre prochaine visite.

– Quelle mémoire, madame Maugham, quelle mémoire ! »

Il m'adresse un grand sourire charmeur et communicatif.

« Emma, s'il vous plaît, Emma. Mme Maugham c'est ma mère.
– Très bien, mademoiselle Emma ! En fait, je quitte tout juste ma famille. Bruyante, colorée et insupportable. Une vraie publicité sépia pour l'Italie éternelle ! J'ai l'impression de vivre dans une carte postale chaque fois que j'y retourne. »

Et il part d'un grand rire.

Quel plaisir de respirer enfin un peu d'air frais et amusant après toutes mes péripéties. Ce M. Spontoni est le genre de personne qui donne du baume au cœur rien qu'à discuter avec lui. Il me rappelle un peu Manon pour cela.

Enfin, revenons au travail !

« Monsieur Spontoni, nous avons là un bien qui pourrait parfaitement vous correspondre.
– Oui, oui… peut-être. Quel est ce quartier ? Je n'y viens jamais.
– N'ayez pas d'a priori, le 10e arrondissement est en plein essor, et le quartier est à la fois vivant et… »

J'allais dire « populaire », mais je m'interromps : ce n'est pas un de mes copains en recherche de logement. M. Silvio Spontoni visite des biens d'exception. Je reprends :

« …et authentique. »

Ouf ! Bien rattrapé. Je me rends compte qu'il faut que je fasse attention à ne pas adopter un ton trop familier. Il est sympathique, mais c'est mon client, et nous ne vivons pas dans le même monde !

« Mademoiselle Emma, je vous suis ! Visiter un bijou en compagnie d'un bijou, ce sera forcément un plaisir. »

Je ris de bon cœur, sa flatterie ensoleillée me change des élucubrations glauques de Guillaume.

Nous entrons à travers l'immense porte d'entrée en métal style industriel. Passé le pas, nous pénétrons dans un monde à couper le souffle : malgré le temps pluvieux effroyable, la luminosité est extraordinaire. Le design me rappelle ma visite au musée Guggenheim, rien que ça ! Je vois M. Spontoni assez impressionné. Il me lance un petit sourire complice et un clin d'œil. La visite commence bien, on dirait !

La cuisine est proportionnelle en taille à l'ensemble. Pas moins de cinq frigos ! Ma parole, c'est un régiment qui devrait vivre ici ! Nous arrivons à la salle de bains. Enfin la première des nombreuses salles de bains. Un frigo ici aussi, pour les crèmes cosmétiques ; une baignoire (j'aurais plutôt dit « piscine », mais bon) avec un toboggan qui mène vers la deuxième salle de bains. M. Spontoni rit aux éclats. Je me demande maintenant s'il apprécie vraiment ou s'il se moque de moi.

Alors que l'on arrive à la septième salle de bains, apparemment dévolue aux massages et au hammam, mon client est carrément pris d'un énorme fou rire. Il rit de si bon cœur que je ne peux que l'accompagner sincèrement. Nous rions fort, franchement et longtemps : nous sentons alors comme une certaine petite complicité naître entre nous.

« Je vous aime bien, mademoiselle Emma. Coupons court à cette visite, s'il vous plaît.

– Je suis désolée, monsieur Spontoni, j'étais vraiment persuadée que vous aimeriez.

– Mais vous plaisantez ? J'adore ! C'est superbe ! C'est exactement ce qu'il me faut. Vous m'avez cerné, et vous avez trouvé pile poil ce que je n'aurais même pas imaginé ! Vous êtes un bijou ; une perle ; exactement ce que je disais au début. »

Je rougis quelque peu.

« Je devrais vous complimenter plus souvent, rougir vous embellit magnifiquement ! »

Et là, je deviens écarlate ! Je dirais même violette.

Mais, il me fait du plat ou quoi ?

M. Silvio Spontoni s'intéresse à une petite Mlle Emma comme moi ? Je dois avouer que ce n'est pas désagréable de plaire à un homme séduisant, galant et cultivé comme lui.

« Je… Je… Merci, monsieur Spontoni.
– Silvio, s'il vous plaît, Silvio.
– Très bien, monsieur Silvio.
– D'accord, mademoiselle Emma. »

Nous sourions tous les deux. Serait-ce le début de quelque chose d'intéressant ?

« Écoutez, mademoiselle Emma, je n'ai rien avalé depuis ce matin à Naples. Que dites-vous d'un petit goûter avec moi ?
– Un gros goûter, vous voulez dire ! Je suis affamée !
– Alors c'est décidé. Profitons-en pour aller voir ce fameux quartier en plein essor, si authentique ! »

OK, M. Silvio me fait du gringue, c'est avéré. Voyons ce que nous allons faire de cette nouvelle donnée.

Je repère un restaurant que j'estime pouvoir convenir à mon hôte du jour. M. Silvio est d'une grande galanterie. Ça aussi, c'est plutôt reposant ! Et vraiment agréable.

Je prends alors le temps de l'observer plus attentivement. Bon, il n'est pas immense, c'est vrai. Mais, au moins, il est plus grand que moi, et ça c'est bon. Premier point,

OK. Ensuite, visage racé, teint hâlé. Traits fins et pleins de caractère. Il n'y a pas à dire, il est beau. Deuxième point, OK. Cheveux très noirs et épais, coiffés avec style. Troisième point… bon, peut-être que je peux arrêter la liste, non ? Il n'a pas l'air particulièrement musclé, et c'est vrai qu'il peut paraître un peu maniéré. Mais il s'habille avec soin, et je dois avouer que son regard pénétrant de *Latin lover* me fait de l'effet !

Je comprends ce que M. Silvio entend par « petit goûter » : champagne et linguine aux palourdes. Luxe, simplicité et bon goût. Ça me va ! Au fur et à mesure de notre petite collation, M. Silvio se fait de plus en plus complice. Je me sens plutôt flattée, et en même temps pleine d'assurance. Je réponds du tac au tac et le fais rire ; je me sens très séduisante. Le champagne me fait d'ailleurs un peu d'effet. Je sens mon corps se détendre et se réchauffer. Je crois que M. Silvio me fait aussi un peu d'effet… Je me surprends à battre des paupières et à passer le bout de mes doigts doucement dans mon cou en petites caresses.

Le serveur revient débarrasser notre table : plutôt séduisant lui aussi d'ailleurs ! Mes yeux suivent ses fesses lorsqu'il se retourne pour repartir vers la cuisine. Mais qu'est-ce qui m'arrive ? Il faut que je me calme ! Mais… Silvio ? Je le surprends, comme moi, à jeter un coup d'œil furtif aux fesses du serveur !

Non mais, c'est quoi cette blague ?

« Monsieur Silvio ?

– Ah oui, pardonnez-moi, mademoiselle Emma, j'étais ailleurs… Cela vous plairait-il de vivre dans ce bel appartement que vous m'avez montré tout à l'heure ?

– Comment ?

– Oui, avec moi.

– Je ne comprends pas, monsieur Silvio, ça me paraît un peu précipité. Vous parlez de… de mariage ? »

Il part d'un petit rire.

« Non, non, non ! Ha ha, mademoiselle Emma, non. Je pensais plutôt à un petit… un petit arrangement, dirons-nous. Ne croyez-vous pas que nous ferions un joli couple ?

– Quel genre de couple ?

– Le genre de couple totalement libre, vous comme moi. Une belle vie pour vous, et la liberté pour moi.

– Pourquoi ? Ne me dites pas que vous avez du mal à trouver chaussure à votre pied ?

– Mettons que mon genre de personne peut être mal vu dans mon genre de milieu. »

Je commence à comprendre… Spontoni est gay ! Il cherche une partenaire d'apparat pour le grand public. Je comprends alors que la vie privée d'un homme comme lui n'est pas si simple.

« Mais… Pourquoi moi, monsieur Silvio ?

– Je vous apprécie beaucoup, mademoiselle Emma, je pense que vous l'avez senti. Et puis, vous êtes pleine d'esprit et de caractère. Bien sûr, vous êtes aussi ravissante. D'une beauté qui me touche. Je pense que nous ferions un couple merveilleux. »

Rien que ça !

Les mots de Spontoni me vont droit au cœur. Je crois que c'est exactement ce que j'aurais voulu entendre de la bouche de Charles. Et puis, cette proposition… Pourquoi pas ?

« Je… Je suis très flattée par votre demande, monsieur Silvio. Écoutez, c'est un peu précipité.

– Bien entendu, je ne vous demande pas une réponse immédiate. Pensez-y. Voici mon numéro personnel. N'hésitez pas, à n'importe quelle heure. J'aurai toujours une oreille pour vous. »

La gentillesse de cet homme me confond. Décidément, il y a de tout au royaume des mecs ! Après Guillaume, Spontoni fait sacrément contraste.

« Je vais y réfléchir, monsieur Silvio. Donnez-moi quelques jours pour décanter les choses et organiser un peu ma vie, qui semble partir dans tous les sens en ce moment ! »

Quelle vie ce serait, dans ce grand appartement ! Manon n'en reviendrait pas, tiens !

Après une fin de goûter et un salut très cordial, je quitte mon bel Italien. Et oui, j'ai du boulot quand même ! Et vite, vite, vite, la prochaine visite. Heureusement que ce n'est pas loin, c'est le même bien que pour Spontoni. Ça devrait filer, j'ai hâte de rentrer chez moi !

Allons donc pour un certain M.... M.... Où est ma fiche ? Ah, là ! Donc, M. Charlier. Encore un PDG insupportable, à tous les coups !

Je me mets devant l'entrée à l'attendre. Mais voilà qu'après les événements de la journée, je m'assoupis doucement, debout, adossée à la porte. Enfin un peu de tranquillité...

« Mademoiselle Maugham, je présume. M. Charlier.
– Hein, que... quoi ? »

Je cligne des yeux et reviens rapidement au monde. Quelle honte, vite se réveiller !

« Oui, monsieur Charlier, je... je... Charles ?! »

En chair et en os, Charles, debout, devant moi.

« Emma, tu m'as manqué. »

Je n'arrive pas à décrire l'émotion qui me parcourt le corps. Je me demande si je ne rêve pas un peu. Revoir ses yeux, son visage. Enfin ! Je vais pour me jeter dans ses bras, mais je me retiens.

« Charles…
– Oui ?
– Si tu es là, c'est que tu as quelque chose à me dire ?
– Effectivement Emma, effectivement.
– Je t'écoute.
– Je ne suis pas toujours le meilleur avec les mots, Emma. Ma vie et mon métier m'ont plutôt poussé à m'endurcir et à ne rien laisser paraître.
– Je sais Charles. Je te connais plus que tu ne le crois.
– Emma, il ne s'est rien passé avec Alice l'autre jour. Nous revoir a été une façon de nous dire au revoir… Il faut que tu le saches. Je tiens à toi. Je tiens à nous.
– Oh Charles, je n'attendais que ça de ta part !
– Emma… »

Charles se penche lentement vers moi. Je voudrais faire durer ce moment pour toujours. Être toujours dans l'attente de son baiser, sentir ses lèvres entrouvertes et humides se rapprocher des miennes. Savoir que sa langue m'attend pour des voluptés renversantes. Je suis toujours adossée à la porte d'entrée et Charles m'embrasse magnifiquement. Il profite d'avoir les mains libres pour prendre la clef dans mon sac. Toujours collé à mes lèvres, il la met dans la serrure puis ouvre la porte. Il recule alors d'un pas pour m'observer, comme un faucon sa proie ; puis il plonge sur moi, m'entraîne à l'intérieur en refermant la porte derrière nous.

Les caresses de ses lèvres valent les plus doux rêves. Je laisse ma bouche à sa disposition. Vas-y, Charles, fais-en ce que tu veux… Je sens sa langue doucement pénétrer ma bouche et caresser délicatement mes dents. Je ne peux m'empêcher de sourire tout en l'embrassant. Il sourit également. Il passe ses mains sur les miennes et nous entrecroisons nos doigts. Je commence à sentir une chaleur envahir mon corps. D'abord mes joues, puis mon cou.

Charles se colle contre moi, nos bouches toujours scellées. Je sens son torse contre mes seins, et mes tétons frotter contre lui. La chaleur se diffuse dans ma poitrine ; elle se soulève et s'abaisse au rythme de ma respiration. Plus forte, de plus en plus forte. Trop forte… Je vais exploser. Je commence à trembler. La chair de poule me prend et des frissons parcourent mes seins pour descendre sur mon ventre. Mes cuisses s'écartent malgré moi alors que mon sexe devient brûlant. Charles use de sa langue de manière experte et me rend totalement folle. Il explore les tréfonds de ma bouche et la pénètre avec sa langue comme j'aime qu'il entre en moi. Il mordille délicieusement ma lèvre inférieure. La plus pulpeuse.

« Tu as un goût de fruit, Emma.
– Croque-moi, Charles. »

Il me tire violemment la lèvre avec ses dents et il m'arrache simultanément un cri de douleur et un gémissement de plaisir. Je le repousse d'un geste, il recule d'un pas. C'est à mon tour d'observer ma proie comme un faucon. Mon corps est en ébullition. Mes lèvres sont ouvertes, prêtes au plaisir. Le regard ardent de Charles me transperce. Il me défie ! Il veut me tester ? Il va voir ce qu'il va goûter…

Je m'approche doucement de lui, et lui pose un doigt sur la bouche, signe qu'il se laisse faire. Je vois dans ses yeux une pointe de provocation. Je descends mon doigt le long de son menton, de son cou, de son torse et de son ventre. J'agrippe sa ceinture, que j'ouvre en un instant. Je la fais glisser le long des passants de son pantalon et la sors tout à fait. Je suis face à lui, agenouillée. Je sais ce qu'il s'imagine. Mais non… Je passe sa ceinture autour de ses poignets, derrière son dos. Ah, il m'a fait souffrir ? N'a pas su me dire qu'il tenait à moi ? Je vais le faire payer… de plaisir.

Charles, maintenant lié, respire plus fort. Je ne suis plus la petite étudiante un peu gauche qu'il a séduite… Je fais glisser brutalement mes mains sous sa chemise, vers le haut. Tous ses boutons sautent. Je vois alors son torse dont chaque muscle saillant est tendu de désir. J'approche ma bouche sous son nombril, et je sors ma langue. Délicatement, je lèche sa peau suave et remonte petit à petit vers ses tétons. Je ne m'arrête pas et me dirige vers son cou. Je sens ses bras se tendre de frustration, tout attachés qu'ils sont.

Tu vas voir, Charles, tu ne sais pas ce qui t'attend !

Soudain, il détache ses mains de la ceinture qui l'emprisonnait. J'ai une seconde de surprise. De sa poigne ferme et musclée, il agrippe mes deux bras. Et de sa main libre il soulève ma robe, passe sur mes fesses, et arrache d'un geste ma culotte. Il me pousse contre la table, écarte mes cuisses tremblantes de désir et vient tout contre moi. Il approche sa bouche de mon oreille :

« Tu croyais m'avoir ? C'est moi qui t'aurai.
– Je n'attends que ça, Charles. Montre-moi. »

Il déboutonne son pantalon. Je peux voir son imposante virilité tendue d'impatience. Je ne veux qu'une chose : qu'il vienne en moi au plus profond. Qu'il entre en moi loin, si loin. Pourtant il attend. Il fait durer l'instant. Nos regards sont magnétisés. Mon corps fait des soubresauts d'empressement. Je n'en peux plus de désir. Je voudrais hurler *« Viens Charles, viens ! »* Je vois dans ses yeux le plaisir qu'il prend à me rendre folle de désir ; à n'attendre que lui.

Et, d'un coup, il me transperce. Je hurle, mais de plaisir. Il recommence, un coup encore plus fort. Il se retire de nouveau. Un coup encore plus fort.

Plus vite, Charles ! Viens !

Mais il fait durer. Il sait qu'il m'a toute à lui. Il revient et s'active alors si fort et de manière si experte que je sens vite monter en moi des bouffées de plaisir. Charles le sent et stoppe aussitôt. Il me retourne d'un coup sec, ventre contre table et écarte mes jambes.

Que va-t-il faire ? Je suis entièrement à lui.

Je sens qu'il se baisse et s'approche. Il me happe les deux cuisses de ses mains, et sa langue passe sous mes fesses et vient titiller mon sexe, par derrière. Sa langue mouvante et râpeuse joue avec mon intimité. Je gémis. Il caresse du bout de sa langue mon clitoris fébrile de désir. Je suis dans un autre monde. Je ne veux pas que ça cesse. Et sa langue redescend et me pénètre par à-coups. Il me fouille, il m'explore. Je le sens à l'intérieur de moi. J'écarte les cuisses de plus belle pour laisser le champ libre à son incursion. Ses mains empoignent mes fesses fermement. Il les prend si fort que cela soulève mes pieds du sol. Je suis serrée entre la table et sa langue. Il me tient à sa merci.

Puis sa main remonte le long de mon dos, sous ma robe, entre mes épaules, pour redescendre vers mes fesses en me griffant délicatement. Des frissons me parcourent tout le corps. Tous mes membres frémissent de froid et de chaud. Mais en moi je brûle, je ne supporte plus mes vêtements. Je ramène mes mains vers mes seins pour essayer de dégager ma robe, mais les mains de Charles vont plus vite que moi. Il attrape les bretelles et les écarte d'un coup brusque. Il a ouvert ma robe en deux ! Il tire sur tout le tissu qu'il voit. Je suis maintenant nue, bouillonnante sur la table glacée. Je frissonne et je gémis. Il ne me reste que mes escarpins pendant sur le bout de mes pieds.

Puis, je me retourne d'un coup, assise sur le bord de la table, je lui agrippe les cheveux et le ramène vers mon sexe. Mon bassin accompagne sa langue et ses allers-retours. Je sens sa main remonter le long de ma jambe. Je sens un doigt en moi, ferme et habile. Sa langue continue de jouer avec mon clitoris. Deux doigts maintenant. Mes doigts à moi se perdent dans ses cheveux. Je le caresse, je le griffe, je le prends. Il fait si bien. Je m'envole. Ses mains remontent alors encore pour caresser ma poitrine. Mes seins sont en feu. Ils brûlent de volupté. Je pousse un cri.

Charles se lève et attrape mes fesses pour me soulever et me pose sur son sexe, lui debout, moi assise sur ses mains, jambes autour de sa taille. Non, il est trop profond, cela me fait mal. Mal de plaisir. Qu'il continue. Encore. Je crie. Il est en moi si profondément, le plaisir est si insoutenable. Je perds la tête. Le temps n'existe plus, mais soudain, une tempête de plaisir me submerge. Mon esprit part complètement, ma tête bouillonne. Je gémis et je hurle à la fois. Le jaillissement de volupté me laisse un instant groggy.

Pause.

« Charles ?

– Oui ?

– Tu m'aimes ? »

Charles se dégage et me mène vers la salle de bains-hammam. La pièce est entièrement décorée de mosaïques marocaines. Les carreaux verts, rouges et dorés tapissent les murs, le sol et le plafond. Malgré cela, l'ambiance y est feutrée, reposante. Charles se dirige vers les interrupteurs et enclenche le système de vapeur. Rapidement, la salle de bains s'emplit de vapeur moite et épaisse. Je me sens surchauffée. Nos corps deviennent vite luisants. La visibilité s'appauvrit et je ne distingue presque plus Charles. Maintenant je ne vois plus qu'à 10 centimètres de moi. Je me sens me liquéfier.

Soudain, une main m'agrippe les cheveux. Je ne vois pas le bras de Charles, et je me laisse totalement prendre au jeu de l'opacité. Il me retourne d'un geste et me plaque contre le mur en mosaïque. D'une main, il tient mes deux poignets. Le mur est frais et humide, alors que je sens encore la fournaise de la vapeur me cuire le dos. Je ne vois rien, je ne fais que ressentir les choses à travers ma peau.

Tout en me maintenant contre le mur, Charles fait passer un pommeau de douche d'eau chaude sur mes jambes. Il remonte doucement par derrière, vers mes genoux, puis mes cuisses, et mes fesses. Puis, il passe sa main devant moi par-dessus ma taille, et descend le pommeau sur mon pubis et mon sexe. Il me caresse de haut en bas. Le jet d'eau est puissant et il court sur mon clitoris. Tous mes sens s'éveillent. Je suis bien. Je gémis. La main ferme de Charles me maintient toujours. Je ne peux rien faire, seulement prendre du plaisir. Il monte, je sens la chaleur et l'emportement me faire suer de plus en plus.

Et, d'un coup, Charles lâche le pommeau et me pénètre par-derrière, il a plaqué mes mains haut contre le mur, et je sens sa peau moite et luisante frotter contre mes fesses et mon dos. Je sens ses muscles bandés caresser ma peau mouillée. Je défais mes mains de son emprise et attrape sa nuque pour l'attirer encore plus en moi. Je suis cambrée contre lui. Je l'entends gémir. Je veux le faire hurler de plaisir. Je bascule mon bassin d'avant en arrière, de plus en plus vite. Je sens son sexe en moi durcir et grossir tant que je ne sais si je pourrai tenir.

Je me retourne d'un coup et le pousse doucement au sol. À moi de diriger. Je ne vois pas grand-chose, juste son érection imposante au travers de la vapeur impénétrable. Je maintiens ses mains au sol de part et d'autre de sa tête, et j'enfourche son bassin et sa virilité impressionnante. Je fais des allers-retours en basculant mon bassin. Mes cuisses caressent sa taille ; mon clitoris frotte contre son pubis viril. Je sens le plaisir de Charles monter, encore, toujours plus. Mon corps et le sien commencent à ne faire plus qu'un dans la touffeur de la salle de bains. Charles se dégage soudain de mon emprise et me prend à la taille. Il manipule mon bassin sur son sexe. Il le baisse pour à nouveau caresser mon clitoris de son pubis. Le plaisir monte si haut ; si fort… Soudain nos jouissances éclatent ensemble et nos cris et gémissements se mêlent comme nos corps et nos cœurs.

Quelques minutes.

Charles se lève. Il fait couler un bain et allume également le système à bulles dc la baignoire. Il m'y invite. L'eau est glacée ! Tout mon corps vibre, tremble et frissonne du plaisir des sens. Nous nous embrassons sous l'eau, têtes immergées. Nous ressortons. La chaleur de la pièce nous reprend et nous sommes complètement épuisés.

Nous quittons le hammam pour entrer dans la chambre à coucher. Étendus sur le côté, face à face sur les draps, Charles caresse mon bassin et mes fesses d'un doigt. Nos regards ne se quittent pas. Doucement, le sommeil nous gagne, imperceptiblement.

56

CADEAU ET VOITURE NOIRE

Je me réveille difficilement. Il doit être tard. Bien sûr, Charles n'est plus là. Mais aujourd'hui, je ne m'inquiète pas. Je le connais maintenant. Je regarde l'heure sur mon portable : 8 h 30.

Ça va encore.

Je gémis au souvenir de la nuit passée. Ma respiration se fait longue et forte. J'ai le drap entortillé autour de ma jambe droite, et je serre le tissu plus fort. Mes mains commencent à danser sur ma peau. Je sens mes ongles me griffer tout doucement, vers le haut, vers le bas… Non ! Ce n'est pas sérieux. Je n'ai pas le temps. J'ai du travail. Je regarde autour de moi : l'immense appartement industriel est si imposant que j'ai le sentiment d'avoir dormi dans un hall !

Je dois maintenant remettre tout ceci en état après la soirée d'hier avec Charles. Je me lève et enfile mes vêtements de la veille. Mince, c'est vrai, culotte déchirée ; robe décousue… Je regarde dans le miroir. Ma coiffure est impossible ! Si j'arrive à brosser ça en moins de trente minutes, donnez-moi une médaille ! Un petit tour chez Étienne Rodrigues ne me ferait pas de mal. Je souris à la tête que M. Lechevalier fera tout à l'heure.

Pour l'appartement, je fais tout de même au mieux pour donner un coup de propre. Et je suis assez fière du résultat : comme si de rien n'était !

Bip de SMS : c'est Charles ! Une boîte se trouve sur le perron et une voiture vient me chercher dans quinze minutes. Voilà le genre de surprise que j'apprécie. N'est-ce pas, Guillaume ? Je me précipite vers l'entrée. J'ouvre la porte et soulève le couvercle de la boîte en question.

Une robe, de la lingerie, et un mot :

« Désolé pour tes vêtements hier. Charles. »

Les hommes ne sont pas tous des mufles !

Vite, un léger coup de toilette. Je me maquillerai dans la voiture. Enfin, je commencerai par le démaquillage, et il y a du boulot ! J'enfile les nouveaux vêtements qui me vont à ravir. Comment fait-il pour me connaître si bien ? J'espère que ceux-ci me dureront jusqu'à demain… Ou plutôt je ne l'espère pas ! Une soirée comme ça tous les jours, ça me va bien !

Je sors dans la rue et profite du soleil magnifique qui darde ses rayons. Quelques pas sur le trottoir, et une longue voiture noire apparaît au coin. Ah, la voiture envoyée par Charles ! Un peu plus clinquante que d'habitude, mais bon. Je me rapproche. Le véhicule s'arrête à ma hauteur et la portière arrière s'ouvre toute seule. Enfin un peu de douceur et de tranquillité ce matin !

Mais soudain, un bras inconnu en sort, m'agrippe, et me tire de force dans l'automobile.

Que se passe-t-il ?

Assise sur la banquette, je reprends mes esprits. En face de moi trois hommes en costard et lunettes de soleil, à l'air menaçant. Je commence à avoir peur.

« Que voulez-vous ?
– Vous. »

Ils ont un accent russe. Mais… Ce sont les mêmes types qui scrutaient l'immeuble de Charles l'autre matin !

Il reprend :

« Connaissez-vous un certain Charles Delmonte, mademoiselle ?
– Euh…
– Des problèmes de mémoire, mademoiselle ? »

Je ne sais que dire. Je ne veux pas impliquer Charles. L'angoisse monte. Je ne dis rien, mais je n'en mène pas large.

« Eh bien, lui a l'air de vous connaître très bien. Si bien qu'il vous offre parfois des bijoux, je me trompe ? »

Quels bijoux ? Comment, les diamants que Charles m'avait offerts ? Pourtant, ces types n'ont pas l'air d'être de simples voleurs… Quelle est cette histoire ?

Son ton est glacial et je tremble.

Et Charles, où est-il ? Comment va-t-il ?

L'un des hommes dit à l'autre quelque chose en russe que je ne comprends pas, mais… Il me semble bien entendre plusieurs fois le nom de Petrovska. Petrovska ? Comme les sœurs sculptrices ? Tout s'embrouille dans ma tête. Cela a-t-il à voir avec la sculpture de Charles que j'ai laissé emporter ?

Soudain l'un de leurs téléphones sonne.

« Allô ? Oui, Ça y est. Elle est face à moi. Oui, madame Duval, bien entendu. Comme prévu, bien évidemment. À tout à l'heure, madame Duval. Bien sûr, je préviens votre neveu. »

Alice et Guillaume, mêlés à ce traquenard ? Mon sang se fige. Je plonge ma main dans mon sac vers mon portable.

« Ce n'est pas la peine, mademoiselle Maugham, il est là. »

Et il me montre mon téléphone dans sa main. Mon regard glisse vers l'extérieur, et là, je vois la voiture envoyée par Charles passer dans l'autre sens, à ma recherche.

« Je suis là ! Au secours ! »

Je crie de toutes mes forces en frappant des poings sur la vitre fumée.

Mes geôliers rient doucement.

« Ce véhicule est insonorisé, mademoiselle Maugham. Vous ne pouvez rien faire. Je dois vous dire que vous êtes malheureusement en bien mauvaise posture. Je ne suis même pas bien sûr que vous puissiez vous en sortir. En attendant, vous prendrez bien un petit café ? »

VIII
L'ENLÈVEMENT

56

APRÈS L'ORAGE, LA TEMPÊTE

J'entends les pneus crisser. Nous roulons au moins à 85 km/h en ville. Je suis ballottée dans tous les sens, j'ai la tête qui tourne. Je tente vainement de me tenir à la poignée au-dessus de la portière. À cent mètres, je vois le feu vert, je prie pour qu'il passe au rouge ! Sur la droite, une fille en Vespa rouge, lunettes de soleil et jupe volante à fleurs. En sens inverse, un bus sort de son arrêt et revient sur la chaussée. C'est un étau, il faut ralentir ! Je sens le moteur vrombir pour foncer et forcer le passage entre les deux. Je retiens mon souffle. La Vespa fait une embardée et la fille manque de tomber. Le bus pile et les passagers claquent contre la vitre. Les klaxons hurlent, alors que nous glissons à toute allure dans la brèche. Passé ! Je sens le moteur qui vrombit, le chauffeur qui accélère sa course folle. Il serre les mâchoires et enfonce son pied au plancher. La berline gronde. Trente mètres, feu orange. Vingt mètres, feu orange. Dix mètres, feu rouge… Les véhicules arrêtés au croisement frémissent et redémarrent pour avancer en nous barrant la route. Nous allons leur foncer droit dessus ! Le cycliste ne regarde pas. *Non !* Il tourne la tête, il crie ! Il se laisse tomber de son vélo. Notre voiture attaque le croisement à 110 km/h. Je hurle de terreur. Une Twingo verte va nous rentrer dedans. Elle pile d'un coup ! Sa plaque d'immatriculation balafre notre véhicule de bout en bout sur le côté. Le bruit de griffure métallique m'arrache les oreilles.

Tout l'habitacle sursaute… Une bosse ! Nous avons roulé sur quelque chose… *Le cycliste ! Où est-il ?* Je me plaque, paniquée, à la vitre. Nous avons roulé sur sa roue avant. Le métal a éclaté et des débris de pneus ont volé sur le pare-brise de la Twingo. La scène disparaît en un instant ; nous sommes déjà loin.

Je lance, affolée :

« Mais qui êtes-vous ? »

Silence.

Je crie :

« Qui êtes-vous ? Pourquoi moi ? Qu'est-ce que j'ai fait ? Répondez-moi ! »

Ma voix se brise. Les Russes me regardent avec un sourire narquois. Les larmes montent, mon cœur explose. Soudain, je hurle, je me jette sur l'un d'entre eux. De mes poings je frappe, je frappe aussi fort que je peux, devant moi. J'ai les yeux fermés, je ne vois rien. Au visage, aux yeux, au nez, plus fort, je frappe, partout. J'ai l'impression de frapper un oreiller, cela ne lui fait rien ! L'autre gars se jette sur moi et m'agrippe les poignets. Je crie, je me débats, je donne des coups de pied. J'ai des talons. Je veux leur faire mal. Je veux qu'ils arrêtent. *Laissez-moi ! Laissez-moi !* Le premier gars essaie de m'attraper les chevilles. Je lutte, mes talons lui vont dans la tête, au visage. J'espère que je lui fais mal. Encore, encore, encore ! Je hurle, je m'époumone. Je suis en larmes. L'autre, me tenant les poignets, m'enjambe et se tient sur moi à califourchon pour me mater. Ses cuisses puissantes me bloquent, mais je ne me laisse pas faire. Je me déhanche ; je glisse de la banquette et il perd sa prise. Je me retourne et me rue sur le chauffeur pour empoigner sa tête. Mais je suis stoppée en plein élan ! On m'a attrapé les cheveux et on me tire en arrière à m'arracher la tête. Je crie tout ce que je peux, je pleure, c'est strident ; le bruit a l'air de faire trembler la voiture. Les types se parlent en russe. Le chauffeur fulmine. Il les somme de me calmer. Il n'arrive pas à conduire.

La tension monte dans la voiture. Une fraction de seconde, les deux Russes se sont tournés en même temps vers le chauffeur pour lui beugler un truc. J'attrape la boucle de la ceinture de sécurité, je la lève haut derrière ma tête et, de toute la force encore en moi, je l'abats sur la cuisse du gars à côté de moi. Ça déchire net son pantalon et le métal pénètre dans sa chair. Il crie. Je vais aussi loin que possible. La boucle est fichée dans sa viande. J'agrippe dans mon sac mon flacon de parfum que je fais voler sur le crâne du gars en face de moi.

Ça ricoche sur son arcade sourcilière. Le temps qu'il mette la main à la tempe, je me jette sur la poignée de la portière et je l'ouvre. Nous sommes encore à 100 km/h. L'asphalte file à toute allure vingt centimètres sous mes pieds. La portière tangue, balance et frappe contre les poteaux du trottoir dans un vacarme fracassant. Soudain, la portière heurte un passant, et revient me percuter le crâne.

Je sens quelque chose passer sur ma gorge : la ceinture de sécurité ! L'un de mes ravisseurs l'a passée par-dessus ma tête et me tire en arrière par le cou en tenant les deux bouts de la sangle. On m'étrangle ! J'ai du sang sur ma robe ! Il goutte depuis la boucle qui était fichée dans la cuisse du type. Je crie en projetant ma tête en arrière. Bam ! Ça lui claque sur le visage. Je sens le coup porter. Fort. Ça résonne et j'ai mal au crâne. J'ai entendu craquer. J'espère que c'est son nez. Je plonge dans mon sac. Première chose en main, mon rouge à lèvres. Je me tourne d'un coup vers l'autre gars et me lance sur lui. Il empoigne ma main et ma gorge. D'un coup de paume aussi puissant que possible vers son visage, je lui fourre le tube dans la narine. Il hurle ! Il me lâche. Je me retourne vers la portière, ruisselante de larmes et de sueur. *Stop !* Une main puissante plaquée sur ma bouche et mon nez. Ça sent fort. Chloroforme… Impuissante… Je veux hurler… Mes membres se soulèvent un peu, puis s'effondrent.

Plus rien.

Doucement, mes yeux font la mise au point. Je cligne des paupières plusieurs fois. Je suis complètement groggy. J'ai l'impression d'avoir été droguée. J'ai du mal à rassembler mes pensées. Plus de bruit ; sons étouffés ; une ombre à côté de moi ; la pièce est sombre… Je n'ai pas la force… Je me rendors.

Deuxième tentative : mes yeux se risquent à trouver la lumière. Je cligne. Le temps a dû passer. D'autres bruits. Doux. Sourds. Des murmures. On parle. J'entends prononcer mon nom.

« Comment ça, jusqu'à vendredi ? dit une voix d'homme avec un accent.

– Nous ne pouvons pas la lâcher avant. C'est notre monnaie. Il n'y a pas de raison d'être indulgent, lui répond une voix de femme qu'il me semble reconnaître

– Mais je me fiche de cette traînée ! Ça y est, je t'ai fait plaisir, je l'ai prise. Ce n'est plus mon problème maintenant.

– Cette traînée, comme tu dis, t'amènera les diamants sur un plateau.

– Et après ? demande l'homme.

– Après, tu t'en débarrasses.

– J'ai un ami d'enfance, il a un réseau auquel je pourrai la revendre à un prix acceptable. Mais elle ne servira plus très longtemps.

– On a encore le temps d'y penser. Deux jours.

– Chut ! Je crois qu'elle revient à elle. »

Effectivement, ces dernières phrases résonnent dans mon esprit embrumé. Que m'arrive-t-il ? C'est un cauchemar. Je suis perdue. Mes yeux ne sont pas encore parfaitement ouverts que je tremble d'horreur. J'ai froid. Je me recroqueville sur le côté en position fœtale. J'entends les personnes quitter la pièce.

Une éternité passe.

Soudain, une grosse voix tonne :

« Mangez ! »

Un bruit de couverts et une odeur de nourriture. Je me retourne, terrifiée. Je me redresse, assise, dans un lit, dos contre le mur, aussi loin que possible de mon interlocuteur. Je tiens le drap. Je suis nue ! Comment cela se fait-il ? Qui m'a déshabillée ? Je sens la nausée monter… Le type en face de moi se rend compte de ma gêne.

« C'est Anikeï qui t'a déshabillée, dit-il sèchement en désignant un mastard près de l'entrée. On a brûlé tes vêtements. Pas de trace. »

Anikeï, le mastard, pansement sur le nez, est l'un des types de la voiture. Celui qui m'a étranglée avec la ceinture de sécurité. Son biceps est épais comme ma tête… Je frissonne en repensant à ce qui s'est passé. Celui qui a parlé est un grand rouquin criblé de tâches de rousseur. C'est la première fois que je le vois. Il a l'air niais et méchant.

Sous lc drap, je passe mes mains sur mon corps. Je vérifie les coups et les bleus. Je suis meurtrie. Mes poignets, ma taille, mes jambes sont endoloris. J'ai un énorme mal de crâne.

Combien de temps ai-je été inconsciente ? Et… ce type, là, qui a mis ses mains sur moi pour enlever mes vêtements… J'ai un haut-le-cœur. Est-ce qu'il m'a… ? Je réprime ces pensées.

Au pied du lit, un trolley avec un plateau de nourriture. Pour la première fois, je regarde autour de moi pour comprendre où je suis. Manifestement une chambre d'hôtel. Plutôt luxueuse. Le grand rouquin est parti s'asseoir face à la fenêtre. Fermée. Anikeï, lui, se tourne vers moi. Visage fermé et dangereux. Il agrippe quelque chose sur une chaise et se dirige vers moi. Que me veut-il ? Tandis qu'il avance, je glisse à reculons sur le lit vers le mur. Je suis glacée. Il est debout au bord du lit. Il voit ma terreur et je vois qu'il aime ça. Je suis comme une bête cernée par un chasseur.

Il se baisse et arrache violemment mon drap.

« Non ! Arrêtez ! »

Je tente vainement de le rattraper.

« Laissez-moi ! »

Je suis nue, impuissante. Tremblant d'épouvante, je vois d'en dessous son rictus répugnant. Il m'observe longuement d'un air pervers. Je sens ses yeux glisser sur mon corps, de la tête aux pieds. Son regard s'attarde sur mon bassin… Je n'arrive pas à déglutir. Que va-t-il faire de moi ?

Il lève le bras et jette sur moi ce qu'il avait pris dans la main. Une robe et une culotte. Content de son effet, il se retourne et se fiche de nouveau près de l'entrée. La panique me fait sangloter. Je m'habille rapidement avec des gestes désordonnés. La robe est noire. Trop grande. Lentement, je m'avance vers le plateau-repas. J'ai l'estomac noué. Manger… Mais comment faire après tout ça ?

J'essaie de remettre en ordre mes pensées. Les personnes que j'ai entendues parler tout à l'heure au bord de mon lit…L'homme, je ne connaissais pas sa voix, mais la femme… Alice ! C'est elle, c'est sûr ! Et… Et Charles ? Un frisson me parcourt le dos en pensant à lui. L'ont-ils enlevé également ? Lui ont-ils fait du mal ? Que fait-il donc ? S'il est libre, n'est-il pas à ma recherche ? Se fait-il un sang d'encre ? Et puis comment Charles pourrait-il être lié à des mafieux russes ? Et surtout, comment se fait-il qu'Alice et Guillaume le soient ? J'ai bien distinctement entendu les gars en noir prononcer leur nom dans la voiture…

Sans avoir touché à mon assiette, je me lève craintivement et je me dirige vers la salle de bains. Je ne lève pas les yeux du tapis. Arrivée à la porte, je m'enferme. Un instant de répit ? J'ouvre le robinet de la baignoire, je retire ma robe et je ferme les yeux en essayant de ne plus penser à rien.

Soudain, je suis coupée dans mes pensées : des énormes coups à la porte de la salle de bains !

Non ! Pas maintenant !

« Qu'est-ce… Qu'est-ce qu'il y a ? osé-je timidement.
– Vous devez sortir, dit la grosse voix d'Anikeï avec son accent slave à couper au couteau.
– Attendez… Je n'ai pas terminé.
– Peu importe, vous devez sortir, maintenant ! braille-t-il.
– Mais… je ne suis même pas présentable, je…
– C'est terminé ! Enfilez rapidement quelque chose, n'importe quoi ; vous croyez-vous supérieure pour nous faire attendre comme ça ? Dépêchez-vous ou c'est moi qui ouvre !
– Oui, j'arrive. Je… Je… Donnez-moi trente secondes.
– Je compte. »

J'enfile rapidement un peignoir accroché à une patère. Anikeï s'y remet : il martèle la porte de coups. Elle en tremble et craque presque.

« Dimitri en a assez de vous attendre ! Je vais maintenant ouvrir de force.
– Non, non, non ! Attendez, voilà, j'arrive… »

Je cours vers la poignée et tourne la serrure précipitamment.

C'est qui Dimitri ? Qu'est-ce qui m'attend derrière cette porte ?!

57

QUOI D'AUTRE ?

À peine ai-je tourné la clef dans la serrure, que la porte s'ouvre violemment vers moi. Je saute en arrière pour éviter le coup, mais la porte me frappe au visage. Je crie. Je mets ma main sur la tempe. Je sais qu'Anikeï a fait exprès. Il jouit de sa cruauté.

Mais, immédiatement, une autre voix :

« Anikeï ! Calme tes nerfs ! Ces manières ne sont pas dignes de nous. On n'est pas à Moscou dans le quartier de ta mère. »

Anikeï se fige instantanément. Il se retourne lentement et se dirige lambinant vers son endroit habituel, face à la porte d'entrée. Il passe sa paume sur sa bouche et son menton, puis, sans y penser, laisse pendre ses bras et reprend son visage impassible de rhinocéros. L'homme en face de moi doit être redoutable vu que cette brute d'Anikeï ne moufte pas devant lui. Je note mentalement qu'il ne lui a pas parlé en russe, mais en français… Exprès. Pour que je comprenne et que je sache ainsi qui a le pouvoir ici. Mon regard quitte Anikeï pour appréhender mon nouvel interlocuteur. La chambre est sombre et la seule lumière vient de la salle de bains derrière moi.

Le type en face de moi est à peu près de ma taille. Plutôt fin mais pas fluet. Il a les pommettes saillantes et des yeux en amande sombres et mélancoliques. Sa bouche est très fine et longue, comme un long trait dessiné. Trente-cinq ans à tout casser. Chemise italienne imprimée avec des boutons de manchette bling-bling. Montre plutôt voyante aussi. Pantalon de toile et mocassins en daim. Le contraste est total entre sa tenue décontractée et son visage sinistre.

Il me regarde d'un air froid et inquiétant. Il règne alors un silence particulièrement inconfortable pendant que l'on se fixe comme ça, lui habillé, moi en peignoir, dans cette chambre d'hôtel aux volets fermés, avec Anikeï et le grand rouquin.

Je tente de comprendre :

« Je… Je… Mons…
– Stop, mademoiselle. »

Il m'interrompt d'un ton sec, et je comprends que la discussion va plutôt être à sens unique.

Il m'agrippe par le poignet et me tire vers lui d'un coup sec. Il est très fort malgré sa taille. Je ne peux retenir un petit cri. Le col droit de mon peignoir glisse le long de mon bras pour laisser voir mon épaule. Je respire fort, les yeux grands ouverts, figée d'effroi.

« Ne vous inquiétez pas, mademoiselle Maugham, je ne vous veux pas de mal. En tout cas pas pour l'instant. J'ai besoin de vous. On va d'abord soigner votre blessure, vous mettez du sang partout…

– Qu… Quoi ? De quoi parlez-vous ? Que… Quelle blessure ? »

Tout en me maintenant d'une main, il lève l'autre et passe l'arrière de ses doigts contre ma tempe.

« Votre arcade, mademoiselle Maugham. Votre arcade sourcilière. Elle saigne. »

Puis il ramène vers lui son doigt perlé d'une trace de mon sang et il le porte à sa bouche pour le lécher.

D'horreur, je tire un grand coup sur mon bras pour le dégager. Manque de chance, il me tient très fermement et rien ne bouge. Sauf que la secousse a fait glisser l'autre col de mon peignoir à mi-bras. Mes deux épaules sont à nu et je sens le peignoir, qui n'est plus maintenu, glisser imperceptiblement vers le bas. Vite, d'un geste de ma main je vais pour remonter mon vêtement de fortune, mais le mouvement agit contre moi : Avant que j'aie pu attraper quoi que ce soit, le peignoir choit au sol… Je me retrouve face à cet inconnu, à moitié nue, avec un mélange de terreur et d'humiliation dans les yeux.

Mon interlocuteur ne semble pas perturbé le moins du monde. Je vois ses yeux descendre et regarder calmement ma poitrine ainsi exposée. Un sein, puis l'autre. Une seconde, et il desserre sa prise autour de mon poignet. Je me baisse en vitesse et ramasse le peignoir pour me cacher. Je trébuche et me rattrape à ce que je peux. Le peignoir est à terre et les trois hommes me regardent me démener piteusement, quasiment à quatre pattes, à chercher de quoi me vêtir. Mes yeux sont embués de larmes. Je me dirige au radar. Je me sens perdue. Les types semblent prendre un plaisir cruel à m'observer ainsi diminuée, quasi-nue, genoux à terre, luttant pour trouver mon chemin comme un insecte affolé. Je retrouve enfin la salle de bains et je m'y engouffre. Juste avant de claquer la porte derrière moi, je peux encore sentir le regard des hommes sur mon corps.

Je suis en larmes. J'ai peur qu'ils me touchent, j'ai peur de ce qu'ils vont me faire…

Charles, où es-tu ? Pourquoi ne viens-tu pas à mon aide ?

Je remets rapidement ma robe. En nouant la ceinture, je passe devant le miroir et je m'arrête. Je passe mes doigts sur la blessure. C'est ouvert et ça saigne. Heureusement la douleur est supportable. Je cherche dans les placards et je trouve du coton. Je tamponne. Ça ira pour l'instant. Je soupire fort et observe mon visage dans la glace. Il faut ressortir maintenant. Vite. Et que fait Charles en ce moment ?

À l'aide Charles ! Viens !

Je baisse la poignée et reviens dans la chambre.

Dans l'entrée, Anikeï n'a pas bougé d'un poil. Le grand rouquin, toujours face aux volets. L'inconnu, quant à lui, s'est installé à la petite table sur laquelle il dîne tranquillement le repas qui m'était destiné.

« C'est excellent, vous savez, mademoiselle Maugham ? Le chef de ce palace vient de gagner une deuxième étoile au guide Michelin... Il fait vraiment des merveilles ! Quelle tristesse que vous snobiez tant de talent. Cette volaille est cuite à la perfection ! Dommage que ce soit froid maintenant. Ah, je ne mène pas une vie facile... Manger comme ça quelques restes sur le pouce... Comme je vous envie ! Chouchoutée par nos soins dans ce petit cocon luxueux... Non, vraiment, j'espère que vous appréciez à leur juste valeur ces conditions particulièrement... délectables, dirons-nous ? »

Je suis paralysée. Ce ne peut pas être vrai ; c'est un mauvais rêve. Je voudrais me jeter à ses genoux pour implorer, mais mon corps ne réagit pas.

« Qui... Qui êtes-vous ? Qu'est-ce que vous me voulez ? Laissez-moi ! Je n'ai rien fait... »

Je bredouille. Je voudrais juste courir... Mais où ?

« Quel mufle je fais, mademoiselle Maugham ! En effet, veuillez pardonner cette terrible négligence. »

Il se lève et vient vers moi en me tendant la main, un sourire narquois sur le visage.

– Dimitri, absolument charmé. »

Sa main tendue reste vide. Il tombe le sourire. Puis, tout en se curant la dent du bout de l'ongle :

« Accepteriez-vous de partager ma table, mademoiselle Maugham ? »

Dimitri fait un geste de la main à Anikeï qui se dirige de suite vers le téléphone. Anikeï marmonne quelque chose dans le combiné puis raccroche. Il retourne tranquillement à sa place. Il faut attendre le groom.

Le temps s'est arrêté. Il règne un silence glacial dans la pièce. Je suis assise face à Dimitri, et nos regards sont immobiles. Ça y est, j'entends l'horloge de la chambre. Tic, tac, tic, tac… Elle fonctionne en permanence, mais c'est dans ces moments-là qu'on l'entend. On a l'impression qu'elle résonne de plus en plus fort, qu'il n'y a que ça, que le son emplit la chambre à en faire résonner les murs, qu'il faudrait crier pour se faire entendre. Ça me fait vibrer le crâne. Tic, tac, tic, tac.

Petit couinement de trolley dans le couloir et coup discret à la porte. Le groom entre timidement. Dimitri lui lance :

« Ah, Antoine ! Quel plaisir de vous revoir à chacun de mes voyages à Paris. Vous êtes un exemple du beau service *à la française* ! Venez donc, approchez. Mettez la machine là. Voilà, merci. Ah, je vous présente ici une nouvelle amie : Emma Maugham. Vous serez amené à la recroiser, je pense. »

Antoine a l'air plutôt gêné par la situation et la familiarité de Dimitri. Il m'adresse un sourire poli.

« Merci, Antoine. Vous pourrez récupérer la machine d'ici une heure. »

La machine ? De quelle machine parle-t-il ?

Anikeï raccompagne hâtivement le jeune groom en le poussant dans le dos et en lui fourrant un billet dans la main. Il claque la porte.

« Maintenant que nous sommes à notre aise, mademoiselle Maugham, il est peut-être temps que nous ayons une petite conversation. »

Il me fait signe de m'asseoir sur la chaise en bois à côté de la table. J'obéis. Le grand rouquin fait rouler le trolley en face de moi. Soudain, on m'empoigne les mains ! Anikeï passe une corde autour de moi et attache mes bras derrière le dossier de la chaise. Je suis terrifiée, j'ai envie de hurler, mais on me bâillonne dans la seconde. Je crie tant que je peux dans le bâillon, mais ne sort qu'un faible son. Je suffoque dans le tissu. On m'attrape les chevilles. On écarte mes jambes et la corde passe de même dans les barreaux de la chaise. Je suis totalement immobilisée. Dimitri a regardé la scène, statique et blasé. Ça n'a pas duré vingt secondes.

Sur le trolley, un ordinateur portable. Dimitri lance Skype. Mais que me veulent-ils ? Que vont-ils me faire ? Des perles de sueur glissent le long de mes tempes. J'ai les yeux écarquillés. Même mes larmes sèchent de peur.

Le logiciel est prêt. Deux utilisateurs se connectent. L'écran se divise en trois. À gauche et à droite, deux grands carrés noirs. En bas, je me vois telle que filmée par la caméra de l'ordinateur. Je suis horrifiée de me voir ainsi ligotée. Il me semble être une otage comme on en voit au journal. Sauf que c'est à mon tour d'être de l'autre côté de l'écran… Je déglutis, mais la nausée monte.

Le carré de gauche s'éclaire. Alice ! Elle montre un visage froid, lassé. Le carré de droite s'illumine à son tour : Charles ! Enfin ! Viens ! Je crie, je hurle, je me débats. Je veux lui parler. Qu'il vienne me sauver. Mais je ne réussis qu'à sortir des gémissements sourds, mon bâillon plein de salive. La chaise, quand à elle, ne bouge pas d'un poil.

Charles semble livide. C'est mon ange sauveur, je le sais… Il m'a vue, ça y est. Je le vois contracter sa mâchoire et écarquiller les yeux. Il laisse échapper :

« Emma… »

Alice lui lance :

« Charles, je suis réellement ravie de te revoir. C'est vrai que c'est un peu froid, comme ça, par ordinateur, mais c'est aussi cordial que la dernière fois que tu m'as reçue, n'est-ce pas ? Aussi, je ne crois pas que tu m'en voudras.

– Alice, qu'est-ce que tu as fait ? Je t'interdis de toucher un cheveu d'Emma.

– Ha, ha ! Ne t'inquiète pas, Charles, je ne ferai rien du tout. Ce n'est pas mon genre. J'ai des gens qui font ça pour moi. »

À cet instant, Anikeï approche une cigarette allumée de la blessure sur ma tempe et me l'écrase brutalement dessus. Je hurle de douleur. Le son sort tant qu'il peut à travers le bâillon. Je me tortille. La douleur redescend.

Je suis épuisée. Je vois le visage de Charles crispé, les yeux rougis.

« Alice, arrête cette torture tout de suite, elle n'a rien fait. Tu es lâche de t'attaquer à elle. Viens me chercher si tu l'oses vraiment.

– Lâche, moi ? De la part de quelqu'un qui profite de mon absence pour sauter les petites minettes qui passent dans son studio, c'est plutôt amusant, Charles, plutôt amusant. Mais ne t'inquiète pas, je te ferai payer toutes ces années passées à pourrir dans cet hôpital psychiatrique.

– Alice, ce qui t'est arrivé n'est que de ta propre faute, je n'ai ri…

– Stop, Charles ! hurle Alice. Arrête de parler. Tu ne vas maintenant faire qu'écouter. Et tu vas obéir. Je sais que tu vas le faire, car tu n'as pas le choix. Je te fais une petite démonstration. »

Là-dessus, Anikeï revient vers moi. Il a un couteau dans la main. Je tremble de tout mon corps. J'ai les yeux exorbités de terreur. De sa lame, il caresse mes cuisses écartées, puis il remonte le couteau avec le pan de ma robe. D'une main, il tire l'élastique de ma culotte et le coupe d'un coup de lame. Il tire le tissu d'un coup sec et jette la culotte dans un coin de la pièce. Je ne peux rien faire, immobilisée, bâillonnée, mains et jambes écartelées, ligotées à la chaise.

« Arrête ça tout de suite Alice ! Je ferai tout ce que tu voudras !

– Ah, Charles, tu deviens raisonnable. Vraiment, quel plaisir. Je vais t'envoyer un petit message avec le détail de mes desiderata. Au complet. À très bientôt, chéri. Bisous, bisous. »

Et elle envoie un baiser soufflé à la caméra. Puis soudain son carré de conversation s'éteint en même temps que celui de Charles.

Je suis anéantie. Inerte.

Dimitri referme l'ordinateur. Il n'est pas passé une fois devant la caméra. Il se cache ? Quel est son rôle là-dedans ? Anikeï et le grand rouquin me détachent et rabaissent ma robe. Petits coups à la porte… C'est Antoine, le groom. Il revient chercher le trolley. Évidemment, un ordinateur public, c'est plus discret.

Il lance de petits sourires à la cantonade. Le grand rouquin se rassoit sur sa chaise habituelle. Anikeï et Dimitri s'éloignent de la table et commencent une conversation à voix basse en russe. Pas un regard pour le groom en train d'enrouler les câbles. Je me lève, chancelante. Je suis debout entre le lit et la porte d'entrée. À deux mètres, la porte, ouverte. Les Russes sont tous à leur affaire. Oserais-je ? Et si c'était le moment ? La décision se fait en une fraction de seconde. Je bondis vers l'ouverture et je me faufile dans le couloir ! Liberté !

58

GAMINE MIDINETTE

Je cours, pieds nus, le plus grand sprint de ma vie ! Derrière moi, j'entends brailler en russe. Ils se lancent à ma poursuite ! Je n'ai que quelques mètres d'avance et je n'ai jamais été une grande sportive. Dans ma course, les appliques de lumières semblent clignoter sur les murs. Deux grooms ! Je slalome entre les trolleys. Des clients avec des bagages : vite ! Je saute par-dessus les valises. Tous sont surpris de cette agitation dans ce lieu préservé. Au fond du couloir, les ascenseurs. Plus que trois mètres, pourvu qu'il arrive vite...

Emma, saute sur le bouton !

J'ai de la chance, les portes s'ouvrent justement à l'instant ! Une femme de ménage en sort, poussant une lourde bassine de linge. Je me jette au fond de la cabine, vite je tambourine contre les boutons. Ferme-toi ! Ferme-toi, vite ! Je lève les yeux. Ils arrivent ! Anikeï et le rouquin.

Un type de la sécurité de l'hôtel est arrivé et stoppe le rouquin dans sa course. Celui-ci tente de se dégager, mais deux autres arrivent et le maîtrisent. Oh non, Anikeï les a dépassés ! Il arrive. Avec sa force il va me rattraper... Mais il boite ! Bien sûr, c'est la blessure que je lui ai faite dans la voiture. Voilà pourquoi Anikeï m'en veut autant. Les portes se referment à l'instant où il se jette sur elles à en faire trembler les murs.

Je ne sais pas où l'ascenseur m'emmène. Il semble descendre, descendre. Je ne comprends pas, pourquoi si bas ? Les portes s'ouvrent enfin. Bien sûr, c'est un ascenseur de service ! Je me retrouve dans la cuisine de l'hôtel. Il y règne une agitation frénétique. Cela hurle de partout et tout le monde s'affaire dans un frémissement de fourmilière. Même moi, sans blouse et pieds nus, je passe inaperçue. Je cours pour traverser la cuisine en cherchant désespérément la sortie. Je me rue sur des portes battantes ; des serveurs, derrière, plateaux remplis à la main prennent les pans en plein visage. Ils hurlent. Les assiettes et les couverts tombent et se cassent en un fracas de tous les diables. La nourriture se répand partout et leur brûle les mains. Ils se relèvent et se jettent à ma poursuite. Oh non ! Pas le temps de quoi que ce soit, je continue ma course effrénée. Je vois débouler la sécurité de l'hôtel au bout du couloir. Vite, je prends à gauche. Soudain, une main agrippe mon bras. Je crie. Je me retourne. Un uniforme de la sécurité. Je lui hurle :

« Non, s'il vous plaît, monsieur, s'il vous plaît, laissez-moi partir, je suis prise en otage ! On m'a fait du mal ! On m'a frappée ! Sauvez-moi, sauvez-moi. Ce sont des Russes, aidez-moi, je vous en supplie ! »

Soudain ses yeux se ferment et il chancelle. Il est tombé à terre, assommé. Derrière, Anikeï, souriant, m'agrippe d'un coup les poignets. Je lève la tête en arrière vers le plafond : un visage constellé de taches de rousseur. Un tissu sur la bouche et le nez... Chloroforme... Encore... Non... C'est la fin...

J'ouvre les yeux. Je suis nue dans la baignoire de la salle de bains de la chambre. On m'a de nouveau déshabillée. Apparemment on brûle mes vêtements dès lors que quelqu'un m'a vue les porter... Je me lève péniblement. J'enfile de nouveau le peignoir et je passe dans la chambre.

Le chemin est barré. Deux types montent la garde devant la porte. Apparemment on ne veut pas d'une deuxième escapade. Pas d'Anikeï ni de grand rouquin. Par contre, deux autres hommes en noir. Ce sont ceux qui étaient dans la voiture. Un vieux buriné au regard de dément – c'est dans sa narine que j'avais enfoncé le tube de rouge à lèvres – et à côté celui qui conduisait le véhicule : un brun aux cheveux longs, tatoué de partout. Dans son cou est inscrit en lettres gothiques le nom « Louka ».

Lui, curieusement, me fait un petit sourire courtois, discret. Un éclair d'humanité dans un monde de brutes ?

Ils s'écartent. J'entre dans la chambre. Mes yeux naviguent dans la pénombre. Et là, en face, une silhouette. Assise, de dos, sur mon lit et sur mes draps défaits de la nuit. La personne est en contre-jour, aussi je ne la distingue pas très bien.

« Vos draps sentent merveilleusement bon, Emma. »

Sa main caresse le matelas.

« Ils ont l'odeur de votre parfum, mais surtout, ils ont l'odeur de… Vous. De vos beaux cheveux bruns. De votre corps, de votre peau et de votre féminité irrésistible. »

Je suis frappée de stupeur. Complètement figée ; glacée jusqu'au plus profond de mon être…

« Je comprends si bien comment Charles a succombé à vos charmes. Il a un petit côté faible comme ça. Un peu adolescent attardé à s'amouracher d'une midinette un peu gamine comme vous. Je le connais si bien vous savez. »

C'est Alice. Sa voix grave et rauque me rend encore plus nerveuse. Cette douceur feinte me fait paniquer.

« Madame Duval, je…
– Oh, Emma ! Je vous en prie. Pas de cela entre nous. Appelez-moi Alice.
– Alice, je… Je ne sais que…
– Bien sûr, Emma, que vous ne savez que dire ou que faire ! Vous êtes toute petite, Emma, une toute jeune femme qui a encore beaucoup de choses à apprendre. Et Charles

qui tombe pour vous ! J'espère que vous ne vous êtes pas trop fait d'illusions, Emma. On rêvasse tant, à votre âge… Vous ne vous imaginez quand même pas, vous, en couple avec Charles Delmonte ! Ha ha ha ! Quelle image ! Vous êtes si mignonne, si innocente. Et si bête. »

Je suis terrifiée et désorientée.

Alice se lève délicatement. Elle replace sa jupe fuseau d'un geste sur les hanches, passe ses doigts le long du col de son chemisier blanc en soie, et fait le tour du lit pour se planter devant moi. Nous ne nous étions jamais retrouvées si proches. Son regard noir et profond m'hypnotise. Je me sens totalement ridicule dans mon peignoir rose brodé aux couleurs de l'hôtel.

« Enfin, Emma, qu'est-ce qui peut tant plaire à Charles ? C'est une énigme ! Voyons voir d'un peu plus près pour comprendre ce mystère. »

Alice lève les bras et dégage mes cheveux de mon visage. Je suis immobile. Je sens ses doigts sur mes tempes.

« Un joli petit visage, Emma. C'est vrai. Oh, bien sûr, pas très racé. Un peu… rural dirais-je ? Qu'en pensez-vous ? »

Je tremble. Je suis glacé. Je comprends maintenant pourquoi Charles était parfaitement statique l'autre jour dans son appartement. Cette femme est une sorcière !

Elle continue :

« Ah, et ce petit peignoir, comme il est seyant ! Il vous va à ravir. Le rose vous sied parfaitement au teint ! Et quelle coupe ! »

Son sourire narquois me donne la nausée. Je voudrais juste hurler et la pousser pour m'enfuir. J'aperçois Louka du coin de l'œil, devant l'entrée, regard au loin, parfaitement insensible à la situation. Alice lâche mes cheveux et descend les bras.

« Évidemment, Emma, Charles n'est pas du genre à se contenter d'un peignoir. »

Soudain, Alice saisit la ceinture, en tire les bouts ; les pans roses s'écartent d'un coup. Alice agrippe mon col et fait tomber mon peignoir à terre. Je suis interdite, muette et pétrifiée. Je me retrouve parfaitement nue face à Alice, dans cette chambre d'hôtel. Elle ne peut réprimer un rictus de satisfaction. Elle, femme forte, habillée luxueusement. Moi, la gamine midinette, maîtresse de son mari, prisonnière et ridicule, nue face à elle. Je sens dans ses yeux qu'elle se délecte de cette vengeance.

« Oh, ne soyez pas embarrassée devant moi, Emma. Nous partageons le même homme. Cela ne fait-il pas de nous… des sœurs en quelque sorte ? »

Non Alice, non !

Elle poursuit en m'inspectant du regard :

« Oh, mais regardez-moi ces jolis petits seins ! Et ces hanches galbées ! Monsieur connaît son affaire, dites-donc ! Quelle belle peau de pêche ! Et ces longues jambes ! Ces cuisses... Et ce sexe, si accueillant... Ce sexe... »

Elle s'approche de moi. Au plus près.

« Charles a dû adorer ce sexe, Emma, n'est-ce pas ? D'ailleurs n'est-ce pas surtout pour ce sexe qu'il vous voit entre deux voyages ? »

Elle est maintenant si près de mon visage que je peux sentir son souffle sur mes lèvres. Mes pieds sont cloués au sol ; je suis absolument sidérée. Son regard m'écrase. Je suis parfaitement impuissante. Sa bouche s'approche lentement de ma bouche et elle pose ses lèvres sur les miennes. Elle m'embrasse. Doucement et sensuellement. Elle clôt les yeux un instant. Elle veut m'écraser, elle veut m'anéantir, elle veut me posséder, et la trace rouge laissée sur mes lèvres signe pour elle un acte de victoire et de propriété.

Puis, d'un coup, elle se retourne, marche vivement le long de la pièce et va s'asseoir à la jolie petite table. Elle allume la lampe posée dessus. Elle a complètement changé d'attitude en un instant. Elle a voulu jouer avec moi et elle a gagné. Elle passe maintenant à autre chose. Ce changement soudain me réveille et je me précipite vers la penderie, de laquelle je tire un jean et un chemisier noir à pois blancs. Je me vêts en hâte pendant qu'Alice a les yeux rivés sur une pile de documents.

« Emma, j'ai quelques papiers ici qui pourraient vous intéresser. En fait de papiers, il s'agit plutôt d'un contrat. Laissez-moi être le plus clair possible, Emma. Je sens qu'il faut que je parle simplement pour que vous compreniez. Je vous aime bien, vous savez. Je suis même certaine que nous pourrions devenir de vraies amies ! Enfin, chacune à sa place bien sûr, mais votre compagnie pourrait m'être agréable parfois, si si. Bref, voilà les termes : renoncez à Charles. Refusez de le voir. À tout jamais. Bien entendu, vous avez une petite récompense en échange : cette somme-là. »

Elle me montre un bout de papier avec un chiffre contenant plusieurs zéros.

Elle continue :

« Comme vous savez que de toute façon votre relation est vouée à l'échec, je trouve la proposition particulièrement avantageuse à votre égard. Je trouve que vous avez de la chance, Emma ! Couper court à une relation bancale, un beau chèque dans la poche et une chouette nouvelle meilleure amie ! C'est un beau départ dans la vie, ne trouvez-vous pas ? »

Elle prend un stylo.

« Voilà, signez ici, en bas. »

Je ne bouge pas.

« Ce n'est pas grave, Emma, il n'est pas utile d'avoir votre véritable signature. Nous avons des professionnels qui l'imiteront parfaitement.

Cette femme est folle à lier !

À ce moment-là, des petits coups se font entendre à la porte. Louka ouvre doucement. Dimitri fait son entrée dans la pièce. À la vue d'Alice, il sourit ostensiblement, se dirige vers elle et lui fait un baisemain.

« Bonjour Alice, ma chère. Vous êtes particulièrement belle aujourd'hui. »

Puis, après m'avoir toisée un instant :

« Mlle Maugham a-t-elle signé son petit papier ? »

Je suis parfaitement outrée par toute cette scène. Je suis devenue un objet. On ne me dit plus bonjour. On ne me parle pas. On parle de moi à la troisième personne. On m'achète, on m'échange. Alice répond :

« Pas encore. La petite était sur le point de le faire.
– Formidable, répond Dimitri. Lui avez-vous bien parlé de toutes les clauses ?
– Oui, oui.
– Ainsi que de la dernière clause, celle du mariage ?

– Pas encore, mais je crois qu'elle ne pourra qu'être comblée de se savoir promise à un tel parti. »

Un tel parti ? Mais de quoi et de qui parlent-ils ? Ils veulent me marier de force ?!

Dimitri reprend :

« C'est vrai que votre neveu Guillaume est un garçon charmant. Quelle chance vous avez, mademoiselle Emma, quelle chance ! Vous êtes si demandée… On vous prête tant de valeur. Tellement qu'aux yeux de M. Delmonte vous valez même des diamants bleus.

– Diamants bleus ? »

Encore cette histoire de diamants. Ceux que Charles m'a offerts. Tous les diamants ont des papiers d'identification, non ? Je ne comprends pas, ces types n'ont pas l'air de vulgaires voleurs… Et Charles ne m'a pas offert de diamants volés, ce n'est pas possible. Toutes ces pensées s'embrouillent dans ma tête et je me mets à trembler et à perdre mes moyens. Dimitri s'en aperçoit. Il reprend :

« Je crois savoir que vous êtes accointée avec les sœurs Petrovska.

– Les sœurs Petrovska ? »

Pourquoi me parle-t-il des Petrovska ? Je suis perdue.

« Les fameuses sculptrices.
– Euh… oui, mais juste… Très peu, enfin, je les ai déjà rencontrées. Mais pourquoi… Ce fut plutôt bref ; je n'ai pas leur numéro de téléphone, si c'est ce que vous cherchez… »

Dimitri rit franchement.

« Non, non, mademoiselle Maugham. Rien de la sorte. Vous connaissez très certainement le MIAC, le Musée international d'art contemporain ?
– Oui…
– Eh bien les sœurs Petrovska y seront exposées. Le vernissage aura lieu demain soir.
– Et… quel rapport avec moi ?
– Il y aura beaucoup de monde à ce vernissage, mademoiselle Maugham. Beaucoup de beau monde. Paraît-il que même le célèbre Charles Delmonte fera don de sa présence. »

Je tremble. Je ne sais pas où il veut en venir. Dimitri continue :

« Et cette foule sera l'endroit idéal pour un petit échange discret. Personne contre diamants. Je vais être très clair, mademoiselle Maugham. Vous êtes notre otage et notre monnaie d'échange pour les précieux bijoux que M. Delmonte apportera. »

J'accuse le coup, mais je suis en même temps un peu rassurée. C'est une histoire de gros sous. Charles rendra les diamants et demain soir je pourrai enfin le retrouver, dans mon lit, libre…

Cela me donne la force de répondre :

« Je serai contente de ne plus vous voir, Dimitri.

– Ha ha ha ! Quel humour ! Vous êtes formidable ! Mais voyons, il n'y a guère que M. Delmonte pour croire que nous allons vraiment vous rendre, mademoiselle Maugham ! Voyez-vous, nous sommes le genre de personnes qui aimons avoir – comment dites-vous en français ? – « le beurre et l'argent du beurre ». J'ai le plaisir de vous annoncer que vous allez beaucoup nous voir dans les temps à venir. Vous devriez vous mettre, comme Guillaume, dès maintenant à notre belle langue russe. Vous verrez, elle recèle des beautés insoupçonnées. »

59

MADEMOISELLE DIAMANT BLEU

Le ballet des serveurs bat son plein. Vus d'en haut, les plateaux ronds surchargés de coupes de champagne semblent autant de billes qui roulent en tous sens parmi la foule compacte de crânes. Les robes de soirée sont de sortie et les smokings noirs contrastent avec les beaux tissus colorés des dames et des excentriques.

Le hall est absolument grandiose. Le plafond est si haut que l'on croirait pouvoir caser un petit immeuble dedans ! Les murs sont d'immenses parois de verre à travers lesquelles on distingue les lumières de la ville. En effet, nous sommes au dernier étage du bâtiment, et la capitale étincelante s'offre à nos yeux. L'ensemble est magnifique. Je suis encore en haut du grand escalier, un peu à l'écart de l'agitation, mais je n'en perds pas une miette.

Le vernissage de l'exposition des sœurs Petrovska est très impressionnant. Je ne me rendais pas compte de leur célébrité. Manifestement, leurs œuvres attirent le beau monde. Mais… oui, je crois bien reconnaître le ministre de la Culture, près des fenêtres ! Et n'est-ce pas Julien Fichet, le présentateur télé, qui lui parle ? Et, bien évidemment, les sœurs Petrovska, stars de la soirée. Du regard, je cherche Charles. Rien. Trop de monde, trop de lumières différentes et de couleurs chamarrées. Le brouhaha ambiant est assourdissant. Les tintements de verre jouent un carillon étourdissant et la chaleur épaisse des corps monte jusqu'au palier où je me trouve.

Avant de venir, on m'a ordonné de me glisser dans une magnifique robe de soirée signée Dior. Complètement bleue, elle remonte devant juste au-dessus des genoux et elle finit à l'arrière en traîne, dans une étoffe légère et souple. Un large bandeau pour ceinture me gaine la taille. Le haut du vêtement est un bustier brodé et pailleté ouvrant un très large décolleté. On m'a mis un collier de bois et de perles, et les boucles d'oreilles assorties. La coiffure a été réalisée par le coiffeur attitré du palace. Il m'a remonté les cheveux en chignon en laissant quelques mèches folles. Mes pieds sont à l'aise comme dans des chaussons dans des talons démesurés de chez Louboutin.

En gros, on m'a habillée, maquillée et pomponnée comme une poupée. Le fond de teint cache ma blessure à l'arcade sourcilière. Je ne suis plus qu'une chose, qu'un objet aux yeux de Dimitri et Alice. Mais un objet qui a de la valeur. Même une très grande valeur. Autant de valeur que des diamants bleus !

Je ne me laisserai pas faire C'est le calme avant la tempête !

Je suis avec Dimitri, Louka et *monsieur Rouquin*. Je sais qu'Anikeï et le vieux buriné sont également présents quelque part dans la salle. Invisibles pour l'instant. Dimitri porte un smoking qui le rend particulièrement élégant. Il peut aussi avoir du style quand il le veut. Nous patientons sur notre petit palier. Je ne sais pas trop ce que nous attendons. Un feu vert, mais je ne sais pas de quoi ou de qui. La tension monte progressivement. Je ne trouve toujours pas Charles des yeux et l'attente est source de stress. Je me mets à frissonner, la chair de poule hérisse ma peau. Dimitri s'en aperçoit :

« Ne soyez pas si tendue, mademoiselle Emma. Je vous vois respirer fort. En conséquence votre poitrine gonfle et manque de quitter votre superbe décolleté. Ce serait fâcheux d'être dans l'embarras, ici, en si bonne compagnie, avec tous ces paparazzis. Ne vous en faites pas. Tout se passera très bien et sans heurts. Exactement comme je l'ai prévu. C'est toujours le cas. »

Je suis soufflée par son insolence. Son regard de pervers sur ma poitrine me glace. J'ai peur, mais je m'aide de l'ambiance pour me ressaisir.

Tu ne perds rien pour attendre !

Louka remue soudainement. Il a dû recevoir un signal. Il fait un léger signe de la tête à Dimitri. Celui-ci se déplace en une seconde vers moi et met son bras sous mon coude, en cavalier galant :

« Nous y voilà, mademoiselle Emma. C'est à notre tour d'entrer en scène. Rappelez-vous bien tout ce que j'ai pu vous dire. Vous êtes surveillée de tous les coins. Le moindre geste déplacé et nous prendrons soin de vous. Une si jolie fille, ce serait dommage de l'abîmer, n'est-ce pas ? »

Nous nous approchons des escaliers. Nous descendons la première marche. Le bruit et la chaleur de la foule se font plus forts. Petit à petit, marche après marche. Dimitri m'accompagne en cavalier officiel. Les invités levant la tête paraissent plutôt impressionnés par notre couple si glamour. Nous croisons quelques personnes montant l'escalier, que Dimitri salue chaleureusement. Il paraît très sympathique dans cet environnement mondain. S'ils savaient…

Mes pieds se posent de plus en plus doucement sur les marches. Je sens la tension monter en moi, mes oreilles bourdonnent. Je manque tout juste de tomber avec mes talons-échasses, mais Dimitri me tient fermement. Je sens sa poigne musclée me serrer à blanc. Je lui fais un grand signe du regard. Il me sourit de manière affable et desserre un peu sa main. Avant-dernière marche ; dernière marche… Le grand plongeon… Plouf ! Je saute dans le grand bain. Mille personnes m'entourent, parlent, boivent, marchent et rient. La bonne humeur est partout, et ne fait que rendre mon cœur encore plus glacé d'épouvante. Je navigue à vue, mais je ne contrôle pas bien mes gestes ; deux fois je manque de buter dans des sculptures ; il m'arrive de heurter des gens.

« Pardon !
– Ce n'est rien, mademoiselle, ce n'est rien ! Ha ha ha ! »

Les gens rient à gorge déployée en s'échappant dans l'immense forêt de robes et costumes. L'atmosphère est irréelle et j'ai du mal à réaliser que sous cette liesse couve mon drame. J'ai les yeux comme un chat en embuscade. Mon regard est partout, à la recherche de Charles. À essayer de le trouver parmi les œuvres d'art au sein du grouillement compact de la foule. Dimitri, lui, semble très bien savoir où nous allons. Je ne fais que suivre ses pas à mes côtés.

« Champagne ? »

Je connais cette voix… C'est Antoine le groom du palace !

« Euh oui, merci… Mais que faites-vous ici ? »

Je tends le bras vers le plateau offert à moi et prends une coupe. Je la porte à mes lèvres et regarde mon nouvel interlocuteur par-dessus le bord du verre. Ce simple geste et ce visage connu me donnent un peu de baume au cœur. Je me ressaisis et me redresse.

– Eh bien… Je fais quelques extras pour payer mon loyer. Paris est une ville onéreuse.

– C'est vrai, Antoine, j'en sais quelque chose.
– J'espère que vous passez un agréable moment ici.
– C'est agréable de vous voir.
– Vous êtes trop aimable, madame Maugham. Euh… Madame ?
– Oui, Antoine ?
– Pourriez-vous ne pas mentionner mes extras à mon supérieur du palace ? Il n'est pas très commode. Ce serait très aimable de votre part.
– Ne vous en faites pas Antoine. Faites-moi confiance.
– Merci beaucoup, madame Maugham ! J'ai été ravi de vous rencontrer ici. Ah ! On me demande… »

L'appel provient de derrière une œuvre en carton et béton, et Antoine accourt proposer son plateau à un groupe d'Italiens rieurs.

Dimitri se penche vers moi et me susurre violemment à l'oreille :

« Ne refaites jamais ça, mademoiselle Emma ! Vous me parlez ou vous ne parlez pas. »

Il me tient en laisse…

Puis, entre deux bavards bedonnants, comme une apparition, je vois Alice s'approcher. Elle est magnifique dans une robe noir et blanc, moulant son corps de haut en bas. Décolleté bouleversant, rouge sang aux lèvres et mascara anthracite. Elle est éclatante, si tant est qu'un diamant noir peut rayonner. Son regard intense et insondable semble paralyser toute personne passant à sa vue. Elle vient voir Dimitri, qui s'empresse de la saluer d'un baisemain goulu. Pas un regard pour moi.

« À tout à l'heure, Dimitri. Je vous attends à l'endroit prévu. »

Puis elle s'esquive et se faufile pour disparaître dans la foule.

Dimitri semble avoir reçu un signal. D'où ? Je ne sais pas. Quoi qu'il en soit, je vois son regard durcir et scruter un point près d'une grande sculpture représentant une goutte d'eau grise démesurée. Je regarde également. La tension est difficile à maîtriser.

Soudain, je le vois ! Charles ! Il ne nous a pas vus. Son apparition dans ce bourbier me le rend encore plus magnifique et séduisant. Il est superbe dans son smoking noir à la coupe impeccable qui le cintre juste où il faut. Son regard perçant est visiblement à la recherche de quelque chose. Je vois des invités l'abordant pour lui parler. C'est vrai, il est connu de beaucoup de monde Je le sens nerveux, essayant de couper court aux conversations, de la manière la plus polie possible.

Puis ça arrive. Enfin, le moment que j'attendais. Il me voit. Nos regards se croisent. Le temps se fige. Le silence se fait dans ma tête et les lumières paraissent baisser. Il y a entre nous deux au moins vingt mètres et des centaines de personnes, mais nous sommes comme seuls, si proches.

Puis, aussi sec, il détourne le regard. Je sais qu'il ne doit pas attirer l'attention. Je vois à mes côtés Dimitri esquisser un petit sourire. Il n'y a pas que cette histoire de diamants, je le sens. Je le sentais depuis le début.

Charles porte une serviette en cuir clair que je ne lui connais pas. Ce doit être là-dedans qu'il a rangé les bijoux. Les fameux diamants bleus. Qu'est-ce qui est prévu ? Comment cela va-t-il se passer ? On ne m'a rien dit, évidemment.

Je vois arriver le ministre de la Culture. Il s'approche de Charles. Manifestement, il cherche à lui parler. Charles ne peut refuser et engage une conversation imprévue. J'observe la scène ; j'essaie d'emmagasiner un maximum d'informations en scrutant les moindres gestes, les plus petits détails. Leur conversation a l'air gai et détendu. Ils parlent probablement des mécénats actuels de Charles.

Mais… Charles n'a plus sa serviette en cuir clair à la main ! Où est-elle donc ? Ah, si, à ses pieds… Mais, c'est bizarre, il l'a posée un peu loin… Le ministre et Charles finissent de parler et se séparent. Mais ?! C'est pas vrai ? Le ministre se baisse pour prendre la serviette ! Qu'est-ce que cela veut dire ? Charles se retourne et s'éloigne sans se poser de questions. De son côté, le ministre se promène, serviette à la main, comme si de rien n'était. Le ministre, mêlé à tout ça ? Il retourne vers les grandes vitres et va poser une question à l'un de ses gardes du corps. D'un geste naturel, celui-ci débarrasse le ministre de ses affaires pour qu'il soit plus à l'aise. Mais ce garde du corps… Je le reconnais, c'est Anikeï !

Qu'est-ce que c'est que ce micmac ?

Dimitri paraît très satisfait du déroulé des opérations. Je sens sa main prendre mon coude. Quoi ? Ça y est ? C'est tout ? C'est terminé ? Et maintenant, c'est quoi le programme ? On me re-kidnappe, c'est ça ? Charles disparaît à tout jamais ? Je ne le vois d'ailleurs plus dans la foule.

N'essaie-t-il même pas de me récupérer ?

Soudain, je sens un frisson glacé me descendre le long du dos. J'ai un petit cri :

« Ah !

– Oh ! Excusez-moi madame… Pardon, pardonnez-moi madame ! Je suis désolé, vraiment désolé, Oh non !

– Antoine ? Mais qu'est-ce que…

– Ça ne tache pas, c'est du champagne, mais je suis vraiment confus. Je… Voici une serviette. C'est… C'est le groupe de personnes, derrière, ils n'arrêtent pas de redemander à boire, et ils commencent à être un peu trop gais et agités. Ils me bousculent sans cesse ! À vrai dire, je… En fait, ils me titillent… Et je crois qu'ils cherchent à me pincer les fesses ! »

Il me désigne le petit cercle d'Italiens rieurs de tout à l'heure. Je ne peux m'empêcher de sourire à ce pauvre Antoine qui se fait gentiment persécuter par ces types un peu éméchés. Et parmi eux mon regard croise alors…

« Mademoiselle Emma ! lance une voix joyeuse et chantante. Quel ravissement de vous avoir ici présente dans ce lieu somptueux ! »

Et il part d'un grand rire sonore, accompagné par tous ses amis. C'est Spontoni ! Mon client italien si gentil, celui qui m'avait proposé un arrangement de couple pour qu'il puisse vivre sa vie gay en toute tranquillité.

« Monsieur Silvio ! Quelle surprise ! »

Quel baume au cœur ce type. Il ferait sourire un condamné !

Il s'approche de moi avec de grands gestes amicaux, tout en riant. Et avec un enthousiasme tout latin, il me prend les épaules, et me pose deux bises sur les joues.

« Emma, il faut absolument que je vous présente à Paolo, un ami extraordinaire, vous allez l'adorer ! »

Il me prend le bras et me tire derrière lui. Il n'a pas un mot ni un regard pour Dimitri. Celui-ci tente de me maintenir le poignet, mais il y a trop de monde. En un instant je distance Dimitri dans la foule, emmenée par mon Italien jovial. Comme par une vague, Dimitri se fait emporter par les deux bedonnants de tout à l'heure qui courent vers le buffet. En un regard furtif, je le vois se débattre et fulminer, tentant de revenir vers moi. Il fait de grands gestes vers Louka et M. Rouquin. Mais au lieu de courir, Louka reste impassible. Il n'a pas pu manquer la scène. Il le fait forcément exprès. Il me laisse une marge de manœuvre ! Merci Louka ! Mais Rouquin ne bouge pas non plus. Ah mais lui par contre, c'est parce qu'il ne comprend rien aux gestes de Dimitri ! Il est bête ou quoi ? Dimitri paraît frénétique et surexcité. En attendant, Spontoni m'a mené à son groupe d'amis. Je suis tremblante et fébrile. Que faire maintenant ? Je suis peut-être séparée de Dimitri de quelques mètres, mais comment faire pour fuir ce guêpier ?

Spontoni, toujours plaisantant :

« Mademoiselle Emma, voici mon cher ami Paolo.
– Enchantée Paolo, je… Comment ? »

C'est Charles ! Spontoni m'a mené vers lui. Quelle est cette histoire ? Vite, pas le temps de réfléchir, Charles me prend par le bras, fait un signe de la tête à Spontoni, et nous courrons en nous faufilant dans la masse de gens. Nous nous dirigeons vers le buffet et passons derrière la grande table.

« Excusez-nous ! »

Charles bouscule deux barmen, ouvre une porte de service et nous disparaissons dans un long couloir labyrinthique. Charles me tient toujours le bras. C'est le plus grand sprint de ma vie. Je commence à perdre haleine. Escaliers. Haut, bas, gauche, droite. Je suis désorientée dans ce dédale.

Charles, lui, sait parfaitement où il va. Il ouvre une porte et soudain c'est le silence !

Nous sommes dans une immense salle d'exposition éteinte. Vide. Charles se tourne vers moi :

« Enfin, Emma. J'étais si inquiet.

– Oh, Charles ! Je suis tellement désolée.

– Emma, je suis rassuré.

– Quand je t'ai vu sur l'écran, je le savais : jamais tu ne m'abandonnerais.

– Comment l'aurais-je pu, Emma ? Toi et moi…

– Oui, Charles, moi et toi ?

– Emma… »

Sa voix se perd. Je sais qu'il n'est pas homme à partager si aisément ses sentiments. Cette bête sauvage.

« Oui, Charles ? »

Il lève la main, et de son index pointe un tableau accroché derrière nous.

« Voici : toi et moi. »

Ce tableau, je le reconnais tout de suite : c'est *Le Baiser* de Gustav Klimt. Charles me prend dans ses bras, en miroir au tableau. Il m'embrasse.

Mais je me tourne vers lui :

« Et Spontoni ? Comment se fait-il que…
– Ah ! Silvio est un vieil ami. Nous avons fait nos études ensemble. C'est quelqu'un de bien.
– Charles, tu sais, il m'a proposé de…
– Oui, Emma, cela faisait partie de mon plan. Je suis un loup en matière d'émotions, Emma. Je n'en dis que peu. Lorsque tu m'as poussé à clarifier mes sentiments à ton égard, je n'ai su que dire au début. Aussi, s'il fallait sauter le pas et te déclarer ouvertement ma flamme, je devais être sûr de toi…
– Et ?
– Tu ne m'as pas déçu. Tu ne m'as jamais déçu.
– Et les diamants bleus, Charles, tu t'es séparé des diamants ?
– J'ai toujours le plus beau des diamants bleus, Emma.
– Comment ? J'ai vu la serviette partir…
– Il est en face de moi, Emma, juste en face de moi. »

Charles se penche et m'embrasse, les mains à ma taille, posées sur ma magnifique robe de soirée d'un bleu étincelant. Plus rien n'a d'importance, je me sens comme sur un nuage, je n'ai plus peur de rien…

Il s'arrête et me prend par la main vers une porte dérobée. C'est une pièce de service dévolue à l'électricité. Dans l'obscurité, des centaines de petits points lumineux rouges, verts et bleus luisent en constellations. Charles referme la porte et me plaque d'un coup contre le métal froid. Il replonge sur ma bouche avec une ferveur animale. Nos lèvres sont gonflées de désir, scintillantes de moiteur. Ses paumes caressent le taffetas soyeux signé Dior. Après toutes ces péripéties, je me détends enfin et me repose dans ses bras, laissant mon corps offert à ses douceurs. Mes lèvres s'échauffent et ma bouche s'ouvre. Je sens sa langue délicatement passer sur ma lèvre supérieure, puis entrer finement dans ma bouche, mais oh, pas trop loin. Il caresse l'intérieur de ma lèvre tout en la serrant contre la sienne, et habilement la mordille avec douceur. Puis sa langue plonge en moi et vient chercher la mienne. Elles se caressent, se cajolent, s'étreignent. Mon corps chauffe. Il devient brûlant. Brûlant, même si des frissons me parcourent les membres de haut en bas. Je sens à peine mon corps, juste ma langue totalement offerte à Charles qui en use pour son plaisir et le mien. Sa main droite remonte derrière ma tête et il m'agrippe les cheveux et la nuque pour forcer ma bouche à s'ouvrir plus grande et à enfoncer sa langue encore plus loin.

Viens en moi, Charles… Viens plus loin…

Tout en m'embrassant savamment, Charles descend ses mains pour attraper les miennes, et les lève d'un coup au-dessus de ma tête et les colle au mur. Du plafond, il tire le bout d'un câble pendant, inactif, et me noue les poignets ensemble. Je suis à sa merci.

Charles cesse son baiser et descend, genou à terre, prendre mon pied droit. Il me caresse la cheville et la baise doucement. Ses caresses sont du miel. Je ne peux que subir. Je ne peux que sourire. Il se met à lécher le haut de mon pied délicieusement, et remonte petit à petit le long de ma jambe.

Ses mains s'affairent sur mes deux jambes. Ses caresses virtuoses me font osciller de plaisir. La chaleur me prend tout le corps. Elle me prend le ventre. Elle me prend le sexe.

Sa langue est à présent au niveau du genou. Elle le dépasse. Elle est sur la cuisse. Ses mains ne s'arrêtent pas.

Monte, Charles, vas-y, plus haut! Plus haut!

Ses deux mains, chacune sur une jambe, remontent sur mes hanches et vont chercher ma culotte. Doucement, il la descend, centimètre après centimètre. Sa langue ne fait que monter, et semble ne jamais parvenir au bout de sa délicieuse course.

Plus vite!

Je sens mes cuisses vouloir s'écarter ; je veux qu'il vienne, qu'il me prenne. Mes je dois me forcer à les garder serrées pour qu'il finisse de descendre la culotte ! Le geste est sans fin, la frustration de l'attente et le plaisir se mêlent. Je gémis. Je n'en peux plus. Jambes serrées, je plie les genoux, je descends les fesses, toujours liée au plafond par les poignets. J'oscille, je me trémousse, je me déhanche. Je remonte, je redescends.

Cesse cette torture, Charles!

Enfin sa langue vient tout près de mon intimité. Elle est si chaude et humide.

Elle n'attend que ta langue, Charles. Viens me goûter !

Mais ma culotte n'en est qu'aux tibias. Il continue à la baisser, tout doucement. Puis, il la passe sous mes escarpins.

Enfin, je suis libre !

J'écarte les cuisses vivement, et en me tenant au câble je passe mes jambes des deux côtés de sa tête, cuisses sur ses épaules, pour le ramener plus à moi. Sa bouche plonge en un instant dans mon sexe. Je le tiens, je le maintiens avec les jambes, mais il m'agrippe les fesses à pleines mains et il me dévore. Je hurle de plaisir. Sa langue passe tout autour de mon sexe, puis remonte vers mon clitoris. Je goûte aux joies de ses titillements experts. Je gémis ; je soupire, mon bassin tourne en tous sens. Mon torse se balance d'avant en arrière. Le plaisir libère une lionne en moi. Charles libère une lionne en moi.

Puis Charles se dégage et se lève. Il attrape la fermeture Éclair de mon bustier, au niveau du col, juste au milieu, et la dézippe d'un coup vers le bas. Instantanément, ma poitrine est libérée, et mes seins, sans soutien-gorge ni corset, goûtent à la fraîcheur de l'air. Charles se jette sur eux et les embrasse sensuellement tout en me maintenant la taille des deux mains. Je suis toujours sa prisonnière, attachée au plafond, et il fait ce qu'il veut de moi. Enfin, pas tout à fait… Tout en tenant le câble, je passe mes deux jambes derrière ses fesses et je ramène brutalement son corps vers moi, bassin en avant.

Tout en me léchant le téton gauche, il défait sa ceinture, son pantalon, et sort son sexe. Ce sexe immense, gonflé de virilité et de désir. Pour moi.

Sans attendre, me tenant par les hanches, il me pénètre fougueusement. D'un coup, jusqu'au bout. Nos pubis se touchent. Nous restons un instant comme cela. Puis il commence un va-et-vient sauvage. Nous gémissons tous deux. Nous soupirons.

Plus fort, Charles ! Plus vite !

Mes mains s'entortillent autour du câble, que je serre plus, toujours plus. Je tire tellement fort sur le câble que tout à coup, il cède. Mes bras retombent, mais pas moi, maintenu par les mains et le sexe de Charles. Serrée comme dans un étau. Encore quelques minutes et je me dégage, toujours câble en main. Rapidement, je le passe autour des poignets de Charles. Je noue ; je tire. Cela se passe en un instant, il ne s'y attendait pas ! Les bras attachés derrière le dos, il est maintenant à moi, rien qu'à moi ! Il est à deux pas de moi et je l'observe. Grand, athlétique, si beau. Son pantalon défait et son superbe sexe dressé. Je m'approche, en évitant soigneusement sa virilité tendue. Je déboutonne sa chemise et passe mes mains sur son torse musclé. Ces caresses semblent lui plaire. Il respire de plus en plus fort. Il soupire. Sa poitrine ferme est superbe. Mes mains font le tour de sa taille, puis de son cou ; elles passent partout. Elles descendent et baissent son pantalon. Je me venge ! Je fais bien attention à ne pas titiller sa verge magnifique, et je vais doucement, tout doucement. Enfin, en bas, je l'embrasse d'un regard. Il est splendide, sculptural. Je remonte les mains le long de ses jambes et j'agrippe ses fesses. Fermes et musclées. Je les caresse tout mon soûl. Il n'en peut plus, je le vois ! Il tire sur ses poignets liés. Il ressemble à un lion enragé, attaché. Et je vais le dompter…

Je descends alors sur les genoux. Je n'ai encore pas effleuré son sexe. Sa frustration doit être à son comble. Son sexe est face à moi, face à mon visage. Mes mains toujours sur ses fesses. Il se déhanche, il gémit ; il est à moi !

D'un coup, je plonge sur sa verge et la prends dans ma bouche voluptueuse. Il hurle de plaisir. Je remonte lentement, laissant glisser mes lèvres sur les bords de son sexe. Puis, arrivée au bout, je le lèche par petits coups et le mordille un peu. Je sens son bassin basculer d'avant en arrière. Son plaisir monte, il en veut plus ! Je reste juste au bout et j'use de mes lèvres et de ma langue pour l'occire de caresses charnelles. Puis, lentement, je redescends. Je le reprends dans ma bouche, l'enveloppant de ma langue et de mon palais mouvant. Mes mains s'occupent en même temps de ses jambes et de ses fesses. Je caresse, je griffe, j'agrippe, je tords, je pince. Sa verge toute à ma bouche, ma main le prend d'un coup par en dessous. Je le tiens, il est à moi, dans ma paume. Je le caresse lentement et fermement. Mon autre main s'affaire toujours sur ses fesses en remontant parfois sur le torse et son pubis viril. Avec la tête, j'accélère petit à petit la cadence en remontant et redescendant plus vite. Encore plus vite. De plus en plus vite. Son sexe est énorme et ma bouche le prend avec tant de plaisir ; je le voudrais en moi profond, plus profond, encore plus profond ! Tout en continuant, je passe mes mains derrière ses fesses et je détache le nœud du câble.

J'ai libéré le fauve !

Mais je ne m'arrête pas. Alors je continue de plus belle, complètement déchaînée. Ses bras enfin libres, Charles détache mon chignon. Mes cheveux volent de part et d'autre. Charles est un fauve emporté qui se déhanche en passant ses mains dans mes cheveux. Puis il les agrippe et il me lève. Je suis debout. Il me pousse sur une table électrique qui clignote de mille lumières. J'écarte les jambes en posant les pieds sur le bord. Il me pénètre, complètement survolté. Il est enflammé, surexcité, il me prend, il me mord, il m'embrasse, il s'enfonce en moi. Plus vite ! Encore plus vite ! Je suis exaltée, je suis frénétique. Mes ongles griffent Charles sur le torse. Sur le dos. Sur les fesses. Il gémit, il hurle. Je crie, je gémis, je geins, je réclame.

Encore ! Encore ! Plus ! Plus fort ! Plus loin !

Nos deux jouissances et nos deux cris se rejoignent en un instant, en un même geste, un même amour. Nous nous prenons, nous nous étreignons. Nos mains, nos bras se superposent. Son corps contre mon corps, en une seule et même délectation, une seule et même volupté. Je l'embrasse. Il m'embrasse. Nos lèvres n'en finissent plus. Nos bouches sont insatiables. Nous nous serrons. Fort. Très fort. À deux, nous sommes plus forts.

60

LES MASQUES TOMBENT

Cet intermède romantique passé, il nous faut maintenant sortir du bâtiment et nous mettre à l'abri. Mais l'endroit est immense et la tâche est moins aisée qu'elle n'y paraît. Nous parcourons plusieurs longs couloirs éclairés de néons bleus. Charles ouvre enfin une porte et nous nous retrouvons dans l'immense salle du vernissage. La fête est maintenant terminée. Les serveurs et les hommes de ménage s'affairent tout autour de la pièce. Des vestiges des réjouissances parsèment le sol. Le brouhaha assourdissant a fait place à une douce musique d'ambiance que le traiteur a dû mettre pour faire plaisir à ses troupes.

Nous sommes obligés de traverser en long cette salle, et c'est le moment où nous serons le plus exposés. Il faut faire très attention. Il reste encore quelques invités çà et là ; discutant ou cuvant leur vin. Nous marchons comme si de rien n'était vers la grandiose porte d'entrée qui s'ouvre vers l'ascenseur de verre – le dernier avant la liberté.

Je me sens si bien avec Charles à mon bras. Je serre son coude contre moi et ferme un peu les yeux. Les serveurs en costume de garçon de café passent de part et d'autre de nous avec des verres vides sur leur plateau. Soudain, l'un des serveurs se tourne vers nous, probablement pour savoir si nous avons des verres vides à lui donner.

« Pardonnez-moi, il me semble que vous auriez peut-être quelque chose qui nous intéresse.

– Nous n'avons plus nos verres, mon cher, dit Charles.

– Je ne parlais pas de ça… »

Soudain, je sens des bras m'agrippant les poignets par derrière ! Je tire sur mes mains, rien à faire. Je tourne la tête par-dessus mon épaule : c'est M. Rouquin ! Je me tourne vers Charles. Il se fait ceinturer par Anikeï. Les bras du Russe font le double de ceux de n'importe quel humain ordinaire. Je lève les yeux vers le serveur : c'est le vieux buriné qui s'était déguisé.

J'entends un ricanement derrière nous :

« Mademoiselle Emma ! Quelle tristesse… Vous vous étiez perdue dans le musée. C'est si mal fréquenté par ici. Je vois d'ailleurs que vous êtes tombée sur un petit vaurien. Heureusement, nous vous avons retrouvée pour vous sauver de ses griffes malfaisantes. Vous allez enfin pouvoir rentrer à la maison. Notre belle maison.

– Dimitri ! Jamais ! Jamais je ne rentrerai avec vous ; jamais je ne vous suivrai !

– Ha ha ha ! Mademoiselle Emma, la situation est bien cocasse. Comme si vous aviez le choix… Quand à vous, mon cher monsieur Delmonte…

– Dimitri ! s'exclame Charles. »

Comment ? Charles connaît Dimitri ?

Charles continue :

« Emma, je te présente Dimitri. Dimitri Petrovska. »

Petrovska ? Mais qu'est-ce que ça veut dire ?

« C'est le frère, Emma, le frère. La circulation internationale des œuvres de ses sœurs est un moyen idéal pour faire de la contrebande. Drogue, armes ou… bijoux. Qui soupçonnerait qu'une sculpture célèbre recèle en son intérieur tant de trésors, n'est-ce pas ? »

Je suis soufflée ! Je remets toutes les pièces du puzzle dans l'ordre… La sculpture chez Charles ; le mystérieux stagiaire… les diamants ! Mais pourquoi Charles me les a-t-il donnés ? Et d'ailleurs que veulent-ils maintenant qu'ils les ont, leurs fameux diamants bleus ?

Sur ce, les hommes en noir nous ligotent et nous entraînent vers un ascenseur de service dans lequel ils nous jettent sans ménagement. Nous montons en groupe sur le toit du fameux musée. En haut, la vue est à couper le souffle. Il me semble que nous marchons sur les toits de Paris. La ville brille de centaines d'étoiles tout autour de nous. Le ciel étincelle de ses constellations. Toutes ces lumières se reflètent dans les lunettes de soleil de nos ravisseurs. Le vent à cette hauteur court dans nos cheveux. Je frissonne. Les Russes n'ont pas l'air de plaisanter. Mes oreilles bourdonnent et la tension me donne la nausée. Je nous sens coincés… C'est la fin ! Si ce doit être maintenant le dernier jour de ma vie, au moins ce sera avec Charles, et devant les étoiles…

À droite, sur un petit parapet et à l'abri du vent, deux petites braises orange brillent par intermittence dans le noir. Nous nous approchons : Les sœurs Petrovska sont assises calmement, jambes croisées dans le même sens, fine cigarette aux doigts. Elles nous regardent fixement, sans mot dire, en soufflant leur fumée vers les étoiles.

Derrière le muret, une porte métallique s'ouvre. Une robe noir et blanc en sort. Alice. Elle porte un grand col de fourrure pour se protéger du froid. Derrière elle, Guillaume, grand sourire aux lèvres. Alice s'arrête un instant pour sortir un fume-cigarette et elle allume sa dose de tabac. La braise orange semble respirer dans l'obscurité. Guillaume me fixe d'un air satisfait.

En voyant le neveu d'Alice, les sœurs Petrovska se lèvent précipitamment. Elles sourient de manière gênée en replaçant leur chemise. Si ces nénettes ne sont pas énamourées de ce type, je n'y connais rien !

Tout ce beau monde est debout, immobile, chacun jouant le rôle de leur vie dans cette scène cruciale. Puis un énorme bruit rugit dans le ciel : un hélicoptère noir se pose de l'autre côté du toit du musée. Dimitri, Anikeï et le vieux buriné se dirigent vers lui. Leurs silhouettes sombres se fondent dans la nuit.

Alice, sensuelle, s'approche de Charles. Elle se place tout près de son corps attaché. Ses seins contre son torse. Elle rapproche le bout de sa cigarette sous ses yeux à lui, menaçant de le brûler. Mais Charles est impassible. Sa force de caractère se lit dans son regard. Et je sens qu'Alice ne supporte pas de ne pas arriver à le dominer.

Alors Charles lui parle doucement :

« Alice, je suis ravi de voir que tu as enfin compris que tu ne m'auras jamais plus. D'ailleurs, tu as retrouvé le petit Dimitri. Oh, vous allez si bien ensemble. Comme il doit être heureux aujourd'hui, lui qui te voulait tant à l'université. Mais il était un peu trop sombre, trop égomaniaque pour toi. On le fuyait tous, trop égoïste, trop attaché à l'argent... Félicitations, tu sais, c'est un trait d'épanouissement personnel que d'apprendre dans la vie à se contenter de moins. De plus petit.

– Charles Delmonte, toujours si sûr de lui, toujours maître du monde. Adulé par tous et toutes. Ce n'est pas grave, Charles, je t'aurai aimé, je t'ai perdu. Mais c'est quand même moi qui vais gagner aujourd'hui. Ces étoiles sont les dernières que tu verras jamais. »

Une pause et elle embrasse Charles sur la bouche comme elle me l'avait fait. Elle passe sa main sur son torse et descend sa main dans son pantalon.

« Ça c'était bon, Charles. Mais c'est fini. »

Puis, elle sort un petit sac que Charles avait attaché sous sa chemise : les diamants bleus ! Ils sont dedans ! Elle sourit, puis les range dans son décolleté.

« Quand à toi, petite garce, dit-elle en se tournant vers moi, plus besoin de contrat. Le plus simple est encore de se débarrasser de toi en même temps. D'une pierre deux coups ! »

Louka et M. Rouquin nous poussent tous deux jusqu'au bord du bâtiment. La ville s'étend à nos pieds, et à pic en baissant le regard, des dizaines de mètres plus bas, le trottoir. Nous avons les pieds à moitié dans le vide. Charles est à côté de moi et nos regards se croisent pour la dernière fois sans doute. Je sens notre amour gonfler si fort... Tout cela va s'évanouir dans l'éternité.

Soudain, Guillaume, que je voyais tendu dans son coin, tente un sprint. Il court vers nous et agrippe Alice par les épaules pour la tirer en arrière. Il crie :

« Non ! tu ne la tueras pas ! Emma, viens avec moi, tu seras mienne pour toujours ! »

Alice se relève et se jette sur Guillaume. Ils se battent. Mais les sœurs Petrovska veulent Guillaume pour elles… Alors elles se lèvent, et tandis que l'une se lance dans la mêlée, l'autre court vers nous avec un couteau.

« Toi, la fille, je te détache uniquement pour que notre homme ne te prenne pas. Toi, Delmonte, je te libère pour que tu empêches la fille de revenir vers lui. Partez vite. »

Louka et M. Rouquin ne bronchent pas devant les ordres de la Petrovska. Alice et Guillaume se rendent soudain compte de ce qui se passe. Ils se ruent vers nous, tout en s'empoignant, vers le bord de l'abîme où nous nous trouvons. Ils vont se jeter sur nous ! Ils sont comme fous ! Nous allons tous tomber ! Alice et Guillaume plongent sur nous… Au dernier moment, Louka nous tire d'un grand geste, Charles et moi. Notre place restée vide, le bond d'Alice et Guillaume les envoie par-dessus le rebord de l'immeuble. Ils disparaissent en un instant dans la nuit.

Le temps se fige. Le silence se fait. Des éclairs électriques me parcourent le cerveau. J'ai la gorge qui se rétracte. Que s'est-il passé ? Est-ce pour de vrai ? Je suis en transe…

On me tire le poignet. Charles m'emmène, ce n'est pas le moment de tarder. Dimitri et ses sbires se sont retournés et courent vers nous. Vite, Charles et moi nous prenons la main, et courons vers la porte de service. Mais Dimitri ne nous suit pas : il se dirige vers le bord du toit.

« Alice ! »

Les hurlements de Dimitri se perdent dans la nuit.

« Aliiice !!! »

Pas de pause pour nous, nous dévalons les escaliers et sautons dans les ascenseurs. Aucun mot ne sort de nos bouches. Arrivés au rez-de-chaussée, nous marchons aussi calmement que possible tandis que les sirènes de la police et des pompiers se confondent. Les policiers trouveront sur Alice les diamants volés. Nous disparaissons au coin de la rue. En levant les yeux, nous voyons l'hélicoptère de Dimitri s'envoler au-dessus de la ville et s'évanouir à l'horizon.

L'atmosphère de la rue semble totalement irréelle.

« Charles ?
– Oui ?
– Serre-moi dans tes bras. »

Il me prend contre lui.

« Charles ?
– Oui, Emma, je t'aime. »

Quelques larmes coulent le long de mes joues.

« Oui, Emma, je t'aime tant que les mots deviennent inutiles.

– Oh Charles… »

Je l'étreins plus fort et nous nous embrassons.

Nous reprenons notre marche.

« Charles ?

– Oui ?

– Demain est un autre jour ?

– Emma, tous les demains seront notre jour. »

Auteur : Olivia Dean

Éditions ESI

60, rue Vitruve, 75020 Paris

Imprimé par FINIDR en République tchèque

Dépôt légal : novembre 2013 – Achevé d'imprimer : octobre 2013

ISBN : 978-2-8226-0279-2

N° Sofédis : S525469